작가의 말 백 — 백
떠난 지만 — 떠난지 만
실지로 — 실제로

기로

서 만나게 — 만난 게

민경호

딧 맨발까지 보아주시길.

그대 돌아오는 길

그대 돌아오는 길

노수민 장편소설

이천의 오층석탑 한 기가 어느날 사라졌다

도화

그대 돌아오는 길

초판 1쇄인쇄 2017년 7월 26일
초판 1쇄발행 2017년 7월 28일

저 자 노수민
발행인 박지연
발행처 도서출판 도화
등 록 2013년 11월 19일 제2013－000124호

주 소 서울시 송파구 중대로34길 9－3
전 화 02) 3012－1030
팩 스 02) 3012－1031
전자우편 dohwa1030@daum.net
인 쇄 (주)현문

ISBN l 979－11－86644－34－8 *03810
정가 13,000원

도화道化, fool는

고정적인 질서에 대한 익살맞은 비판자,
고정화된 사고의 틀을 해체한다는 뜻입니다.

차례

작가의 말

이 소설은 1918년에 시작해서 2017년에 끝이 난다.

100년에 걸친 이야기이다.

그렇다고 백 년의 스토리를 모두 적은 것은 아니다.

벡 년 전 우리의 할아버지, 할머니, 아니면 그 위의 조상들이 저질러 놓은 일들이 결국 후대에 와서 후손들이 어떤 고통을 당하고 어떤 영광을 누리는지 보여줌으로 그 백 년은 저절로 살아 있는 스토리가 되고 소설이 되었다.

이천의 오층석탑 한 기가 어느 날 사라졌다.

그 석탑은 이천 어느 이름 모를 폐사지에서 살아남아 향교 앞 주민들의 민속신앙 역할을 하던 '마음의 신' 같은 존재였다. 그 오층석탑이 일본 어느 재벌가 정원 한구석 추녀 밑에서 낙숫물을 맞으며 서 있는 채 발견되었다.

그때부터 이천오층석탑 환수위원회는 한국 이천과 일본 도쿄를 오가며 환수를 위한 협상을 시작했다. 협상이라는 단어를 사용하고 있지만 30차례씩 일본을 오가며 벌인 그들의 활동은 정작 문화 전쟁이었다.

끈질긴 집념과 이를 악물고 참아낸 수모를 견디지 못했다면 그 싸움은 10년씩 이어지지도 못했을 것이다. 그 힘든 시간을 겪어보지 않은 사람들은 모를 일이다. 제집 드나들듯이 일본을 드나드니 놀러 다닌다고 생각한 사람도 없지 않으리라.

그런데도 아직 그 싸움은 끝나지 않은 채 계속되고 있다.

소설에서는 이천 시민의 염원대로 이천오층석탑이 2018년 1월 새해 벽두에 이천으로 돌아오는 것으로 끝을 맺었다. 이천오층석탑이 한국을 떠난 지만 100년이 되는 의미 있는 해여서 기대를 걸고자 희망을 전파한 것뿐이다.

'그대(석탑) 돌아오는 길'이 이리도 오랜 시간이 걸릴 줄 누가 알았겠는가? 그 길이 이리도 험난할 줄 누가 알았겠는가? 그나마 돌아오기는 돌아오겠는가?

　그야말로 산 넘고 물 건너 그대가 이천 시민의 땅으로 돌아와 주기를 바라는 간절한 마음으로 이 글을 썼다.

　마지막으로 이 소설에 등장하는 인물들이 실지로 존재하는 인물들을 근거로 소재를 잡기는 했으나 그 사람의 성격, 그 사람의 행동, 그 사람의 주변 사항은 모두 재미를 위한 허구의 주인공임을 밝혀둔다.

　이 소설은 60여 권의 저작 활동을 해 온 작가답지 않게 많은 애로사항을 겪으며 5개월이라는 시간을 공들였다. 그 이유는 주인공으로 등장하는 인물 중 몇몇 사람이 실제로 존재하는 사람들이기 때문이었다. 소설의 재미를 위해서는 여러 에피소드가

필요한데 잘못하면 그 꾸며낸 에피소드들이 실재 인물들에게 피해를 줄 수도 있고 그것이 상처가 될 수도 있기 때문에 조심스러웠다. 그 한계를 넘어서기가 쉽지 않아 도중에 소설 한 권의 반 분량을 버리면서 소설을 중단하는 고민에 빠지기도 했었다. 그러나 용기를 내었다. 소설은 소설일 뿐 그것을 이해하지 못하는 사람들까지 염려하면서 소설을 쓸 수는 없다는 결론에 도달했을 때 비로소 나는 자유로워질 수 있었다.

소설은 단지 소설일 뿐……

2017.6

노수민

1911년 6월 조선총독부는 제령 제7호로 '사찰령'을, 7월에는 총령 제84호로 '사찰령 시행규칙'을 제정하였다.

　　이에 따라 동경제국대학의 건축학 전공인 세키노 일행은 조선 사찰에 대한 조사를 시작했다. 일제의 조선 강점 이후 사찰 재산에 속하는 불상, 석물, 고문서, 범종, 경권經卷 등을 양도, 처분하지 못하도록 법을 제정하였다는 것은 식민지 통치 차원에서 불교문화재를 관리하려는 의도였음을 엿볼 수 있다.

　　세키노 타다시 조교수를 단장으로 야츠이 세이이츠, 쿠리야마 순이치 조사단은 1911년 9월 22일부터 개성을 시작으로 평양, 경성, 대구, 경주에서 다시 대구로 돌아온 11월 2일까지 첫 번째 조선 사찰 조사를 마쳤다.

이렇듯 조선총독부가 사찰 재산에 대해서는 조사를 하면서도 고분, 출토 유물, 유적, 등 조선의 고적古蹟에 관한 조사는 한참 뒤인 1916년에야 시작했다. 1933년 '고적 및 유물보존 규칙' 훈령이 만들어질 때까지 그에 관한 아무런 법령도 존재하지 않았다. 그 결과 유물에 대한 허술한 관리로 일제가 조선에서 출토된 유물들을 일본으로 반출하는 동안 다른 국가에로의 유물 약탈 또한 막지 못했다는 점에서 일본은 조선 유물 약탈의 공범자라 할 수 있다.

　- 대한민국은 이제 일제 강점기 동안 조선의 고귀한 유물과 보물을 강탈한 죄, 다른 국가에 약탈당하게 한 죄를 일본에 묻지 않을 수 없다. -

1장
백 년의 한

1

1918년 11월 초순, 날씨는 한겨울을 방불케 했다.

저녁 무렵에나 모여들던 만리동 중국집 구석방에 그날은 무슨 연유인지 점심장사가 막 끝난 시간부터 그들이 모여들었다. 언제나 그랬듯이 그들 모두 연화반점 출입문을 이용하지 않았다. 연화반점 주방을 지나 쪽문을 열고 나가면 연화반점 주인 진호민의 살림집 앞마당이 나온다. 살림집 대문은 만리동 고개와 별개로 보이는 작은 골목길에 있어서 그곳이 대로변에 있는 연화반점과 통하리라고 생각하는 사람은 없었다.

항일운동 청년회의 세븐회 동지들은 모두 그 대문을 통해서 집 안으로 들어서고 마당을 걸어서 연화반점 별실로 모여들었다. 별실은 살림집과 붙어 있어서 장사 집으로 보이지는 않았지만 실지로는 연화반점의 맨 안쪽 구석방이 되는 셈이었다. 7명의 조직위원장들이 청년회를 주도하고 있어서 세븐회라 임시로 붙인 명칭이 그대로 조직의 이름이 되었다.

"오늘 다 모이기로 한 거야?"

"맞아. 새로운 정보가 입수됐고 빨리 결정해야 할 일이 생겼어."

"여진이도 올라온대?"

"온다고 했어."

"여진이가 와야 이 집 연화반점에서 대접을 후하게 하더라고."

"건물주한테 잘해야지. 여진이가 이천서 오기도 힘들고 또 회의 끝나면 이천까지 내려가야 하니까 저녁 시간에 만나기는 곤란해서 일부러 낮으로 잡았어."

서여진의 외할머니가 돌아가시면서 금이야 옥이야 아끼던 손녀에게 물려준 건물이 바로 연화반점 건물이었고 그녀는 현재 공무원인 아버지를 따라 이천에 내려가 살고 있었다. 어머니는 일찍 돌아가시고 여진은 경성에 있는 대학교를 입학할 때까지 내내 외할머니 손에서 컸는데 그 할머니는 억척스럽게도 만리동 시장에서 장사를 하며 열심히 돈을 모았다. 짧은 생을 살고 간 외

동딸에게는 주지 못했던 사랑과 재물을 모두 외손녀 서여진에게 남겼다. 만리동 시장통에 상가 3개와 만리동 고개 대로변에 있는 연화반점 상가 건물 한 동이었다. 할머니가 돌아가시자 여진은 대학에 휴학계를 제출하고 아버지가 근무하고 있는 이천으로 내려갔다. 할머니를 잃은 충격과 홀로 된 허전함을 견딜 수 없었던 때문이었다.

항일운동 청년회가 일제에 맞서 조선을 지키고자 하는 마음은 누구보다 강했지만 아직 재학 중이거나 겨우 어느 작은 회사에 신입사원이거나 하여 자체적인 경제 뒷받침이 없어서 적극적인 활동을 펼치지 못할 때 반갑게도 그나마 재력 있는 서여진이 등장했다. 일곱 명의 조직위원장 중 유일한 여성이었지만 나라를 염려하는 마음이나 의지력은 누구보다 강했다. 배고픈 젊은 이들에게 중국집에서의 모임은 더 없이 매력적이었지만 단지 매력 그뿐이었다. 누구 하나 식탐을 부리거나 음식을 맛보고 즐기기 위해 연화반점을 찾는 사람은 없었다. 드디어 여진이 방으로 들어섰다.

"내가 제일 늦었네?"

여진이 빈자리에 와 앉으며 목에 둘렀던 목도리를 풀었다.

"제일 멀리서 왔잖아."

"내가 들어오면서 음식은 주문했어. 아직 다들 점심 식사 전일 것 같아서."

"역시 우리 먹여 살리는 사람은 서여진이라니까."

"아무리 배고픈 청춘이라지만 음식에 아첨하지 말기."

"예설."

"우선 이것 좀 봐."

다들 조직위원장 길태가 꺼내 놓는 사진과 서류에 눈을 모았다.

"나쁜 새끼들. 저번에는 자선당을 뜯어 일본으로 반출해 가더니 이번에는 또 석탑을 반출하기로 결정했다는 정보야. 바로 이거야."

그가 사진을 탁자 한가운데로 밀었다.

"뭐야? 이 사진은 조선물산공진회 미술관 아니야?"

"공진회 끝나고 지금은 조선총독부 박물관으로 이름을 바꾸었어."

"박물관을 뜯어가겠다는 건 아닐 테고 이 오층석탑을 가져가겠다는 거야?"

"저번에는 '시정 5년 기념 조선물산공진회'라는 대규모 행사를 개최한답시고 경복궁을 전적으로 파괴하고 그중 동궁전인 자선당을 해체해서 일본으로 가져갔잖아."

"그랬지. 공진회를 왜 개최했는지 알아? 조선총독부 신청사 건립을 위한 부지 확보가 목적이었어. 공진회 개최는 명분이고 핑계인 거지. 조선총독부를 건립하기 위해 경복궁을 파괴한다는 사실이 알려지면 조선이 반발할 테니까 공진회 개최라는 구실로 허물어낸 거야."

"아무리 우리가 그들 나라 속국이라고 하지만 한 나라의 세자가 거처하던 동궁전을 일본 사업가의 저택으로 사용한다는 게 말이 되는 일이냐고?"

"그야말로 조선왕조의 무능함을 입증하고 근대일본제국의 유능함을 과시하겠다는 의도지."

"이 석탑이 어디서 온 건지 알아?"

"바로 서여진의 고향인 이천에서 온 오층석탑이야. 공진회 핑계로 도둑질하다시피 빼앗아 온 것이지."

"어머, 그래?"

여진이 다시 한번 사진 속의 오층석탑을 들여다보았다.

"이천에서는 이 사실을 알고 있을까?"

"삼 년 전 경복궁 파괴는 불가항력으로 막지 못했고 자선당 반출은 워낙 비밀리에 진행된 일이라 일본에 약탈당했지만 이번 석탑은 정보를 미리 입수했으니 어떻게든 일본 반출을 막아야 해."

그들 20대의 피는 뜨거웠고 조국을 책임져야 한다는 의식은 선명했다.

"맞아. 조선을 침략한 것도 참을 수가 없는데 우리 유물, 유적들까지 강탈당하는 꼴을 더 이상 보고만 있을 수는 없지."

그때 음식이 들어왔다. 자장면과 짬뽕 그리고 군만두, 잡채였다. 음식 냄새가 진동하자 갑작스럽게 몰려드는 시장기에 모두들 군침을 삼켰다.

"와아! 뭐가 이리 많아? 진수성찬이네."

"먹어도 먹어도 허기지는 청춘이잖아. 모자라면 모자라지 남진 않을 걸."

"남을 리가…… 어서 먹고 회의를 진행하자고. 서여진, 잘 먹을게."

"오빠도 동생도 친구도 많이 먹어. 나도 배고파."

"자장면이냐 짬뽕이냐 그것이 문제로다."

그들은 자장면과 짬뽕 중 한 그릇씩을 선택했다. 맨 마지막 남은 짬뽕 한 그릇은 여진의 몫이었다. 여진이 짬뽕을 좋아하는 줄 알기에 모두들 그것을 남겼다.

"어떤 경로로 어떤 교통수단으로 운송되는지 알아 온 거지?"

"물론이지."

"석탑은 일본 누구에게 넘어가는 거야?"

"자선당을 뜯어다가 제집으로 사용하고 있는 일본 사업가가 자선당과 어울릴 정원 장식품이 필요해서 석탑을 원했다더군."

"미친…… 그게 누구야?"

"오쿠라 재단이야."

"오쿠라 재단? 선린 상업학교를 설립한 재단 아니야?"

"선린 상업학교뿐 아니라 제일은행도 설립한 일본 재벌이야. 특히나 조선에 사업을 많이 벌여서 돈을 모았어. 토목, 광업, 철도, 은행, 학교 등을 지으면서 조선을 근대화시켰다고 떠들고 다니는 정치적인 장사꾼이야."

"아, 부산 북항 매축 공사도 오쿠라 재벌이 했다는 신문기사를 읽은 기억이 나. 조선이 일본에 먹히기 전부터 오쿠라는 일본 정부를 끼고 꾸준히 조선에서 돈 되는 사업을 해 왔던 거야. 조선 돈을 긁어가고 있는 사업가지."

"일본 정부에 바친 뇌물이 얼마나 많았으면 해체한 자선당을 그 재벌에게 선뜻 내주고 이번에는 이천오층석탑까지 준다는 거야?"

"어차피 일본 정부 놈들한테는 폐기 처분해야 하는 골칫덩이 자선당을 돈 주고 가져가겠다는데 마다할 리가 없지. 더구나 오쿠라 기하찌로가 조선총독부 청사 토목공사를 맡았다는 것도 한몫을 했던 게 틀림없어."

"토목공사를 맡았다면 그 공사 진행하려고 얼마나 많은 뇌물을 바쳤겠어?"

"오쿠라가 보통 똑똑한 놈이 아닌가 봐. 미술품, 공예품, 유물 보는 눈이 있는 거지. 슈코칸이라는 사설미술관을 재단 이름으로 만들고 고미술품들을 수집한다는 명분으로 싼값에 귀한 유물들을 끌어모으고 있잖아. 그런 쪽에 선견지명이 있는 게 분명해.”

“여진아, 이 석탑은 관고동에 있던 것을 공진회에 내놓았다던 데 너는 이천에 내려가는 대로 석탑을 공진회에 출품하게 된 경위와 공진회 이후 왜 이천으로 반환되지 않고 조선총독부 박물관에 남아 있게 됐는지 상세히 알아봐.”

“알았어.”

“서류상의 하자는 없었는지 따져서 정당하게 되돌려 받는 방법이 제일 인명피해가 적은 길이니까 그 길부터 알아봐야 해. 무력이나 폭력을 써서 탈취해야 한다면 우리 동지들이 다칠 수 있어서 가급적 그 방법은 피하는 게 좋아.”

“그거야 그렇지만 서류상, 절차상에 문제가 있어서 항의를 한다 해도 우리말이 먹히겠어?”

“정당한 사유를 제시하고 강력하게 항의한다면 일본 정부는 일개 재벌 때문에 골치 아픈 문제를 일으키고 싶지는 않을 거야. 안 그래도 항일 운동의 빌미를 제공하지 않으려는 게 정부 입장이니까.”

“정당한 방법이 아니면 그들과 무력으로라도 맞서겠다는 건데 그 석탑 하나 때문에 우리가 노출될지도 모르는 위험을 감수해야 하는 거야? 이천에서도 공진회 끝나고 반환해 가지 않았다면 석탑의 존재가 별 가치가 없었던 게 아닐까?”

“가치가 있건 없건 석탑이라는 돌덩어리 그 자체가 중요한 게 아니라 우리의 정신이 담긴 우리 것이 왜놈들에게 약탈당하는 것을 더 이상 용서할 수 없다는 거야. 하나둘 내주기 시작하면 뭐든 가져가도 좋다는 인식 아래 뭔들 안 가져가겠느냐고?"

"그 말이 맞아. 자선당도 도로 뜯어오고 싶은 심정이야."

"흥분하지 마. 내가 이천 가서 어떻게 된 연유인지 자세히 알아볼 게."

서여진은 흥분한 청년들을 달래며 남은 음식을 그들 앞으로 당겨주었다.

항일운동 청년회의 일곱 조직위원장들은 각각 맡을 업무를 분담하고 빠른 시일 안에 다시 모이기로 합의하고 자리에서 일어났다. 나라 잃은 설움이 가슴 깊숙이 저리고 아팠지만 강인한 정신력에 비해 너무나도 무기력하고 작은 존재임을 인정하지 않을 수 없었다. '누구를 원망하랴' 하는 마음에 더욱 화가 치밀었다. 일제 상품이라면 눈을 번뜩이고, 일본 신사를 신기한 눈으로 바라보며 관광을 한답시고 몰려들고, 현대식을 부러워하면서 앞서가는 일본인을 선망의 대상으로 추종하는 조선인 상류층들, 문화적으로 야금야금 먹혀가다가 드디어는 나라까지 먹혀버린 조선 백성의 무지함에 가슴을 치며 울고 싶은 심정이었다.

서여진은 이천으로 내려오자 청년회에서 건네받은 자료를 근거로 이천오층석탑에 관한 조사를 시작했다. 공진회에 출품하게 된 경위와 대회가 끝나고도 다시 이천으로 반환받지 않고 조선 총독부 미술관에 남겨진 이유를 밝히기 위해 현장 소재지 탐문에 나섰다. 다행히 면소재지의 공무원인 아버지 이름을 팔아 손쉽게 접근할 수 있었다. 이천 서씨 집안인 데다가 아버지가 워낙 고참 말단 공무원이어서 이천에서 그를 모르는 사람은 없었다.

조사에 따르면 오층석탑은 이천 읍내 향교 앞 밭에 폐사지의 흔적으로 남아 있던 석탑이었다. 폐사된 절 이름은 미상이었다. 출품 당시 일본 조사단의 말을 빌리면 오층석탑은 제작상 중간 등급 정도의 수준으로 매우 우수하다고 볼 수는 없으며 석탑으로는 시대가 비교적 가까운 고려 말기에 속하여 그 가치가 높지는 않다고 주장했다. 그 주장은 석탑의 가치를 폄하하여 이천에서 무리 없이 공진회에 출품시키려 한 의도가 엿보인다. 이천에서는 석탑의 가치 여부를 떠나서 오랫동안 마을을 지켜준 석탑을 경성으로 보내고 싶지 않았으나 일본의 지배를 받는 입장에서 일본 정부가 하는 일에 협조를 하지 않을 수 없었을 것이다. 한마디로 빼앗아 간 것과 다를 바가 없었다.

오쿠라 재단의 사카타니 남작이 최초에 양도를 요구했던 평양 정차장 앞의 칠층탑도 사실상 주인 없는 탑임을 알고 그것을 요구했으나 조선총독부는 너무나 많은 사람들이 평양 정차장 설치 때부터 칠층탑의 존재를 알고 있다며 거절했다. 그 대신 이천오층탑을 양도하여 오쿠라 재단과 사카타니 남작의 비위를 맞추었다. 사실상의 주인은 빼놓고 객들끼리 주고받으며 선심을 쓴 꼴이었다.

"여진아, 너 요새 석탑에 대해서 묻고 다닌다는데 무슨 일이냐?"

퇴근한 서근한씨가 여진에게 물었다. 벌써 여진의 탐문조사 소문이 그의 귀에 들어간 모양이었다.

"별일 아니에요. 제가 휴학하고는 있지만 사학과잖아요. 이천에 유독 석탑이 많은 것 같은데 언제 어떤 사유로 만들어지고 세워졌는지 역사를 알고 싶어서 자료 수집하는 거예요."

"괜한 분란 일으키지 마라. 공진회에 전시되었던 이천오층석탑은 총독부와 공진회 심사관들의 심사를 거쳐 선택되었고 그 심사관들은 일본의 막강한 실세들을 등에 업고 사업을 하거나 공무를 수행하는 자들이야. 이번에 그들은 고적조사위원회 위원으로 선임되었다고들 하더라. 조선총독부 사람들 심기를 건드리는 일은 우리 이천을 위해서도 결코 도움이 되지 않아."

서근한은 벌써 여진의 속까지 꿰뚫어 보고 있었다.

"그렇지만 아버지, 그들이 공진회에 전시를 할 정도로 평가를 내렸다면 그만한 가치가 있는 석탑일 테고 그것이 일본에 반출되는 일을 그냥 두고 볼 수는 없는 일이잖아요."

여진은 아버지 근한의 성격을 아는 터라 더 이상 숨길 수 없어 솔직히 털어놓았다.

"이천 사람들이 바보라서 석탑을 반환받지 않은 게 아니라 대를 위해서 소를 희생한 거야. 그들을 상대로 싸워봐야 많은 사람들이 다치고 이천이 더욱 힘들어지기 때문에 석탑을 제물로 삼은 셈이다. 조선총독부에 버티고 서서 우리 이천을 지켜달라는 염원으로 그곳에 전시되는 것을 허용한 거지."

애써 자위하려는 근한의 표정은 몹시 슬퍼 보였다. 점령당한 속국의 힘없는 백성이 무슨 말을 더 할 수 있겠느냐는 자포자기의 심정이 담겨 있었다. 여진은 아버지부터 설득하는 것이 옳다고 작정하고 심정을 고백했다.

"문제는 이천오층석탑이 고미술품으로 평가받지도 못하고 정원의 장식물로 취급당했다는 사실이에요. 장식물 제반 시설로 취급했기 때문에 저들 마음대로 반출이 가능한 거라고요."

여진은 흥분했고 근한은 딸의 말을 부정할 용기가 나지 않아 가슴이 아팠다.

"여진아, 이천을 위해서라도 제발 더 큰 일을 벌이지 마라. 너와 나만 다치는 일이 아니야. 주변에 선량한 어르신들에게도 모두 피해가 가는 일임을 명심해라. 내가 염려하는 것은 내 딸의 신변이나 내 안전의 차원이 아니라 우리 이천이 수모당하고 고통겪는 것을 원하지 않아서 이러는 거라는 걸 넌 알았으면 한다."

"잘 알아요. 최대한 비밀리에 진행하고 이천이 노출되는 일이 없도록 조심할게요."

서근한은 길게 한숨을 쉬고 자신의 방으로 들어갔다. 자식들에게 바르게 살라고 가르쳐 왔으면서 막상 바르지 못한 일 앞에서는 못 본채 눈 감으라고 말하고 있는 이율배반적인 자신이 한심했다. 동경에서 유학하고 있는 여진의 오빠인 아들도 그와 성정이 똑같아서 서근한은 늘 불안한 마음으로 나날을 보냈다. 대의명분으로야 무한한 가능성을 지닌 젊은이들이 바위에 계란 던지기 식으로 깨어져 부서지는 희생을 원치 않아 만류하는 것이라 말하고 있지만 피 끓는 젊은이들이 이 나라 꼴을, 일본의 횡포를 그냥 보고 있어서는 안 된다는 마음 또한 그의 마음이었다. 그 젊은이가 내 아들, 내 딸임에야 항일과 저항을 부추길 수도, 눈 감고 있으라고 만류할 수도 없는 입장이었다. 내 자식은 보호하고 남의 자식은 희생되어도 좋다는 심사로 세상을 대할 수는 더더욱 없는 일이었다.

여진은 조선총독부의 정원 장식물 취급을 받은 이천오층석탑이 미술관 전시품 목록에서도 빠져 있기 때문에 총독부 미술관, 박물관 소장품으로 이관되지 않았음을 밝혀냈다. 이천오층석탑은 제반 시설품에 속해 있었던 것이다. 당연히 총독부 정원의 하찮은 제반시설 하나가 폐기 처분되든 반출되든 서류상 아무런 문제가 될 리 만무했다.

항일운동 청년회의에서 거론된 서류상, 절차상의 문제를 트집잡아 석탑의 반환을 공식적으로 요구하자는 논의는 물거품이 되었다. 석탑은 해체하여 부분마다 별도 포장되고 그것이 조선총독부 미술관(경복궁)에서 남대문 역까지는 수송차로, 남대문 역(현 서울역)에서 인천까지는 철도로, 인천에서 일본까지는 선박으로 운송된다는 정보와 그 날짜를 정확히 입수했다. 어느 구간에서 석탑을 빼돌리느냐가 문제의 핵심이었다.

항일운동 본부와 의논한 끝에 본부는 이 일에 개입하지 않고 청년회에서 주도하기로 결정을 내렸다. 본부는 지엽적인 소소한 일 말고도 국내외적인 거사가 코앞에 닥쳐 있었다. 시기적으로 상해와 북경으로 오가는 발길이 바쁠 때였다. 대한민국이라는 한 나라가 존재하느냐 마느냐 하는 귀로에 서서 독립운동이 한창인 항일운동본부는 어느 지역의 고석탑 반출 문제로 그들의 존재가 노출되는 것을 원치 않았다. 청년회 역시 본부에 절차상 보고를 했을 뿐 그들의 개입을 원했던 것은 아니었다. 만약 석탑 탈취 사건이 실패하여 수포로 돌아가고 탈취 사건에 가담했던 운동원들의 신분이 드러나더라도 항일운동과는 무관한 동네 청년들의 단순한 치기로 일단락되기를 바랐다. 서여진은 그들 손에 있는 이천오층석탑을 어느 순간에 탈취하기로 하고 치밀한 계획을 세웠다.

2

사카타니 요시로 남작으로부터 오쿠라가 양도를 요구했던 평양 칠층탑은 양도가 거절되었으나 대신 이천오층석탑을 양도하겠다는 답변이 전달되었다. 오쿠라 기하찌로는 사카타니 요시로가 이루어낸 성과치고는 성에 차지 않아 기분이 상한 상태였다.

하세가와 총독과 막역한 사이라고 큰소리쳐서 평양 칠층탑 양도의 청을 은밀히 부탁했던 터인데 그 뜻을 이루어내지 못한 것이다. 이천오층석탑 정도를 양도받을 거였으면 자신의 능력으로도 충분한 일이었다. 사카타니 남작은 작위를 받은 귀족이라지만 오쿠라 슈코칸의 이사로 활동하면서 오쿠라 재벌의 경제적 지원을 받고 있는 터였다. 당연히 오쿠라의 눈치를 살필 수밖에 없는 입장이었다. 아무리 그렇다 해도 남작한테 대놓고 언짢은 내색을 할 수는 없었다. 사카타니 남작도 자신이 작위를 받은 귀족이지만 일본 천황에게 직접 보고하는 조선 총독부의 권력을 상대하기는 어려웠을 것임을 오쿠라는 이해하고 있었다. 또한 하세가와 총독의 입장도 모르는 바는 아니었다. 조선 땅에서 벌어지는 정부 공사 때마다 수없이 많은 뇌물을 제공하는 오쿠라 재벌이지만 그의 취향과 입맛을 충족시켜 주기 위해 조선인들의 민심을 자극하여 문제를 일으킬 수는 없는 조선 총독의 책임을 알고 있기 때문이었다. 더구나 하세가와는 자신의 막강한 자리를 위험에 빠뜨릴 일은 절대로 하지 않을 위인이었다. 그저 책임

지지 않을 선에서 형식적인 절차를 통해 오쿠라 슈코칸에 양도하는 선심을 썼을 뿐 크게 대가를 지불한 것도 아니었다.

"하세가와 총독은 평양 정차장 앞 칠층석탑은 석탑의 존재를 너무나 많은 사람들이 알고 있기 때문에 이전이 어려워 양도할 수 없다는 말씀을 하셨소."

"남작님도 잘 아시겠지만 제가 개인적인 욕심에서 석탑을 탐내는 것이 아닙니다. 다년간 수집하고 진열한 고기 물건을 일본 사람들에게 감상할 수 있게 한다면 그 규모가 작을지라도 도쿄에 박물관 하나가 늘어나는 것이며 조선을 통치하는 일본의 위상이 달라지는 일입니다. 내 사재를 털어가며 예술품 수집에 애쓰고 있는 제 심정을 남작님이 제대로 전달하셨어야지요."

은근히 꾸짖는 오쿠라의 말투에 남작은 기분이 몹시 언짢았다.

"그야 누구보다 내가 잘 알지요. 이번에는 총독님의 입장도 있고 하니 오층석탑으로 만족하고 다음에 기회를 봐서 평양 칠층석탑도 양도받을 테니 그리 아세요."

'돈 좀 있다고 한낱 장사치가 귀족을 깔봐?' 하는 마음에 자존심이 상했지만 그의 재력을 마냥 무시할 수도 없었다.

"어쨌거나 애쓰셨습니다. 이젠 일본으로 운송할 절차를 알아봐야겠군요."

"인천세관에 이미 지시를 내려놓았으니 별 문제없을 겁니다."

사카타니 남작은 인천세관 반출 통과가 자신의 업적인양 오쿠라 앞에서 거들먹거리고 있었다. 오쿠라는 지난 10월에 이미 총독부에서 오쿠라 슈코칸에 석탑 양도 결정문을 보내면서 인천세관 앞으로도 석탑 반출에 관한 서류를 발송했음을 확인한 터였다. 더구나 고적조사위원회가 이천오층석탑에 대해 보존할 필요가 없는 형상이 왜소하고 제작의 질이 떨어진다는 평가를 내린 것은 박물관의 진열품으로 적당하지 못하여 반출에 문제가 없다는 점을 강조하기 위함임을 알아차렸다. 박물관에서의 양도와 일본으로의 반출을 용이하게 하기 위함임도 알고 있었지만 그 석탑을 소장할 오쿠라로서는 결코 기분 좋은 일이 아니었다. 더구나 총독이 그 책임을 지지 않기 위해 총독이 부재한 가운데 정무총감의 결재로 양도 결정이 되었다는 사실도 불쾌한 일이었다. 물론 양도 결정문은 '조선 총독 백작 하세가와 요시미츠'의 이름이 아닌 '고적조사위원장'이 발부하는 것이지만 내막을 알고 있는 오쿠라는 심사가 뒤틀리는 일이었다.

"겐쵸, 석탑 운송 다시 추진해야지?"

출근하자마자 오쿠라는 시부자와 겐쵸를 불러댔다. 팔십 세의 노인이지만 그 급한 성격도, 불도저처럼 밀어붙이는 추진력도 여전했다.

"회장님, 제발 이번 일은 포기하십시오. 며칠 전 석탑을 실은 차량이 남대문 역 뒷골목에서 전복당한 일이 어쩐지 심상치가 않습니다."

희끗희끗한 머리가 오쿠라보다 더 많이 눈에 띄는 겐쵸가 그의 옆에 와 앉아 입을 열었다.

"트럭 운전사가 술 마시고 운전을 하던 중에 앞에 있는 손수레를 뒤늦게 보고 피하려다가 속도를 못 이겨 전복됐다고 했잖아? 그렇게 결론이 난 게 아니었어?"

오쿠라가 짜증 섞인 목소리로 투덜거리며 겐쵸를 노려보았다.

"그건 운전사가 자기 실수였다고 자백한 내용이지만 어딘가 의심스러운 부분이 있습니다. 이천에서는 공진회가 끝난 이후 그 석탑이 이름도 모르는 폐사의 버려진 석탑이기는 하지만 향교 앞에서 오래도록 민속신앙의 수호신 역할을 해주던 석탑이라며 반환을 요구하기도 했었습니다. 그 앞에서 자신들의 소원도 빌고 기도도 올리고 탑돌이도 하면서 신앙적인 의미로 존재했다는 겁니다. 그냥 이천에 돌려주시고 그 대가로 돈 되는 사업 거리를 하나 받아내시는 것이……"

겐쵸는 석탑을 싣고 조선총독부 미술관에서 남대문 역으로 출발했던 트럭이 남대문 역 도착 직전에 잠시 사라졌다가 뒷골목에서 전복당했다는 말을 믿을 수가 없었다. 그는 오쿠라에게 그 사고 전말을 조사했다고는 보고하지 않았다. 얼마 전 이천 향교의 이름으로 동네 신앙과도 같은 이천오층석탑을 반환해 달라는 절절한 사연이 그의 손에 전달된 것과 무관하지 않다는 느낌이 들었다. 그 생각에 사로잡혀 있어서인지 이번 사고가 그저 단순한 사고로 여겨지지 않았다.

의심에 찬 시선으로 지켜본 트럭 운전사와 조수 얼굴에 난 상처가 전복당하면서 생긴 것이라고 믿기는 어려울 정도로 깊었다. 더구나 트럭이 전복되었다면 돌로 된 석탑이 깨어지거나 손상을 입었어야 마땅한 일인데 석탑의 포장조차도 흐트러짐이 없었다. 겐쿄는 무슨 일이 있었는지 바로 말하라고 운전사와 조수를 문초하며 다그치고 닦달했지만 끝끝내 그들은 자신들의 실수였노라 자백하고 입을 다물었다. 겐쿄는 그들 모두를 배제하고 뒷골목에 있었을 목격자를 찾는 데 주력했다. 운전사도 조수도 의식 있고 혈기 왕성한 조선 젊은이다. 트럭을 탈취하려던 자들이 만약 안면 있는 친구들이었다면 그들은 일본인인 겐쿄에게 친구들을 고발하지 않았을 것이다. 겐쿄의 짐작으로는 석탑 트럭을 탈취하려던 무리들과 몸싸움이 있었고 운전사는 직장을 잃지 않기 위해 석탑을 지켜내느라 그들로부터 상처를 입고 끝내는 석탑을 지켰지만 같은 조선인을 감싸느라 거짓말을 하는 것으로 보였다. 겐쿄도 더 이상 그들에게 캐거나 묻지 않고 혼자 조사에 착수했다. 만약 이 사실이 오쿠라 회장 귀에 들어가면 운전사와 조수뿐 아니라 많은 조선 젊은이들이 다칠 것이 뻔하기 때문이었다. 그 혼자 조사하고 그 혼자 수습하는 선에서 마무리를 지을 생각이었다.

"회장님, 제가 몇십 년 동안 뚜렷한 이유 없이 회장님 뜻에 반대한 적이 있습니까?"

"없지. 반대할 때는 늘 납득할만한 확실한 이유가 있었기 때문에 나도 자네 말에 따랐던 거고. 그런데 이번에는 이유도 없이 왜 자꾸 반대하는지 설명을 해 봐."

고집스러운 팔십 세 노인의 탐욕 때문에 한 나라의 민속신앙적인 유물이 정원 장식품으로 둔갑한다는 것은 온당치 않다고 말할 수는 없었다. 그는 사학자이던 아버지가 조선사에 대해 특별한 관심을 가지고 연구한 논문을 읽으며 성장했다. 일본인이 신사와 작은 사당까지도 호국신앙처럼 참배하며 받들듯이 조선인은 불상, 석탑 등을 신성시하며 토착신앙으로 모신다는 것을 잘 알고 있었다. 경복궁에 있던 동궁전 자선당을 해체하여 일본으로 가져가 오쿠라의 정원에 세우고 저택으로 사용하는 것만으로도 원성이 자자한데 거기에 더해 신앙적 의미를 담고 있는 석탑까지 정원 장식물로 사용한다면 조선인들은 오쿠라를 역사적으로도 영원히 용서하지 않을 것이었다. 아무리 일본인이라 해도 일본인의 잘못된 행동은 막아야 한다는 것과 오쿠라 회장 자신을 위해서라도 역사에 길이 남을 죄인이 되지는 않게 하는 것이 자신이 해야 할 임무라고 생각했다. 명분이야 오쿠라 슈코칸에 전시하여 조선을 널리 알리겠다고 하지만 실은 오쿠라의 개인적인 욕심에 지나지 않았다. 같은 일본인이며 같은 회사에서 30년간 모셔온 직장 상사지만 때론 그의 끝없는 탐욕이 역겨울 때도 많았다.

"회장님, 사실대로 말씀드리겠습니다. 저는 대일본제국으로부터 회장님이 성공하신 사업가로 존경받는 것을 보면서 너무나 자랑스럽습니다. 조선이 비록 우리의 지배를 받는 속국이라고는 하나 회장님이 조선에서 많은 돈을 버셨으니 그들에게도 존경을 받았으면 합니다."

겐쵸는 회장과 그 정도 조언은 주고받을 수 있는 사이라 믿고 솔직한 심정을 털어놓았다.

"내가 조선인들에게 존경을 받고 싶어서 한 일은 아니지만 얼마나 많은 현대화의 길을 열어주었는가? 철도를 놓아서 막힌 길을 터주고 학교를 세워 배울 수 있는 기회를 주었어. 어디 그뿐인가. 무식하고 무지한 조선인들이 바깥세상을 접할 수 있도록 무역으로 서양 문물을 퍼다 날랐어. 그들이 나를 존경하지 않을 수가 없지. 이런 내가 그깟 버려진 석탑 하나 못 가져간다고?"

"회장님께는 그깟 석탑이지만 조선인들에게는 신앙이라고 하지 않습니까?"

"자네 정말 이깟 일로 나하고의 몇십 년 쌓은 신뢰를 깨겠다는 거야, 뭐야?"

오쿠라의 목소리가 늙은이답지 않게 커지고 톤이 높아졌다.

얼굴까지 붉히며 노여움을 삭이지 못했다.

"회장님이야말로 저를 참모라고 하시면서 진정으로 회장님을 위해서 드리는 제 말을 왜 못 알아들으십니까? 귀담아 들어주시지 않으니 섭섭합니다."

겐쵸의 언성도 덩달아 높아갔다. 늘 조용하기만 하던 그에게서 좀처럼 볼 수 없는 모습이었다. 겐쵸의 불같은 저항에 오쿠라의 화가 머리끝까지 치밀었다.

"겐쵸, 자네…… 나가. 내 방에서 나가라고."

오쿠라 회장이 손짓까지 해가며 겐쵸를 회장실에서 나가라고 소리쳤다. 겐쵸도 두말없이 회장실을 나가며 쾅 하고 문을 닫았다.

시부자와 겐쵸는 오쿠라의 30년 지기 오른팔이자 비서이자 참모였다. 토목, 광업, 은행, 학교, 철도 어느 것이라도 돈 되는 사업이라면 전천후로 달려드는 오쿠라에게는 없어서는 안 될 존재였다. 업종마다 각기 전문경영자들이 그 책임을 맡고 있었지만 오쿠라의 성격상 그들에게 전적으로 떠맡기고 뒤로 빠져 있을 사람이 아니었다. 일일이 자신이 다 결정하고 자기가 챙기고 해결하고 직접 자기 눈으로 봐야만 직성이 풀리는 성격이었다. 아들도, 딸도, 친인척도 그 어느 누구도 믿지 않는 사람이었다. 언뜻 보아 그릇도 크고 호탕한 상남자 성격인 듯하나 사업에 있어서만은 철두철미한 계산 아래 꼼꼼하게 모든 결정이 이루어졌다. 돈 되는 일이라면 물불 안 가릴 정도로 욕심이 많고 한번 물면 절대로 누구에게 빼앗기는 법이 없을 정도로 끈질긴 데가 있었다. 부지런하고 머리 좋고 상식이 풍부하고 앞을 내다보는 선견지명이 있어 좀처럼 그의 속내를 읽어낼 수가 없었다. 하루에 4시간 이상 잠을 자 본 적이 없다고 할 정도로 시간을 쪼개어 사는 사람이었다. 게으른 사람에게는 어떤 기회도 주지 않겠다는 것이 그의 생활신조였다. 머리 나쁜 건 용서할 수 있어도 게으른 것은 용서하지 못한다는 회사 방침도 신년 인사에서 늘 강조하는 사주였다. 그렇게 까다로운 성격의 소유자에게 눈에 차는 부하직원이 있을 리 만무했다. 그런데도 그런 오쿠라 기하찌로 눈에 띄는 직원이 있었으니 바로 시부자와 겐쵸였다.

30년 전, 오쿠라 사장은 일본에 있는 자신의 회사 식당에서 어느 점심시간에 우연히 그를 보게 되었다. 식당 구석 자리에 앉아 밥을 먹으면서 책을 읽고 있는 그를 보았는데 젓가락질은 거의 습관적으로 하는 반면 눈은 책 속에 푹 빠져 있는 젊은이였다. 당시는 사장이던 오쿠라가 그의 등 뒤로 다가갔어도 그는 그것을 알지 못할 정도였다.

"책이 그리 재미있나?"

오쿠라가 그의 앞에 마주 앉으며 말을 건넸다. 그제야 젊은이는 책에서 눈을 떼고 그를 보았다.

"아, 사장님…… 죄송합니다. 오신 것을 몰랐습니다."

그가 책을 덮고 벌떡 일어섰다. 책 표지에는 『회사를 잘 이끄는 경영철학』이라는 제목이 적혀 있었다. 의외였다. 재미있는 무협소설에라도 빠져 있는 줄 알았는데 경영 전문서적을 읽고 있었다니, 오쿠라는 젊은이의 얼굴을 한 번 더 쳐다보았다. 깨끗한 인상에 눈빛이 초롱초롱 빛나는 청년이었다. 입술이 얼굴 전체의 이미지와는 달리 두터운 것도 오쿠라는 놓치지 않았다.

"자네 이름은?"

"총무부에서 근무하는 시부자와 겐쵸입니다."

"그래? 대학에서 뭘 전공했나?"

"대학은 아직 졸업하지 못했습니다만 국사학을 전공했습니다."

"우리 회사 총무부 직원이 대학을 나오지 않았다고? 그럴 리가…… 더구나 국사학이라고?"

오쿠라가 고개를 갸웃거렸다. 그 모습에 당황한 겐쵸는 자신을 입사시킨 회사 간부에게 피해가 갈 것을 우려해 얼른 입사 경위를 설명했다.

"졸업 예정자로 대학 총장님의 추천을 받아 입사했습니다."

"그래? 잘 알았네. 남은 식사마저 하게."

오쿠라는 겐쵸의 한쪽 어깨를 눌러 앉으라는 몸짓으로 식사를 종용하고 자리를 떠났다. 겐쵸는 꾸벅 인사를 하고 사장의 말대로 앉아서 남은 식사를 끝마쳤다. 음식을 남기지 않기 위해서 밥을 먹기는 했지만 사장이 왜 그렇게 꼬치꼬치 물으며 자신을 살펴봤는지 이해가 되지 않았다. 사장이 원래 밥 한 톨 남기는 것도 못마땅해하는 성격이라고 들었는데 내가 밥을 남기는 줄 알고 화가 났던 것일까? 아니면 책 읽느라 내가 밥을 흘렸나? 식탁과 의자 밑을 살펴보아도 음식을 흘린 흔적은 없었다.

식당에서 사장실로 올라간 오쿠라는 비서를 불러 시부자와 겐쵸에 관한 신상명세서를 모두 가져오라 일렀다.

그의 입사원서와 면접 기록부를 살펴보았다.

장학생으로 입학하여 재학 중에도 내내 장학금을 받을 정도로 성적이 우수했고 총장추천으로 입사 자격을 취득한 케이스였다. 오쿠라 회사에서는 우수한 사원을 놓치지 않기 위해서 졸업 예정자의 경우 대학 책임자의 추천이 있으면 입사에 응시할 자격을 주는 혜택을 제공했다. 겐쵸는 그 자격에 해당하는 신입사원이었다. 면접 기록부를 살펴본 결과 동경대 사학과를 나와 경성제대 교수를 역임한 아버지를 닮고 싶어서 국사학을 전공했다는 기록이 있었다. 전공과는 전혀 다른 회사에 입사 지원을 한 이유는 젊었을 때 두루두루 폭넓은 삶을 살아보기 위해서라고 적혀 있었다.

오쿠라는 신상명세를 더 살펴볼 필요 없이 시부자와 겐쵸를 사장실로 불렀다. 자신의 오른팔이 되어줄 명석한 수뇌부를 찾

고 있던 그에게는 안성맞춤의 적임자라는 판단이 섰기 때문이었
다. 대학에서 무엇을 전공했건 그것은 아무런 문제도 되지 않았
다. 더구나 경영철학 서적을 찾아 읽을 정도의 노력파라면 오쿠
라 자신이 찾던 사람임에 틀림없었다. 겐쿄가 어리둥절한 표정
으로 사장실에 들어섰다.

"이리 와 앉게."

오쿠라 사장은 자신이 앉은 소파 오른쪽을 가리켰다.

"국사학을 전공했다지? 자네가 존경한다는 아버지는 아직 경
성제대 교수로 재직 중이신가?"

"아닙니다. 아버지는 삼 년 전에 폐렴으로 돌아가셨습니다.
그래서 제가 집안을 수습하느라 대학 입학이 좀 늦었습니다."

"그랬군. 아까 경영철학 책을 읽고 있던데 자네가 왜 그런 서
적에 관심을 가지는지 궁금하네만……"

오쿠라는 겐쿄의 대답이 몹시 궁금했다.

"제가 국사학을 전공했기 때문에 경영학을 공부한 사람들보다
경영에 대해 지식이 부족할 것이라 생각했기 때문입니다."

"회사 직원이 경영에 대해서 알 필요가 있을까? 사주의 방침
에 따라 시키는 대로 성실하게 근무만 하면 될 일을."

"저는 그렇게 생각지 않습니다. 경영주의 경영 철학을 이해하
지 못한다면 마지못해 명령에 따르는 허수아비 부하 직원이 될
것이고 그러면 능률도 오르지 않을뿐더러 날이 갈수록 사주에

대해 불만만 쌓여갈 것입니다.”

오쿠라는 그 순간 마음의 결정을 내렸다. ‘이 녀석을 곁에 두면 나한테 큰 도움이 될 것이다’라는 판단이 섰다.

“배우고 노력한다는 것은 자기 자신에게 크나큰 재산을 쌓아가는 것일세. 그 마음 변치 않길 바라네.”

겐쵸가 사장실을 나가자 오쿠라 사장은 곧바로 그를 비서실장 겸 기획팀장으로 발령을 냈다. 회사로서는 파격적인 인사 발령이었다. 아직은 무역업과 건설업을 주력 사업으로 하고 있는 중소기업을 막 벗어난 수준이지만 오쿠라의 사업 목표는 방대했다. 막대한 이권을 따낸 군수업에서 얻은 수익으로 조선 땅에 투자를 시작했다. 조선을 드나들며 미개발 나라 곳곳에 널린 돈 될 사업이 눈에 훤히 보였다. 그에게는 참신하고 능동적인 브레인이 필요했고 그래서 오쿠라는 서둘렀다.

겐쵸에게 일을 가르치고 자신의 계획에 적극 동참하게 할 훈련 기간이 필요했으며 한시가 급한 형편이었다. 오쿠라는 집에서 잠자는 시간을 제외한 모든 시간을 겐쵸와 함께 했다. 그 결과 겐쵸는 오쿠라의 미세하게 움직이는 눈빛, 입술 표정만 보아도 그의 마음을 읽을 수 있었다. 오쿠라 역시 가족에게 못하는 말은 있어도 겐쵸에게 못하는 말은 없을 정도로 그를 신뢰하는 사이였다. 그렇게 30년을 동고동락한 두 사람, 나이로는 20년이나 차이가 났지만 그들의 돈독한 신뢰 관계는 그 누구도 범접할 수가 없었다.

오쿠라 사장이 고미술품, 유물, 유적 등에 관심을 가지고 수집을 하게 된 것도 실은 시부자와 겐쵸의 코치 덕분이었다. 겐쵸는 국사학을 전공했지만 고문서학에도 상당한 일가견을 가지고 있어서 오쿠라와 함께 지방 현장을 갈 때마다 헌책방을 돌거나 고미술상을 더듬고 다녔다. 겐쵸와 함께 구경에 나섰던 오쿠라가 차츰 고기물건古器物件 수집에 취미를 붙였던 것이다.

시부자와 겐쵸는 오쿠라 회장과 이천오층석탑 일본 반출 문제로 말다툼이 있은 후 휴직계를 내고 일본으로 귀국했다. 환갑 나이에 일도 잠시 쉬고 싶었고 정력적인 오쿠라의 뒷바라지도 힘에 부쳤으며 일본에 홀로 계신 연로한 어머니도 뵙고 싶어서였다. 회사를 그만둘지 말지는 일본에서 쉬면서 결정할 생각이었다. 오쿠라 슈코칸의 실무 책임자나 다름없는 자신의 위치가 얼마나 막중한지 알고 있지만 약탈과 강탈의 수단을 가리지 않고수집하여 끌어모으는 오쿠라의 행동이 마땅치 않아 그것도 불만이었다. 겐쵸는 적어도 이천오층석탑의 반출만이라도 직접 관여하고 싶지 않아 더욱 급하게 휴직을 하고 일본으로 떠나왔다.

그는 휴직계를 낸 지 일주일 만에 오쿠라 회사로부터 퇴사 처리 통지를 받았다. 30년이 물거품이 된 이 통지서는 오쿠라 집안과 시부자와 집안의 보이지 않는 갈등과 싸움의 선전포고였다.

백 년의 한은 드디어 시작되었다.

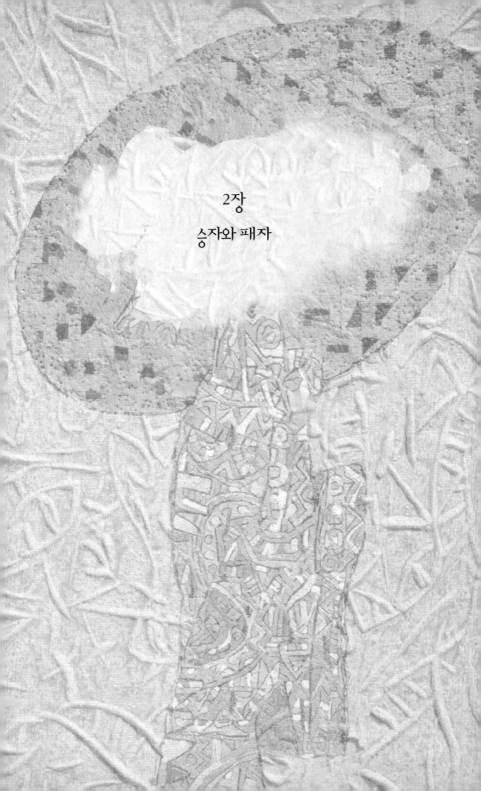

2장
승자와 패자

1

- 30만 이천시민이 그리도 애타게 반환을 요구하는 이천오층
석탑의 반출 경위와 모든 과정에 주역이었던 한 일본 사업가의
뻔뻔스러운 민낯을 낱낱이 공개함으로써 한국과 일본이 풀어야
할 숙제와 화해의 답을 얻고자 한다. -

우리의 바른 역사를 찾자는 티브이 프로그램에서는 사회자의
모두 발언을 통해 그렇게 말하고 있었다.

자꾸 저런 식으로 일본을 자극해서는 우리 협상에 도움이 되
지 않을 텐데 싶은 마음에 이천오층석탑 환수위원회 상임위원장
강정민은 속이 답답해 온다. 그렇다고 없는 말을 지어낸 것도 사

실과 다른 내용도 아니라서 방송국에 항의할 수도 반박할 수도 없었다. 일본 오쿠라 재단과 이천오층석탑 환수위원회의 협상은 지지부진한 채 긴 시간 계속되어 오고 있다. 처음부터 간단히 끝날 협상이라고 생각지는 않았지만 이리도 지루한 인내의 싸움이 될 줄은 몰랐던 일이었다.

이천시와 시민이 합동으로 3년 넘는 준비기간을 거쳐 2008년에 '이천오층석탑 환수위원회'가 발족했다. 범시민운동 준비위원회를 구성하고 공식, 비공식으로 국내외를 뛰어다니며 약탈 문화재 반환 사례를 수집하고 문화재청, 국회, 방송국, 사학자들에게 도움을 요청했다. 범정부 차원에서 벌이는 일이 아닌 지엽적인 일이라 비용은 비용대로 깨지고 사람은 사람대로 생고생이었다. 이천오층석탑이 일본 땅에 있음을 안 지(2005) 10년이 흐르도록 이렇다 하게 눈에 보이는 진전이 없으니 문화재청에도 이천 시청에도 체면이 안 서기는 매한가지였다.

강정민은 맡은 일을 결과도 없이 중도에 포기할 수도 없고 끝이 안 보이는 이 싸움을 언제까지 계속해야 할지 암담한 심정이었다.

2014년 3월, 강정민 상임위원장은 내일(다음날) 아침 일본 출장을 앞두고 일찍 잠자리에 들었다.

김포공항에서 아침 8시 30분에 출발하는 비행기였다. 출발 시각에 맞추자면 이천에서 늦어도 5시 30분에는 출발해야 한다는 생각에 일찍 잠자리에 들었지만 소용없는 일이었다. 성격상 출장을 앞두고는 늘 그렇지만 특히나 이천오층석탑 환수위원회 일로 방일하기 전날은 언제나 밤잠을 설친다. 설친다기보다 거의 뜬눈으로 밤을 새우다가 새벽녘에야 잠시 눈을 붙이기 일쑤다. 또 그런 밤이 될 모양이었다.

핸드폰을 집어 시간을 본다.

아직 10시도 되지 않은 시간이다. 이러다가는 또 밤새 뒤척이다 새벽에 곯아떨어지게 될 것이다. 차라리 평소 하던 대로 한 잔 마시고 푹 잠들면 습관적으로 4시쯤에는 눈이 떠진다. 그게 나을 성싶어 어쩔까 잠시 망설인다. 그래도 그의 성격상 출장 전날 술을 마시고 잠자리에 드는 것은 용납되지 않아 늘 낭패를 본다.

이렇게 협상을 해보면 잘 풀리려는지, 저런 협상 카드를 내놓으면 그들 마음이 움직이려는지 궁리가 많아 또 뒤척이며 돌아눕는다.

그때 머리맡 핸드폰 벨이 울었다.

그는 방심하고 있다가 깜짝 놀라 폰을 집어 들고 발신번호를 확인한다. 진동으로 바꾼다는 것을 깜빡 잊었던 것 같았다. 알지 못하는 수상한 발신 번호였다. 국제 전화인 듯하여 조심스레 전화를 받는다. 일본 협상 관계자의 전화일지도 모른다는 생각에 불안함이 전신을 휩싼다.

"여보세요."

"안녕하세요? 강정민 선생님이십니까?"

약간은 어색한 한국말로 여자가 인사를 건네 왔다. 낯선 목소리다.

"밤늦게 죄송합니다."

"아, 그건 괜찮습니다만 뉘신지요?"

"제가 누구인지는 만나서 말씀드리겠습니다. 내일 도쿄에 오신다고 들었습니다. 저를 좀 만나주실 수 있는지요?"

"시간은 낼 수 있지만 왜 저를 만나려고 하시는지 알았으면 좋겠는데요."

"아, 그러시겠지요. 그런데 나쁜 일은 아니니 안심하셔도 됩니다. 조금 도움 될 사람이라고만 알아주시면……"

"알겠습니다. 그럼 오쿠라 호텔 커피숍에서 뵈면 어떨까요?"

"그쪽은 좀 곤란합니다. 제가 저녁에 숙소 근처로 가서 연락드리겠습니다."

"저희 일행이 묵을 숙소를 알고 계십니까?"

"예. 알고 있습니다. 오실 때마다 묵는 한국 호텔 아닌가요?"

순간 강정민은 '이 여자 누구지?'라는 의문이 더욱 강하게 와 닿았다. 그는 '만나보면 알겠지' 하는 마음으로 궁금증을 억누르고 약속을 잡았다. 내일 일정 중에 저녁 식사가 예정되어 있어서 오후 9시 가까이 되어야 숙소로 들어갈 것 같다고 하자 여자는 알았다며 전화를 끊었다. 어디로 오겠다거나 어디서 만나자는 말은 없었다. 강정민은 전화를 끊고 일어나 스탠드 불을 켰다. 이대로 잠들기는 틀렸다는 확신이 섰다. 잠옷 위에 가운을 걸친 채 침실을 나섰다.

그는 거실 통로를 통해 별채 작업실로 내려갔다.

본채 아래층은 아내의 공간이었고 사랑채처럼 지어진 별채는 오롯이 강정민의 공간이었다. 본채 아래층은 아내의 침실과 거실, 화장실 그리고 요리를 할 수 있는 제법 넓은 주방과 식재료를 다듬고 씻을 수 있는 수도 달린 널찍한 다용도실이 있는데 다용도실은 뒷마당과 통하게 되어 있었다. 2층에는 강정민의 침실과 아들이 다니러 오면 쉴 수 있는 침실과 자그마한 거실, 화장실이 있다. 2층에서는 넓은 잔디 정원이 같은 높이로 눈 앞에 펼쳐지고 아래층은 대문과 통하는 작은 앞마당이 내다보이는 구조였다. 비스듬한 비탈지형을 그대로 살려 집을 지었기 때문에 이러한 특이한 구조가 되었는데 살면서 점점 그 구조가 생활의 편의를 주는 구조임을 느끼게 되었다. 건물 실내가 여름에는 시원하고 겨울에는 따뜻한 이점이 있고 그 지형의 장점을 이용해 식자재들을 오래도록 보관할 수 있는 자연 저장고도 탄생시켰다.

별채는 본채 아래층보다 좀 더 대문 가까이에 있어서 누구든 본채에서 알지 못하게 별채로 들어올 수가 있는 그야말로 완벽한 사랑채 구실을 해냈다. 별채는 강정민의 서재와 도자기 공방과 손님을 맞을 수 있는 응접실이 있었다. 응접실로 들어서자 응접탁자 겸 술상이 되어주는 거대한 원목테이블이 그를 맞았다. 응접실 한가운데를 차지한 고사목 뿌리로 만든 원목테이블은 그의 보물 1호였다. 어느 제재소에서 버려지기 직전에 발견하여 구입했고 엄청난 무게의 그것을 어렵사리 끌고 와 손수 톱과 대패로 자르고 썰고, 조각칼로 다듬고, 사포지로 갈고, 기름 먹이고, 자연광을 내는 등 공들여 완성되기까지 반년이 걸린 작품이었다. 볼 때마다 가슴이 뿌듯한 탁자였다. 응접실 입구에 따로 마련된 술 냉장고와 와인 저장고가 또 하나의 행복이었다. 국화주, 청주, 막걸리, 와인을 직접 빚어서 가까운 지인들의 의미 있는 날에 한 병씩 선물하기도 하고 가끔 친구들을 집으로 청하여 한 잔씩 나누어 마시는 것이 그의 일상 중 가장 큰 즐거움이었다. 그는 와인 저장고에서 오디 와인 한 병을 꺼내 들고 들어오다가 진열장에서 와인 잔을 챙겼다. 그냥 잠도 들지 못한 채 침대에서 이리저리 뒤척거리는 것보다는 술의 힘을 빌리는 것이 나을 것 같았다.

응접탁자에 앉아 잔에 와인을 따랐다. 드라이한 와인의 향긋한 오디 향이 코끝을 스치고 혀를 적셨다. 떨떠름한 목 넘김 끝에 약간 달짝지근한 뒷맛이 또 한 잔의 술을 부른다. 이번 와인은 유독 성공적이었다. 희한하게도 같은 재료, 같은 기계, 같은 사람이 같은 공간에서 빚어도 매번 술맛은 달랐다. 그는 천천히 와인을 음미하며 마음을 가다듬었다. 음식 만들기를 남달리 좋아하는 아내를 거들다가 그도 술 빚기, 와인 만들기, 누룩 빚기에 도전했고 그것은 그들 부부의 사는 재미가 되었다.

사업 일선에서 물러나고서야 이제 하고 싶은 취미 생활하면서 집안일을 돌볼 수 있게 되었다고 한숨 돌렸을 때 박영준 시장은 그에게 중책을 맡겼다. 유명무실하게 소극적으로 명맥을 이어오던 문화원원장과 이천오층석탑 환수위원회 상임위원장으로 취임하기를 적극적으로 권유해 왔다. 원래 문화원장이 당연직으로 환수위원회 상임위원장을 맡도록 되어 있어 그 두 직책은 불가분의 관계에 있었다.

박영준 시장과 강정민은 한 동네에서 어릴 때부터 같이 자라 중학교, 고등학교를 같이 다닌 죽마고우였다. 각각 다른 대학에 입학하면서 전공도 달라지고 갈 길도 달라졌다. 박영준은 공무원의 길로 들어서고 강정민은 교편을 잡았다가 곧 사업으로 직업을 전환했다. 박영준이 시장에 당선되자 가장 미더운 친구 강정민을 오른팔로 곁에 두려고 애썼지만 강정민은 자신의 회사 일만도 벅차다는 핑계로 극구 그의 제안을 거절해 왔다. 실은 회사도 회사지만 가까운 사이일수록 멀찍이서 돕는 것이 진정으로 공직자인 친구를 위하는 길이라고 판단했기 때문이었다. 그러다가 사업 일선에서 물러나 대표 자리를 아들에게 맡기고 일주일에 한 번 회사에 출근하여 밀린 결재나 한다는 소문이 퍼지자 시장은 당장 그를 만나 일을 맡아달라고 청했다. 더 이상 거절할 명분이 없어진 강정민은 솔직한 자신의 심정을 밝힐 수밖에 없었다.

"사실은 내가 박 시장 옆에서 멀리 떨어져 있었던 건 회사 때문만은 아니었어. 박 시장하고 나하고 어릴 때부터 친구인 거 이천 시민이 다 아는데 내가 박 시장 옆에 있어서 좋을 게 하나도 없단 말이야. 말 많은 세상에 곱지 않은 시선으로 볼 건 당연하고 내가 잘해도 못해도 사람들 입방아에 오르내릴 거라고."

"그게 무슨 말도 안 되는 소리야? 강 사장이 어떻게 살아왔는지, 어떤 사람인지 이 지역에서는 다 알잖아. 정확한 사람이고 누구한테 털끝만 한 피해 한 번 입힌 적이 없는 선비 같은 사람인 걸 알 사람은 다 아는데 무슨 그런 걱정을 하냐고. 다 시끄럽고, 이번에도 내 부탁 거절하면 '너 혼자 고생 실컷 해봐라' 하고 날 물 먹일 심산이라고 생각할 거야. 날 믿어주고, 나를 적극적으로 도와줄 사람이 절실하게 필요하단 말이야."

강정민은 더 이상 박 시장의 제안을 뿌리칠 수 없었다. 더구나 그 제안을 해올 당시는 지자체단체장 선거를 일 년 남짓 남겨 놓은 시점이었다. 시장은 재선에 도전할 결심을 세운 터였다. 벌여 놓은 지역 사업들을 차질 없이 진행시키기 위해서는 재선에 당선되어야만 했다. 지역 발전을 위해서도, 하던 일을 보람 있게 마무리 지어야 할 박 시장 입장에서도 그가 재선에 당선되는 것만이 최선이었다. 시장이 그런 말을 하지 않아도 강정민은 그의 입장을 충분히 이해하고 있었다. 현 시장이 선거에 유리한 입장이라는 것은 지역을 위한 업적을 많이 쌓고 그 업적을 시민들이 피부로 느낄 때만이 가능했다. 시장의 업적은 혼자 쌓을 수 있는 일이 아니었다. 누군가가 희생적으로 그를 거들어야만 성취되는 일이었다. 시시콜콜 그런 사소한 이야기를 주고받지 않아도 두 사람은 서로의 의중을 읽는 사이였다. 강정민은 시장의 권유를 받아들였다.

"내 팔자가 신선놀음할 팔자가 못 되는 모양이지. 집안 가꾸고 도자기 만들고 술 빚고 볕 좋은 날 친구들 불러 맛있는 술 한 잔 대접하면서 살렸더니 또 틀렸나 보네."

"그건 나 은퇴하고 나면 나랑 같이하자고. 그땐 강 사장 위해서 내가 무료봉사할게. 농사도 거들어주고 잔디도 깎아주고 나무전지도 해줄게. 난 아파트에 사니까 그런 거 할 일이 없잖아."

"나 참…… 앞으로 몇 년을 더 기다리라는 거야? 앓느니 죽지."

그렇게 시장을 돕겠다고 나서서 열심히 이리 뛰고 저리 뛰면서 일에 묻혀 산지 5년이 가까웠다. 초창기 준비기간 3년 동안은 강정민이 아직 자신의 사업 때문에 적극적인 한 멤버로 참여하지 못하고 어려운 일이 닥칠 때나 한 번씩 거들어 주는 정도였다.

오늘 낮에도 잠시 시장실에 들렀었다.

내일 또 오층석탑 협상을 위해 일본으로 출장을 간다는 보고도 할 겸 의논도 할 겸 박 시장을 만나러 갔던 것이다.

"내 힘 빠지기 전에 마무리 지어야 하는데…… 시장 그만두면 나 아무것도 못 도와줘."

시장이 그에게 농담처럼 속내를 내비쳤다. 재선 시장이니 이제 삼선에 도전하는 위치였다. 삼선에 출마할지 말지를 두고 고심한 끝에 도전을 결심했지만 당선 여부는 알 수 없어 그도 고민이 많은 상황이었다. 낙선하게 되면 행정에 관여할 자격이 없는 한 자연인으로서 강정민을 도울 수 없기에 내심 애가 탔지만 그를 정식으로 압박할 수는 없었다. 무슨 일이든 시작하면 재빨리 마무리를 지어야 두 다리를 뻗는 성격의 강정민이 5년이 되도록 아직 결과를 얻어내지 못했으니 그의 속이 오죽하랴 싶었다.

"박 시장이 안 거들어주면 이 일도 더 이상 추진하지 못한다는 거 그걸 누가 모르나? 내 마음대로 되는 일이라야 말이지."

문화재청에서 환수에 필요한 비용을 일부 지원을 해주도록 이끌어낸 것도 강정민이었다. 지원을 한다고 하지만 지역에서 지자체 단체장인 시장의 적극적인 협조 없이는 오층석탑 환수를 위한 위원회 역할을 활발하게 진행시키기는 어려운 일이었다. 시장은 한국과 일본을 오가는 고단한 일정을 소화하면서도 불평 한마디 없는 친구가 고맙고 안타까웠다. 해외 출장비라고 해야 정상적인 항공료에도 못 미치는 약소한 출장비 탓에 저가 항공을 타고 가서 늘 삼류 호텔에 묵었다. 매끼 식사다운 식사를 하지도 못한다는 사실을 시장은 그들과 서너 번 동행하면서 경험한 바 있었다. 손님을 대접하는 경우를 제외하고 잠시 스케줄이 비는 식사 시간에는 약식으로나 아니면 가장 저렴한 방법으로 끼니를 해결하는 눈치였다. 라면이나 햄버거 또는 한국 마켓에서 산 김밥과 단무지, 음료수를 사 들고 들어가 객실에 모여서 먹는 것을 보았다. 그나마 시장이 동행했을 때는 시장의 사비, 판공비를 보태어 그들에게 좀 더 나은 음식을 대접하기도 했었다. 그런 사정을 아는 터라 강 위원장에게 눈치가 보이는 것은 당연한 일이었다.

"이번이 환수위원회와 오쿠라 재단이 협상한 지 벌써 십 팔차 회담이라고? 아직 환수를 기대하긴 어렵지?"

시장이 강 위원장의 어두운 표정을 살피며 오히려 쾌활한 말투로 그에게 물었다.

"환수운동 시작한 지 오 년이 흘렀는데 갈수록 태산이라고 해야 하나. 이번에 일본 측 재단 이사장이 바뀐다고 하니 맥이 빠져. 오 년 넘게 공들여 이제 재단 이사장과도 인간적으로 좀 가까워졌다 싶었는데 그 사람이 물러나다니…… 공든 탑이 무너지는 느낌이라니까. 신임 이사장은 또 어떤 성격의 소유자인지 걱정스러워. 말이 잘 통하는 사람이면 좋겠는데."

강 위원장의 표정이 어두운 이유가 바로 그 때문이었음을 시장은 그제야 알았다.

"이사장이 바뀐대? 왜?"

"나이가 팔십이 넘었는데 갑자기 건강 상태가 악화된 모양이야. 우리도 그 점이 염려스러워서 더 서둘렀거든. 말이 좀 통하는 것 같았는데 하필 이 중요한 시점에……"

"이봐! 강 위원장, 아무리 친근하고 말이 잘 통하는 것 같아도 일본인은 일본인이야. 너무 기대하지도 말고 걱정하지도 말고 그냥 닥쳐서 해결해."

역시 두 번이나 시장에 당선하고 삼선에 도전하는 고수답게 여유 있는 말로 강정민을 위로했지만 두 사람 모두 말처럼 속이 편할 수는 없는 입장이었다.

시장실을 나서는 강 위원장의 발걸음은 무거웠다.

친분 있는 시장 비서들이 뭐라고 인사를 건넸지만 강 위원장은 건성으로 고개를 끄덕여 화답하고 돌아섰다.

벌써 5년, 이천오층석탑을 강탈해 간 일본 오쿠라 재단으로부터 석탑을 돌려받기 위해 환수위원회를 설립하고 온갖 노력을 기울인 세월이 그만큼이나 흘러버린 것이다. 일본을 오가기를 17차례. 아직도 그 끝은 보이지 않았다.

천천히 와인을 마시는 동안 낮에 시장과 주고받은 대화를 곱씹으며 시장도 노골적으로 내색은 못 하고 얼마나 애가 탈까 싶었다. 이천 시민들로부터 절대적인 지지를 받으며 재선 시장에 당선되었을 때 이천오층석탑 되찾기 범시민운동이 벌어졌고 당시 이천 시민 109,017명이 서명을 하여 시민의 55%가 참여하는 결집력을 보이기도 했었다. 그때부터 시장이 이천오층석탑 반환 운동에 들인 노력과 공은 어느 기초단체장들이 흉내 낼 수 없을 정도로 적극적이고 지극정성이었다.

2014년 이번에 당선된다 해도 2018년에는 삼선 시장으로서의 임기가 끝이 나고 국회의원으로 출마하거나 자연인으로 돌아가야 하는 결정을 내려야 한다. 탐욕이 없는 박 시장은 자연인이기를 원하고 있다. 악착같이 삼선까지 시장 선거에 도전했던 것은 자신의 고향 이천의 발전을 위해서였을 뿐 자신의 명예나 출세욕 때문만은 아니었다. 자신이 시작하고 자신이 추진하던 일을 깔끔하게 마무리 짓고 싶어 하는 박 시장의 성격을 아는 터라 강정민의 마음은 더욱 초조할 수밖에 없었다.

와인이 반병쯤 비었을 때 강정민은 벽시계를 쳐다보았다. 12시가 넘어서고 있었다. 그는 와인 병에 코르크 마개를 찔러 넣었다. 아직은 서너 시간만 수면을 취하면 다음 날 활동하는데 별 불편을 느끼지 않는 자신의 체력이 고맙다. 화장실에 들러 물 양치를 마치고 침실로 올라갔다. 내일 만나자고 전화를 걸어온 여자에 대한 궁금증은 일단 접어두기로 했다. 그 추측에 빠지면 또 잠을 설칠 것이 뻔해서 그는 애써 눈을 감는다.

알람 소리에 눈을 뜬 것은 오전 4시.

그는 일어나 샤워를 마치고 일본으로 가져갈 서류들을 한 번 더 점검한 뒤 간단한 여행 가방에 챙겨 넣었다. 이번 방일 회담에 참여할 한국 측 일행은 그를 포함해 세 사람이었다.

환수위원회 상임위원장인 강정민, 통역사이자 환수위원회 사무국장 김현자, K대 역사학과 교수이자 실무위원인 서창길 교수였다. 집이 서울인 서창길 교수는 김포공항으로 곧바로 오기로 했고 김현자 국장과 강정민 위원장은 이천 문화원에서 출발하기로 했다. 인천 공항에서는 나리타 공항으로, 김포공항에서는 하네다 공항으로 가는 일본행 비행기. 그들은 도쿄 시내까지 가는 거리도 가깝고 교통편이 편리한 하네다 공항 도착 비행기를 선호했다. 늘 그렇듯 이번 일정도 2박 3일로 짧은 편이라 편의상 강정민의 자동차로 출발하여 공항에 주차하기로 하였다.

"위원장님, 우리 너무 일찍 도착할 것 같은데요."

김현자 국장을 태우고 서이천 IC를 나와 영동고속도로를 탈 때까지 도로는 텅 비어 있었다. 평일이라 출근 시간을 염려하여 서둘렀지만 6시도 채 안 된 이른 시간 탓인지 자동차는 빈 도로를 신나게 내달렸다.

"일찍 도착해서 공항에서 차도 마시고 의논도 하다가 비행기에 오르면 마음도 여유롭고 좋지 뭐. 지난밤에는 좋은 꿈 꿨어?

김 국장 꿈이 잘 맞는다며? 오늘 새 이사장이랑 대화가 잘 풀어지면 좋겠는데……"

"그러게요. 어젠 너무 고단해서인지 아무 꿈도 안 꿨어요. 위원장님도 새 이사장님이 어떤 분인지 걱정되시죠?"

두 사람은 한가롭게 이야기를 나누며 출장길에 나섰다. 강정민은 어젯밤 전화를 걸어온 묘령의 여인을 떠올렸지만 사무국장에게 말하지는 않았다. 동서울 IC 근처에서 자동차가 점점 많아지나 싶더니 그 숫자가 부쩍부쩍 불어났다.

"벌써 차 밀릴 시간은 아닌데?"

불안한 마음에 강정민은 스마트폰 실시간 T맵을 켜서 길이 막히는지 알아보라고 김 국장에게 지시했다.

"잠시 병목 현상인가 봐요. 길 막힌다는 특별한 정보는 없어요."

그들의 차가 올림픽대로로 진입한 순간 강정민은 '아'하고 후회의 탄성을 질렀다. 차들이 꽉 막힌 채 서행을 하는 중이었다. 강정민은 시계를 보았다. 6시가 조금 지나 있었다. 동서울까지 워낙 달린 덕에 아직 시간 여유는 충분했다. 조수석에 앉은 김현자도 자신의 손목시계를 들여다보았다.

"계속 이렇진 않겠죠?"

"아직 시간은 충분해. 여기 지나면 괜찮아지겠지."

강정민은 그렇게 말하면서도 불길한 예감을 떨쳐버리지는 못했다. 천호대교 부근에서 정체가 조금 풀리는가 싶더니 한남대교 근처에서는 꼼짝도 하지 않았다. 시계는 7시 가까워지고 있었다.

"도저히 이대로는 안 되겠어."

그는 한남대교를 건너 강변북로로 방향을 틀었다. 무슨 방법이든 강구해야만 하는 절박함에 그는 먼 거리를 돌아가는 줄 알면서도 직선 코스를 버리고 강변북로로 차를 몰았다. 먼저 김포공항에 도착한 서창길 교수에게서 몇 차례 전화가 걸려왔다.

"어디쯤이야? 정체는 좀 풀렸어?"

서 교수도 발을 동동 굴렀다. 강정민은 당황하지 않고 그들이 도착하기 전 서 교수가 조치를 취할 일들을 차근히 알려주었다. 주차대행 사설업체에 연락해서 주차요원을 대기시켜 놓으면서 강정민의 차종과 자동차 번호를 알려 줄 것과 먼저 탑승수속을 밟고 옆자리에 일행의 좌석을 배정받기를 부탁했다. 공항에 도착하면 자동차를 내버리고 곧바로 탑승수속을 밟기 위해서였다. 강변북로는 올림픽대로보다는 훨씬 원활한 흐름을 보였지만 이미 러시아워에 접어든 시간이라 내달릴 수는 없었다. 강정민은 요리조리 끼어들기를 하면서 계속 손을 들거나 비상 깜빡이로 미안하다고 사과하며 차들 사이를 비집고 들어갔다. 단 한 걸음이라도 더 공항 가까이 가고자 진땀을 흘렸다. 서 교수에게서 마지막 전화가 걸려왔다.

"나라도 우선 출발하는 것이 맞겠지? 사설 주차요원을 배치시켰고 연락처도 다 주고받았으니 공항 출국 층에 도착하는 대로 차는 그 자리에 그냥 둔 채 짐만 들고 탑승수속을 밟으면 돼. 정 안되면 다음 비행기로 온다는 마음을 가지고 너무 서둘지 마. 그나마 나라도 먼저 출발할 수 있어서 다행이지. 난 이만 탑승해야겠어."

"그래. 미안해 서 교수. 먼저 가서 우리 입장 잘 설명해 주고 일본에서 만나."

강정민은 서 교수와 인사를 나누고도 지그재그 운전을 멈추지 않은 채 열심히 공항으로 향했다. 해보는 데까지는 해 볼 심산이었다. 다행히 가양대교를 지나면서 정체가 풀리고 공항은 몇 발짝 남지 않았다. 강정민은 비상등을 켜고 속도를 내기 시작했다. 출국 층에 도착하자 강정민의 온몸은 땀으로 젖었지만 그는 개의치 않고 자동차에 시동을 켜둔 채 짐을 내리고 김현자와 함께 청사 안으로 달려 들어갔다. 7시 50분, 어쩌면 아직 탑승수속과 보안수속을 밟고 탑승구를 통해 탑승이 가능한 시간일지도 모른다 싶어 정신없이 뛰었다.

"실례합니다. 비행기 출발 시각이 다 돼서 급합니다. 미안합니다. 미안합니다."

강정민과 김현자는 줄 서 있는 사람들을 밀치고 맨 앞으로 나가 수속을 밟았다.

"탑승이 가능한가요?"

수속 데스크의 여직원에게 물었지만 '글쎄요'라고 대답할 뿐 그들도 알 수 없다고 했다. 두 사람은 달리기 선수처럼 달려가 보안수속 요원에게 급한 사정을 알리고 우선 수속을 요구했다.

"비행기를 놓치면 안 될 사정이 있습니다. 부탁합니다."

김현자의 다급한 목소리에 사람들이 슬금슬금 자리를 비켜 주었다.

"어디 가는 비행깁니까?"

보안요원이 땀을 흘리며 숨을 헐떡거리는 김현자가 안 돼 보였는지 그녀에게 물었다.

"동경 가는 여덟시 삼십 분 일본 항공인데요."

"아, 그 비행기 이십분 딜레이 됐으니 안심하고 수속하세요."

"감사합니다. 감사합니다."

김현자 사무국장은 그를 향해 두 번씩이나 고개를 숙여 인사를 했다.

"위원장님, 비행기 딜레이 됐대요."

다른 라인에서 보안수속을 밟기 위해 서 있는 강정민을 향해 김현자가 큰소리로 고함을 쳤다. 사람들이 모두 그녀를 돌아보았지만 김현자는 아랑곳하지 않았다. 비행기를 놓치지 않고 탈 수 있다는 사실만이 그녀에게는 중요했다. 강정민이 그제야 여권 든 손을 흔들며 김현자를 향해 웃어주었다.

보안수속을 마치고 33번 탑승구까지도 그들은 뛰었다. 다행히 버스를 타고 비행기 앞까지 가지 않아도 되는 탑승구였다. 아직 비행기 문은 닫히지 않은 채 그들을 기다리고 있었다. 두 사람의 탑승을 재촉하는 공항 아나운서 멘트가 여러 차례 나갔지만 서 교수가 그들의 공항 도착을 승무원에게 알려서 비행기 문을 닫지 않고 기다려주었다. 마침 출발이 20분 연기되었기 때문에 시간적인 여유도 있던 터였다. 그들을 맞이한 여승무원들은 두 사람이 땀을 흘리며 달려온 모습이 안쓰러웠는지 '이제 안심하세요' 하며 서 교수 옆자리로 그들을 안내하고 곧바로 물수건을 건넸다. 그들이 탑승하자 비행기문이 닫혔다. 강정민은 시트벨트를 매기 전 윗저고리를 벗었다. 와이셔츠가 땀으로 흥건하게 젖어 있었다.

"강 위원장님, 고생하셨습니다."

서 교수가 강정민의 손을 잡았다. 강정민은 물수건으로 목덜미의 땀을 닦으며 길게 안도의 숨을 쉬었다. 사람들 있을 때는 존칭을 쓰고 둘이 있을 때는 반말을 사용하는 두 사람의 관계를 잘 아는 김현자는 그들을 보며 그저 벙긋벙긋 웃음을 지었다. 강정민은 기분 좋게 벙긋거리는 김현자를 보며 그제야 마음을 진정시켰다. 자동차에 내려서부터 그 넓은 공항 청사를 그렇게 달리고 뛰고 서둘렀는데도 그녀는 볼이 발그레 상기되었을 뿐 별로 힘든 기색이 아니었다. 역시 젊음이 좋다는 생각이 들었다. 비행기가 이륙한다는 멘트가 나올 때쯤 강정민은 십년감수한 느낌으로 눈을 감았다. '이 나이에 이게 뭐 하는 짓인가?'하는 자괴감마저 들고 땀에 절어 파김치처럼 축 처진 자신의 몰골이 서글펐다. 이번에 가서 담판 지어보고 아니다 싶으면 이 일에서 손을 떼야겠다는 결심을 굳혔다.

의욕적으로 시작했던 2010년의 4월 18일부터 23일까지 있었던 1차 방일 실무협상이 기억에 생생하게 떠올랐다.

2

그때는 잡을 지푸라기조차 없이 막막하기는 했지만 그래도 의욕만은 넘쳤다. 뒤에 이천 시민이 힘을 보태주고 있는 덕분이었다.

2005년 일본 오쿠라 슈코칸(집고관)에 서 있는 오층석탑이 이천 석탑이 분명하다는 재일교포 김창진 씨의 제보에 따라 2009년 이천 시장이 오쿠라 슈코칸을 비공식적으로 시찰하고 돌아왔다. 그 다음부터 이천에서는 범시민운동으로 이천오층석탑 환수운동이 전개되기 시작했다. 시장을 시민대표단 단장으로 삼고 환수위원회 상임위원장이 선임되고 실무위원 구성이 이루어지기까지 그리 오랜 시간이 걸리지 않았다. 이천오층석탑 환수위원회가 구성되자 곧바로 반환을 촉구하는 범시민 서명운동이 벌

어지고 민관, 학교, 사회단체가 솔선수범하여 서명에 적극 앞장
섰고 그 결과 1년 만에 이천시민의 55%에 해당하는 10만 9천 명
이 서명에 참여하기에 이르렀다. 그 힘에 용기를 얻어 아무 대책
없이 오쿠라 슈코칸을 상대로 실무를 논의하자고 덤볐던 것 같
았다.

　오쿠라 슈코칸의 이사장은 물론 책임 있는 이사 어느 누구도
그들을 만나주려 하지 않았다. 일본에 체류하고 있는 기자들과
명망이 높은 재일교포들의 힘을 빌려 오쿠라 슈코칸의 이사를
만나기를 요청했으나 그들은 서로 눈치를 볼 뿐 선뜻 나서지를
않는다는 대답만 돌아왔다. 일본 오쿠라 재단이 이천 협상단을
만나주든 안 만나주든 이천시민의 환수 염원과 강력한 의지를
직접 눈앞에서 보여주자는 마음과 한번 부딪쳐 보자는 심정으로
5박 6일의 일정을 잡아 일본으로 출발했었다. 일본에 살고 있는
교포들과 일본인이지만 한국에 석탑을 반환해야 한다는 주장을
펼친 양심적인 바른 학자들과 기자들이 모여 도쿄 네트워크 간
담회 겸 기자회견을 가질 계획으로 출발했던 것이다. 사실은 환
수 실무협상단은 일본으로 출발하면서도 무모하고 두렵고 힘겨
운 첫 방일 행사가 어느 수준의 성과를 거둘지 걱정이 태산이었
다. 일본으로 출발하기 전 강 위원장과 서 교수를 비롯한 실무위
원들이 매일 만나 머리를 맞댄 채 대책을 논의하고 연결고리를
찾아내느라 고심했다.

"너무 걱정 말고 그냥 있는 그대로 부딪쳐 보십시다. 그러면 무슨 대안이 나올 겁니다."

시장도 강 위원장도 환수실무 위원들을 그렇게 위로하고 격려하는 수밖에 달리 방법이 없었다.

그런데 일본에 도착한 실무협상단에게 낭보가 전해졌다. 누구의 입김이 작용했는지 슈코칸의 부관장인 시부야상이 협상단과의 면담을 수락했다는 내용이었다.

오쿠라 슈코칸의 부관장인 시부야상을 만난 것은 첫 방일 실무협상단의 큰 소득이었다. 한국 측 실무협상단의 의사가 오쿠라 재단 이사장과 이사들에게 전달될 것은 틀림없는 사실이니 그것만으로도 소득이라 할 수 있었다. 오쿠라 재단의 실질적인 오너이자 슈코칸 관장인 오쿠라 요시히코는 하늘의 별처럼 만나기 어려운 존재임을 소문으로 들어 알고 있었기에 부관장을 만난다는 것도 기대하지 못했던 일이었다.

부관장인 시부야 상의 첫인상은 그야말로 한겨울 찬바람이 감도는 냉동형 인간이었다. 별로 내키지 않는 표정으로 마지못해 이천환수위원 실무협상단과의 면담에 모습을 드러낸 그는 극히 사무적이고 건방진 표현을 사용하며 환수는 생각해 본 적도 없다고 당당하게 말했었다. 냉랭한 분위기에서 그의 설교 같은 일방적인 대화가 계속되었다. 이천 실무협상단은 우선적으로 그의 말을 경청해 줄 수밖에 없었다.

"이천에 있는 삼층석탑을 우리 관계자가 보고 왔는데, 우리 슈코칸의 석탑이 이천의 그것보다 훨씬 더 보존이 잘 되고 있다더군요. 많은 한국인들이 이천오층석탑을 관람하고 있으니 이 자체가 한·일간의 문화교류라고 생각합니다."

깐깐한 스타일의 전형적인 일본인의 표정으로 그는 대한민국이 그들의 속국이었던 당시 조센징을 무시하듯 협상단을 무시하려고 들었다.

"이곳에 석탑이 있으므로 해서 일본인과 우리 호텔을 드나드는 세계 각국의 사람들이 한국의 우수한 석탑과 문화를 접할 수 있는 것은 오히려 다행한 일이 아닌가요? 우리 호텔은 일본에서뿐 아니라 세계 1등급으로 꼽히는 유명 호텔이며 이곳을 드나드는 사람들도 각계각층의 브이아이피들이 대부분입니다. 오층석탑을 호텔과 근접한 곳에 세운 것도 그들이 감상할 수 있게 하기 위한 의중에서였습니다."

시부야상의 말도 안 되는 억측 주장에 실무위원인 서창길 교수가 참다못해 한 방 먹이는 내용을 공표하여 그의 입을 다물게 했다.

"시부야상은 우에노 공원의 '사이코 다카모리'(메이지 유신 초기 정객) 동상이 미국 센트럴 파크에 있다는 사실을 아십니까?"

"예? 그것이 정말인가요?"

시부야상이 매우 놀란 얼굴로 서 교수에게 되물었다. 오쿠라 슈코칸의 부관장인 그가 사이코 다카모리 동상을 모를 리 없을 것 같아 일부러 꺼낸 말이었다.

"시부야 상도 매우 놀라시는군요. 1954년 일본이 미군정의 통치 하에 있을 때 우에노 공원의 '사이코 다카모리' 동상이 미국으로 반출되었다고 가정을 해 보세요. 그 심정이 어떻겠습니까?"

"그 동상이 정말 미군정 통치 하에서 반출된 것입니까?"

시부야상이 정색을 하고 서 교수에게 질문을 던졌다. 오히려 당황한 쪽은 정색을 하고 따져 묻는 시부야의 매서운 눈빛을 본 서 교수였지만 그는 작심한 듯 그 상황을 의연하게 대처했다.

"아니, 저는 우리나라 일이 아니라 관심 없어서 그 내용을 정확하게 파악하지 않았습니다. 자세한 내용은 일본에서 알아볼 일이겠지요. 사실이든 아니든 전 단지 역지사지의 논리로 이천 시민들의 심정을 이해해 주기를 바라는 마음에서 예를 들어 본 것입니다."

시부야 상은 서 교수의 엉뚱한 발언 뒤에는 억측 주장을 내세워 한국 측의 반환 요구를 무시하는 말을 더 이상 하지 않았다. 오쿠라 슈코칸 부관장 시부야 상과의 면담은 20분도 안 되어 끝이 났다.

"서 교수, 정말 그 동상이 센트럴파크에 있어?"

강 위원장이 면담을 끝내고 나오다가 너무나 궁금해서 서 교수에게 속삭이듯 물었다.

"그야 나도 모르지. 아마 우에노 공원에 그대로 있을걸?"

서 교수의 명쾌한 대답에 강 위원장은 슈코칸 사무실을 나서며 모처럼 통쾌하게 웃었다. 서 교수도 덩달아 껄껄대면서 시부야 상의 놀란 얼굴을 보고나니 속이 시원하다고 했다.

"예를 들면 그럴 수도 있다 뭐 그런 거지. 역지사지로 바꿔서 생각해보라는 뜻이었는데 그가 갑자기 정색을 하고 덤벼드니까 나도 순간 움찔했어."

한국 협상단에게는 메이지 유신 시절 조선 정벌을 주장했던 사이코 다카모리 동상이 정말 미국 센트럴파크에 있는지, 여전히 우에노 공원에 있는지 그 사실 여부가 중요하지 않았다. 다만 시부야 상의 거만한 발언을 중지시키고 한 나라를 깔보고 무시하는 입장을 바꾸어 돌이켜보게 한 것으로 충분했다. 1차 면담은 그렇게 얼토당토않은 감정을 서로 건드리며 시비조로 탐색전을 끝냈다.

실무협상단은 오쿠라 슈코칸 부관장과의 면담 및 도쿄 네트워크 간담회 결과를 신속히 국내외 언론사에 송부하여 여론화시키는데 성공했다.

마이니치 신문은 21일 자에 이천오층석탑에 관해 보도를 했는데 일본 일간지에는 최초로 소개되었다는 점이 의미 있었다. 아사히 신문사 나까노 기자는 지속적으로 자료를 모아 '석탑, 한국에 돌아가다'라는 기사를 작성하고 싶다며 그런 기사를 쓸 수 있는 날이 빨리 오기를 기대한다고 했다. 시나노 마이니치 신문 마스다 마사아키 논설위원은 5월 4일 자 사설에 이천오층석탑 소개하겠다고 약속했다. 출판업을 하고 있는 일본 출판인 아카하네 상은 일본의 지식인들에게 이 문제를 알리고 여론을 조성하기 위해서 일문판 이천석탑 관련 출판물 3,000권을 간행하겠다고 제안했다.

실무협상단은 예상치도 못한 언론사와 일본 지식층의 호응에 놀라 흥분을 감추지 못했고 머지않아 석탑이 이천으로 반환될 것이라는 희망에 부풀었다. 더구나 교토로 이동하여 일본 지식층과의 간담회를 가졌을 때는 감격의 눈물이 눈시울을 적셨다. 우에다 마사아키 교토대 명예교수, 나까오 히로시 조선통신사 연구원이자 교토대 조형미술학과 교수, 곤타니 윤동주 시비 건립위원회 부부, 저널리스트 가와세 상이 간담회에 참석했다. 그들을 만나 한국에서 받은 윤동주 시비 건립을 위한 서명지와 한국에서 국립중앙박물관장 등 주요 인사들이 발기인으로 참여한 호소문(일문 번역본)을 전달하면서 일본 내에서의 저명인사들의 반환 찬동을 위한 활동을 부탁하자 그들은 어려운 일 한다며 어깨를 다독이고 일일이 포옹했다. 그 순간 감정이 벅차오르면서 눈시울이 붉어졌다.

"서로 배척하는 나라를 상대로 이런 일을 한다는 것이 얼마나 힘든 일인지 우리는 압니다. 우리는 한국을 사랑하고 한국인을 좋아합니다. 먼 길 오시느라 수고하셨습니다. 이곳에 오신 것을 아주 많이 환영합니다."

조선인이라면 무조건 무시하고 깔보는 일본 땅에서 이렇게 따뜻한 마음으로 환대해주는 일본인도 있구나 싶어 일본인들을 향한 미움은 한순간에 사라졌다. 그들은 일본 내에서의 서명을 비롯한 적극적인 지원활동을 약속했다.

우에다 마사아키 교수가 이천 사람들의 단결력이 대단하다고 칭찬을 쏟아냈다.

"단시간 안에 이천 시민의 절반이 넘는 사람이 참여한 서명운동은 상당히 고무적이라고 생각합니다. 그 서명 운동이 없었다면 오쿠라 부관장도 면담에 응하지 않았을 것이고 지금의 힘을 가질 수도 없었을 것입니다."

그러자 나까오 히로시 교수가 더욱 적극적인 방법을 제시했다.

"일본 내에서의 서명운동을 활발히 전개하는 것도 좋지만 오쿠라 재단과의 효율적인 교섭을 위해서, 또 일본 정부에 압력을 가하기 위해서 꼭 필요한 것은 석탑의 유출 경로에 대한 결정적 자료를 찾아 논증을 하는 것입니다. 아무리 인정에 호소해봐야 그들은 끄떡도 하지 않는 사람들입니다."

"그래요. 논리적으로 꼼짝할 수 없이 반환해야 하는 결정적 증거를 들고 협상해야만 해요. 언론에 매우 민감한 사람들이니 여론 조성도 중요한 역할을 할 겁니다."

저널리스트인 가와세 상이 언론에 관한 한 힘닿는 대로 적극적으로 협조하겠다고 말해 박수를 받았다.

"1995년에 비록 관동 대지진 화재로 '불 먹은 돌'이 된 자선당의 기초석을 오쿠라 재단에서 한국으로 반환한 전례가 있으니 자선당과 연계시키는 방법도 나쁘지 않을 것 같아요. 그래야만 일본 내에서는 설득력이 있을 테니까."

곤타니 부인이 조심스레 자신의 의견을 내놓았다. 1915년에 해체되어 1916년에 오쿠라 재벌이 일본으로 반출해 간 자선당. 오쿠라의 정원에 세우고 저택 일부로 사용하던 중 1923년 일본 관동 대지진 화재로 목조건물은 불타 없어지고 기단과 주춧돌만이 남았다. 그 이후 남은 돌은 오쿠라 호텔 산책로에 기단으로 사용하고 있던 것을 대전 목원대 김정동 교수가 발견하고 통탄을 금치 못했다. 한때는 대한민국의 동궁전이던 그 돌이 온갖 사람들이 밟고 다니는 산책로의 받침석이라니 이럴 수가 없다는 것이었다. '불 먹은 돌'이나마 반환해 달라고 한국 측이 요청했지만 오쿠라 재단은 이 핑계 저 핑계로 요구에 응하지 않았다. 결국 반환교섭은 오쿠라 호텔과 오랜 인연을 맺고 있던 삼성문화재단의 호암 미술관 측이 맡았다. 삼성 이건희 회장이 뒤에서 신라호텔 이사이던 오쿠라 호텔 측 사람을 설득하였다는 소문이 나돌았다. 불에 탄 자선당 주춧돌이 80년 만인 1995년에 한국으로 돌아왔던 전례가 있었다. 그 돌은 끝내 자선당 복원에 사용되지 못한 채 보관되고 있다.

교토 역 근처에서 한인식당을 경영하는 교포를 찾아가 저녁을 먹고 강 위원장이 이천에서부터 준비해간 집에서 빚은 막걸리 한 잔씩을 나누며 그들은 우의를 다졌다.

"이 막걸리 맛 영원히 못 잊을 것 같아요. 어쩌면 이렇게 향기롭고 맛있지요?"

"채 두 잔씩도 돌아가지 않는 적은 양 때문이 아닐까요? 이 술은 우리 상임위원장님 부인이 집에서 담근 특별한 술입니다. 이천에 오시면 이 술을 마음껏 드실 수 있도록 해 드리겠습니다."

서 교수는 강 위원장의 술이 모두 자신의 술인 양 호언장담하며 큰소리를 쳤고 강 위원장은 그런 서 교수의 말에 고개를 끄덕이며 그렇다고 대답했다. 고향 친구인 두 사람의 우정을 모두들 부러운 눈으로 바라보았다. 막걸리 자리에 끼어 앉은 식당 주인도 교포를 대상으로 적극적인 반환 서명 운동을 펼치겠다고 나서서 감동을 안겨주었다. 해외에 나가면 다 애국자가 된다더니 그 말이 틀리지 않은 것 같았다. 일행 모두 슈코칸 부관장에게 무시당한 기분을 잊은 채 일본까지 달려온 보람을 느꼈다.

3

곧 하네다 공항에 착륙한다는 멘트를 귓전으로 들으면서도 강정민은 첫 번 방일의 감동에서 헤어나지 못해 눈을 뜨지 않았다.

덜컹, 착륙으로 인한 진동을 심하게 느끼면서 강정민은 또다시 양국의 싸움이 눈앞에 닥쳤음을 실감했다. 잠시 눈을 붙인 덕인지 몸은 개운한 것 같았다. 한국과 일본은 비행기로 불과 두 시간 정도로 가까운 거리인데 양국의 마음은 너무나 멀리 있었다. 어쩌면 영원한 동맹, 진정한 화합은 절대로 이루어질 수 없는 앙금을 지닌 채 그렇게 만나야 하는 운명인지도 모르겠다. 일본이 한국을 통치하고 지배했었다는 자만심을 버리지 않는 한, 한국이 그들로부터 받은 멸시와 모욕을 가슴 속에서 지우지 못하는 한 두 나라는 언제 어떤 일로 폭발할지 모르는 감정의 시한폭탄을 안고 살아가는 관계였다.

"위원장님, 이번에도 파이팅! 교수님도요."

시트벨트를 풀며 김현자가 두 남자에게 주먹을 불끈 쥐고 파이팅을 속삭였다. 누가 보았으면 무슨 큰 국제경기나 치르러 가는 사람들인 줄 알았을 것 같은 모습이었다. 허기야 몸싸움이 아닌 정신적인 국제경기나 다를 바가 없는 협상 회의기는 했다. 김현자의 밝고 명랑, 쾌활한 성격은 지쳐가는 일행에게 늘 에너지원이 되어 주었다.

공항에 마중 나와 있는 재일교포 지지자들의 얼굴을 보는 순간 일행은 자신만만한 표정으로 웃어야 한다는 사실을 잊지 않았다. 어눌한 한국말로 열심히 한국을 응원하고 있는 그들을 실망시킬 수는 없었다. 그들이 일본 땅에 살면서 '조센징'인 이유로 무시당하고 설움 당하는 한을 풀어달라는 것이 그들의 염원이었다. 오로지 그 염원 하나로 한국 협상단을 돕고 그들을 지지하며 그들에게 협조하고 있었다. 자동차 등 편의를 제공하고, 일본 내의 동조자 모임을 주선하고, 뜻을 같이하는 일본인을 섭외하고, 여론 조성에 앞장섰다. 한국으로의 반환 운동에 서명한 일로 주변에서 왕따를 당하거나 불이익을 받는 교포도 속출했지만 그들은 그런 일쯤은 감수할 수 있다고 했다. 다 포기하고 싶다가도 그들을 보면 다시 각오를 다지게 되고 다시 힘을 내어야만 한다는 사실을 깨달았다.

거의 5년 동안 인간적인 유대를 가지며 공들인 오쿠라 재단의 이사장이 바뀐다니 다시 원점으로 돌아가는 것이나 진배없었다. 전 이사장과는 '내가 은퇴하기 전에 한국으로 장기 대여를 한다든지 기증할 수 있는 가능한 조건들을 한 번 찾아보자'는 합의점까지 도달하는 성과를 얻어냈었다. 그가 워낙 연로한 탓에 환수위원회는 불안한 마음으로 그의 재임 기간 중 일을 성사시키려고 서둘렀었다. 그런 그가 덜컥 병이 나서 입원했고 더 이상 직무수행을 할 수 없어 이사장직에서 물러난다고 하니 이천으로서는 행운이 따라주지 않는 일이었다.

"좀 젊은 사람이 이사장으로 온다는 말도 있는데 어쩌면 말이 잘 통할 지도 모르잖아요. 위원장님 힘내십시오."

서 교수가 입국 심사를 위해 기다리는 동안 강 위원장의 굳은 표정을 보면서 씩씩하게 웃었다. 고향 친구라고 하지만 세 살이나 연상인 강정민이 이제 지칠 때가 되었지 싶은 마음에 안쓰러웠다. 서 교수는 학교 업무나 개인적인 일로 방일 협상단이 일본으로 출국할 때 세 번에 한 번 정도 참여했지만 강 위원장은 상임 위원장이라는 책임이 있어 긴급 상황이 없는 한 일본 측과의 협상에 빠짐없이 참석했다.

이천에서 석탑 환수 운동이 본격적으로 시작되었던 2010년에는 한 해에 5차례나 방일 교섭이 있었고 그해에는 이천 시장도 2차 방일 협상과 4차 방일 협상에 두 번이나 일본을 방문하여 오쿠라 이사장과 만나 적극적인 설득을 펼쳤다.

2차 방일 때 시장은 이천 시민을 대표해서 500페이지 28권 분량의 이천 시민 서명부를 오쿠라 재단에 전달했고 오쿠라 재단 오자끼 이와오 이사장은 놀라는 기색을 감추지 못했다. 오쿠라 호텔 내 레스토랑에서 이천을 대표하는 이천 시장과 오쿠라 재단 이사장의 첫 만남이 이루어졌다.

협상이라기보다는 이사장 면담이라는 말로 그들은 이천 시장을 맞았다. 첫 만남에서 이천 시장은 이천 시민의 염원이 담긴 서명부를 전했다. 그 방대한 분량을 일본으로 가지고 가는 문제도 예삿일이 아니었다. 대부분은 화물로 부치고 용량을 초과하는 일부는 각자 몇 권씩 가방에 넣어 들고 일본까지 옮겨갔다. 제본이 된 두터운 서명부 28권을 장정들이 들고나와 오자끼 이사장에게 전했다. 오자끼 이사장은 놀랐고 서명부 전달 이전과 이후에 큰 변화를 보였다.

"전 인류의 문화유산인 문화재는 어디에 있든지 간에 보존이 잘 되고 있으면 좋은 것이지 국경을 가지고 말할 문제가 아니라고 생각합니다."

그렇게 강경하게 석탑 반환 문제를 언급조차 하기를 꺼리던 오자끼 이사장이 서명부를 전달받고는 한결 누그러진 말투와 대화로 입장을 달리했다.

"이천시민의 서명부를 보니 그 속에 담긴 이천시민의 염원이 어느 정도인지 알 것 같군요. 석탑 문제를 진지하게 생각해 보겠습니다."

눈앞에 쌓아 놓은 28권의 두툼한 서명부 무게에 짓눌린 것 같은 그가 심경의 변화를 일으킨 것은 그 자리에 있던 사람들 모두에게 느껴졌다.

"또한 강점기 약탈 문화재 반환에 대한 일본정부의 입장도 한번 살펴볼 테니 계속 만남을 이어가면서 석탑 문제를 논의하기로 하십시다."

재단 이사장이 강경한 주장에서 긍정적인 주장으로 심경의 변화를 일으키고 이천 시장과 악수를 나누던 그때만 해도 시부야 후미토시 부관장은 찬바람이 쌩쌩 도는 반환 반대론자였다. 한국 측에서 준비한 작은 마음의 선물조차도 받기를 거절할 정도로 한국 협상단과 거리감을 두었다. 한국 측으로서는 대화의 창구 역할을 하는 시부야 상과의 관계가 서먹하고 껄끄러운 것이 최대의 난관이었다. 그런 그를 강 위원장은 전화로, 서신으로, 메일로 안부를 전하고 성심을 다하며 신뢰를 쌓아갔다. 사무적인 관계를 떠나 인내심을 가지고 진심으로 그를 대하고 우정의 표현을 행동으로 실천했다. 방일 때마다 집에서 마련한 귀한 강정, 홍삼정과, 술, 약식 등을 정성껏 준비하여 그에게 전했다. 부관장 시부야 상도 그를 조금씩 인간적인 상대로 대하며 마음을 열기 시작했다.

"이건 이사님들께 한국 음식을 조금씩 맛보여 드리려고 따로 준비한 것이니 회의 때 나누어 드세요."

그의 극진한 마음은 시부야 상을 비롯한 오쿠라 재단의 이사들까지도 감동시키는 효과를 얻었다. 시부야 상은 속내는 어떨지 모르지만 강정민 이천환수위원장을 대하는 말과 행동이 누가 보아도 친절하고 싹싹하게 달라졌고 간혹 오랜 친구 같은 친근감을 내비쳤다. 슈코칸 사무실 외에서는 차 한 잔 마시는 것도 꺼려하던 그가 사적으로 강정민 일행에게 저녁을 대접하는 놀라운 일도 벌어졌다. 언제부턴가는 그들이 일본에 오면 방일 중 한 번은 꼭 그가 만찬을 대접하는 일정을 잡았다. 강 위원장의 진심과 정성이 통한 것 같았다. 시부야 상은 때로는 '이사장을 만날 때 이런 제안을 해보면 어떻겠느냐'는 귀띔도 해주는 우호적인 사이로 발전했다. 그가 이사장에게 협상단과의 면담을 보고할 때도 한국 측에 유리한 발언을 한마디씩 해준다는 사실도 큰 힘이 되었다. 이사장의 마음이 서서히 움직여 '장기 대여'의 방법을 모색하게 된 것도 시부야 상의 보이지 않는 공이 컸음을 환수위원회 위원들은 모두 느끼고 있었다. 오쿠라 재단 내에 막강한 한 사람의 지원자를 얻은 셈이었다. 더구나 오자끼 이사장과 시부야 부관장 사이가 나이가 많다는 동질감 때문인지 남달리 돈독했던 탓에 이사장의 권한 중 최소한의 권한을 시부야 상이 행사해 왔다. 자기 선에서 한국 측 요구를 들어줄 만한 사항은 그의 직권으로 해결해 주는 성의도 보여주었다. 예약이 쉽지 않은 오쿠라 호텔 내의 식당 예약이나 이사장 명의로 경비 지출, 회의 장소 제공 등에는 많은 도움을 베풀었다.

"내가 해 줄 수 있는 것이 이 정도밖에 되지 않습니다. 내가 너무 월권행위를 하게 되면 재단 이사들로부터 반발을 사게 되고 비난이 쏟아지면 오히려 한국 측에 불리한 여론으로 작용할 수도 있습니다."

만나 갈수록, 알아 갈수록 그의 진정성을 느낄 수 있었다.

"오쿠라 이사장과 내가 더 늙어서 자리를 물러나기 전에 석탑 문제가 마무리 지어졌으면 좋겠습니다."

그는 좋은 대안을 찾아내어 하루빨리 해결을 보기를 진심으로 바란다고도 했다. '영구임대'라는 단어가 그들 협상 테이블에 등장할 정도로 많은 진전이 있었던 것은 시부야 상의 보이지 않는 입김이 작용했을 것이라는 짐작이 갔다. 그런데 시부야 상과 돈독한 관계였던 오자끼 이사장이 물러나게 되었다니 오쿠라 재단의 분위기가 또 어떻게 바뀔지 알 수 없는 일이었다.

도쿄에 도착하자 협상단 일행은 공항으로 마중 나온 두 명의 재일 교포 협조자들과 함께 그들이 묵을 호텔로 향했다. '한국 조선문화재 반환문제 연락회의(이후 연락회의로 지칭)' 소속 이인수 부대표와 양일지 회원이 마중을 나왔다.

"이번 일정은 보내주신 스케줄과 변동이 없으신가요?"

일본에 도착하면 제일 먼저 그들은 일행의 스케줄부터 체크했다. 자기들이 섭외해 놓은 간담회나 사람 소개를 위한 모임에 차질이 없게 하기 위해서였다.

"점심은 주일 한국문화원장님과 약속이 되어 있고 그 오찬이 끝나면 오쿠라 호텔 커피숍에서 시부야 상을 만나기로 되어 있어요. 만찬은 일본 네트워크 간담회 참석자들과 함께하기로 되어 있고요."

강 위원장이 스케줄을 줄줄이 외어대자 모두들 그의 빈틈없는 준비성에 혀를 내둘렀다.

"우리 위원장님은 이런 사람입니다."

서 교수가 자동차 뒷자리에 나란히 앉은 강정민을 손을 가리켰다.

"아, 내일은 주일 케이비에스 기자가 두 분과 약속을 좀 잡아달라고 하던데요."

"저번에 석탑 취재를 했던 그 기자 말인가요?"

"예. 맞습니다. 어제 전화가 왔더라고요. 언제 오시느냐고."

"무슨 일이지? 인터뷰와 취재는 다 끝난 거로 아는데…… 이번에는 만나자고 하는 사람들이 많네."

"누가 또 만나자고 합니까?"

운전을 하던 이인수 부대표가 실내 밀러로 염려스러운 눈빛을 보냈다.

"잘 아시겠지만 일본에서는 신분이 확실하지 않은 사람을 아무나 만나시면 안 됩니다. 강 위원장님은 이천 석탑 환수 문제로 대 오쿠라 기업을 상대로 협상을 하고 있는 분이라 도쿄에 나와 있는 북한 사람들도 대단히 관심을 갖고 있습니다."

"그거야 알고 있지요. 이천 석탑과 나란히 서 있는 북한 율리사지 석탑도 이천 석탑 문제가 어떻게 결정되느냐에 따라 북한으로의 반환 문제가 좌우되는 일이니까요."

"강 위원장님은 북한 사람들이 접근하고 싶은 존재입니다. 그러나 그들과 엮여서 좋을 일은 하나도 없습니다."

이인수대표가 차분하게 일본 사회 분위기를 설명해 주었다.

"염려해주셔서 감사합니다. 저도 북한 사람들과 엮이고 싶은 마음은 없으니 안심하세요."

"남북되면 하루아침에 유명인사 되는 건데……"

서 교수가 강정민을 놀리듯 농담을 흘리자 강 위원장이 눈을 흘기며 그에게 기어이 한 마디 던지고 만다.

"내가 말을 말아야지. 그게 지금 유머라고 하는 거요?"

김현자가 싱그러운 소리로 까르르 웃자 심각한 표정으로 조언을 하던 이인수 부대표도 웃고 말았다. 굳어있던 자동차 안 분위기는 김현자 덕분에 부드러워졌다.

서 교수는 학계에서도 엉뚱하고 유머 감각이 뛰어난 사람으로 유명했다. 일본에서 유학을 할 때는 법학을 하다가 돌연 한국으로 돌아와 역사학으로 전공을 바꾸었다. 남보다 늦게 시작한 전공이지만 그는 법학과 역사학을 묘하게 접목시켜 역사에 대한 인식을 달리하고 지나간 역사에 대해 획기적인 해석을 함으로써 신개념의 역사학을 정립했다. 특히나 일본 역사와 한국 역사, 중국 역사의 피할 수 없는 연관성에 관한 한 그를 능가하는 전문가는 없었다. 뼈대 있는 이천 서씨 집안이라는 자부심이 대단하여 이천 사랑 또한 남달랐다. 보통 때는 온순하고 유모 감각이 뛰어나 좀처럼 화를 내지 않는 방식으로 상대를 제압하는 머리 좋은

학자지만 그의 집안이나 고향을 모욕하는 발언 앞에서는 참지 않는 성격이었다. 그런 서창길 교수가 학연으로도 집안으로도 아무런 연관이 없는 강정민과 같은 고향이라는 인연으로 서울에서 얼렁뚱땅 친구가 되었는데 나중에 알고 보니 서 교수가 세 살이나 연하였다. 워낙 노숙해 보이는 서창길의 외모와 앳되어 보이는 강정민의 외모가 그런 불상사를 낳은 셈이었다. 이번 이천 오층석탑 환수 문제로 실무위원을 선정할 때 몇몇 사람이 그를 적임자로 추천했다. 추천하는 이들은 그가 일본어를 잘할 뿐 아니라 일본 사람들의 근성까지도 파악하고 있는 사람이라고들 했다. 세심하고 깐깐한 성격의 강정민 위원장에게 도움이 될 인물이라는 평이었다. 석탑 문제로 자주 만나면서 살펴본 그는 예리한 관찰력이 있는 반면 사람들을 모나지 않게 다스리는 능력을 가진 사람이 분명했다. 강 위원장이 가지지 못한 대범함과 상대를 편하게 다가오도록 만드는 특별한 재주를 지녔을 뿐 아니라 어지간한 일에 초조해하지 않고 끝까지 밀고 나가는 뚝심과 배짱을 가진 사람이었다. 오쿠라 측과 실무협상을 벌일 때도 칼날같이 뾰족하게 정직한 감정을 드러내는 강 위원장과는 달리 상대를 치켜세우거나 그들을 내심 뜨끔하게 만들어 꼬리를 내리게 만드는 상황을 여러 번 연출하였다. 너무나 올바르고 진지해서 상대방의 대화에 일일이 정색을 하고 신경을 곤두세우는 강 위원장에게는 없어서 안 될 협상 전문가였다. 어떨 때 그가 빠진 협상단을 이끌고 일본을 방문하는 경우, 강 위원장은 일정을 소화하는 동안 서창길 교수의 반짝이는 기지를 아쉬워하곤 했다. 그가 동행자가 되어 함께 방일할 때는 든든한 생각이 들었다. 그가 있는 곳에는 늘 반전이 있고 웃음이 있다는 것이 동행한 일행의 피로를 덜어주었다. 그를 보며 사람이 자신의 의사를 표현하는 방법도 제각기 다 다르다는 사실을 절실하게 느끼곤 했다.

4

주일 한국문화원장이 초청한 오찬은 문화원 근처의 중화요리 집이었다.

조계종 스님들과 청소년 대표단이 동행했던 9차 방일 때 대표단은 문화원을 방문해 그들의 애로사항을 피력하면서 협조를 요청했던 적이 있었다. 그 인연으로 이진섭 원장은 이천 석탑 문제를 상세히 알게 되었고 그 이후로도 지속적인 관심을 가져왔다. 문화원을 드나드는 기자들과 지인들에게 '이천 석탑 문제는 진전이 있느냐, 도와줄 일이 있으면 좀 적극적으로 도와주시라, 고생들이 많은데 나도 도울 방법을 찾아보겠다'라고 말을 하며 마음으로 늘 지원하고 있는 것으로 전해 들었는데 이번에는 원장이 점심에 초대한 것이다.

한국 측 3명과 일본에서 합류한 이인수 부대표까지 4명이 오찬에 참석했고 문화원 쪽에서도 4명이 참석했다. 식사 전에 양측은 서로 참석자를 소개하기로 하였다. 먼저 강정민 위원장이 한국 측 참석자를 소개하고 다음은 이진섭 원장이 문화원 참석자를 소개하는 시간을 가졌다.

"오늘 여러분께 꼭 소개할 분이 계셔서 이 점심 자리를 마련했습니다. 이천환수위원회 협상단이 5년째 한국과 일본을 오가며 고생하는데도 아직 결과를 얻지 못했다니 저도 마음이 아팠습니다. 그래서 여러분께 큰 힘이 되어주실 한 분을 소개드릴까 합니다."

이 원장이 키가 크고 온화한 인상을 지닌 한 남자를 앞으로 불러냈다. 웃는 얼굴의 인상을 지닌 남자는 누가 보아도 호감이 갈 만한 따뜻한 표정으로 그들 앞에서 공손하게 인사를 했다.

"이분은 일본에서 태어나고 일본에 사시지만 마음은 늘 한국에 가 있는 재일교포 안신웅 선생님이십니다. 문화예술계에서 큰 활동을 하고 계시고 본인도 화백이시지만 어려운 한국 화가들에게 든든한 대부 역할을 해주고 계신 분입니다. 영세한 한국 미술관에도 귀한 작품들을 계속해서 기증하시는 걸로 알고 있습니다. 오쿠라 슈코칸과의 협상에 많은 도움이 되실 것 같습니다."

이 원장이 그에게 인사로 한 말씀 하라고 권하자 그는 수줍은 듯한 표정으로 웃음을 지으며 고개를 꾸벅 숙였다.

"음식이 앞에 있으니 밥을 먹어야지요. 말할 기회는 앞으로 얼마든지 많지 않겠어요?"

재일교포 특유의 억양에 한국 어느 지역인지 모를 사투리까지 섞여 있어서 어눌한 한국말이었지만 의사소통에는 별 지장이 없을 정도였다. 도쿄 한국문화원장이 힘을 보태라고 소개해 준 사람이니 일반 재일교포와는 다른 사람이겠거니 하면서도 강 위원장과 서 교수는 큰 기대를 하지 않았다. 5년 동안 사회적으로 명성 있고 권력 있는 수많은 사람들을 지인들로부터 소개받았지만 그들을 도와줄 힘이 있는 사람일수록 일회성으로 그친 경우가 많았기 때문이었다. 자기 업무가 워낙 바쁘고 그를 찾는 사람이 많은 탓에 생색도 나지 않으면서 골치만 아픈 일에 끼어들기를 원치 않는 경우가 대부분이었다. 안신웅 선생도 그날은 그런 사람이려니 하고 대수롭지 않게 인사를 나누고 점심 식사를 했다.

"혹시 오쿠라 슈코칸과 이천의 협상 진행 과정에 대해 상세한 이야기를 나눌 시간이 되겠습니까?"

오찬이 끝나고 작별 인사를 나눌 때 안신웅 선생이 강정민에게 조용하게 물었다.

"지금 말입니까?"

"지금도 괜찮고 내일도 괜찮습니다. 강 위원장님이 한국으로 돌아가기 전에 자세한 내용을 알았으면 합니다만……"

"문화원장님으로부터 많이 바쁘신 분이라고 들었는데 그런 기회를 주신다면 저희들이야 어떻게든 시간을 내야지요."

"아무리 바빠도 먼저 할 일이 있고 뒤에 할 일이 있는데 이 일은 시급을 다투는 일인 것 같아서요."

그는 진지했고 겸손했으며 문화원장 말대로라면 24시간을 쪼개어 살 정도로 바쁜 사람이면서도 전혀 그런 내색을 하지 않았다. 처음 만났지만 신뢰가 가는 사람이었다. 식사하면서 이진섭 문화원장은 간단하게나마 그에 대해 귀띔했는데 안신웅 선생은 조국에 대해 무한한 애정을 가지고 있으며 한국인이라는 이유로 당한 설움과 멸시를 이겨내기 위해 이를 악물고 성공한 사람이라고 했다.

"지금 저희 일행은 오쿠라 호텔에서 슈코칸 부관장을 만나기로 약속이 되어 있습니다. 내일 만나 뵈면 좋겠는데요."

"예. 좋습니다. 일 보시고 우리는 내일 자세한 이야기 나눕시다."

그는 자신의 핸드폰 번호를 명함에 따로 적어 강 위원장에게 알려주었다. 시부야 상을 만나기 위해 오쿠라 호텔로 이동하는 중 연락회의 이인수 부대표가 그에 대해 보충 설명을 해주었다.

"그 안신웅 선생님은 우리 교포 사회에서 유명한 분이예요. 아키타현 출신의 재일교포인데 성공한 사업가이고 부동산 재벌이라고들 하더라고요. 한국 동포들의 아픔을 누구보다 잘 아는 사람이라 처음에는 어려운 아키타현의 화가들 작품을 무조건 사주

면서 그림을 그릴 수 있도록 도왔대요. 그런데 그 화가들이 성공·
해서 유명해지고 작품값이 오르면서 옛날 무명 시절에 샀던 작
품이 다 돈이 됐다는 말도 있어요. 이름만 대면 알만한 재일 유명
작가 여러 명이 안 선생의 도움을 받아 성공한 화가들이래요."

"그래요? 그 정도로 대단한 분이구나. 어쩌면 우리한테 정말
힘이 될 분을 만난 건지도 모르겠어요."

김현자 국장이 기대에 차서 두 손을 모으며 자기 일처럼 기뻐
했다. 겉으로 나서서 걱정하지는 않았지만 그녀도 지지부진한
석탑 협상에 애가 탔던 모양이었다.

"기대하지 않아야 실망도 안 하는 법인데 이번에는 정말 도움
을 받을 수 있을지도 모른다는 예감이 드네."

분위기에 잘 휩싸이지 않는 서 교수가 핸드폰으로 열심히 뭔
가를 검색한 끝에 의미심장한 말로 결론을 내렸다.

"왜? 우리가 진짜 대단한 분을 만난 거야?"

강 위원장이 옆자리의 서 교수를 돌아보았다.

"대단한 분이라는 게 중요한 게 아니라 우리한테 딱 필요한 사
람이라는 게 중요하지. 미술품, 예술품을 엄청나게 컬렉션해서
그것을 꼭 필요한 곳에 기증해 오신 분이야. 그분이 여태 한국 미
술관과 박물관에 기증한 자신의 소장품이 수천억 원에 달하지만
그걸 돈으로 평가하지 말아 달라는 당부를 하셨더라고."

"그래? 오쿠라 재단이 교환조건으로 원하는 회화를 그분이 가

지고 계실 수도 있겠네."

강 위원장도 기대감에 부풀어 그에게 희망을 걸었다.

"너무 앞서가지 말자고요."

"맞아. 어쨌거나 협조자를 만났다는 건 기쁜 일이지."

근심걱정으로 풀이 죽어 하네다 공항에 도착했을 때와는 달리 새로운 희망으로 그들은 서로를 격려하는 동안 오쿠라 호텔에 도착했다. 호텔 커피숍에 들어서니 벌써 시부야 상이 강정민 일행을 기다리고 있었다. 그간에 안부 인사를 간단히 나누고 자리에 앉자 시부야 상이 기쁜 소식을 전했다.

"이천 분들의 염려 덕분에 오자끼 이사장 건강이 어느 정도 회복됐고 아직 마땅한 신임 이사장을 선임하지 못해 당분간 오자끼 이사장 체제가 유지될 것 같아요."

강정민의 얼굴이 환하게 밝아졌다. 그리도 이사장 바뀌는 일에 대해 고민하던 그에게는 무엇보다 반가운 소리였다. 시부야 상도 그런 강 위원장의 마음을 아는 터라 제일 먼저 그 소식을 전하는 것 같았다.

"오자끼 이사장님은 완전히 회복하신 겁니까?"

"회복되었다 해도 워낙 연세가 많으셔서 건강을 장담할 수는 없는 일이지요. 팔십 세가 훌쩍 넘으셨으니…… 곧 이사장님이 사무실에 도착하실 겁니다. 슈코칸 사무실로 옮겨서 대화를 나눌 예정입니다. 그래서 내가 좀 일찍 나와서 기다렸어요. 장소를 옮기시지요."

오자끼 이사장이 자의적으로 참석하겠다는 의미를 어떻게 받아들여야 할지 그들은 잠시 생각했다. 이사장직도 물러나겠다고 할 정도로 몸이 아파서 병원 신세를 졌던 뒤라 그의 심경 변화가 있기를 기대하는 마음이 모두 똑같았다. 이인수 부대표는 다른 약속이 있어서 커피숍에서 일어서야만 했다. 그들이 슈코칸 사무실에 마련된 회의실로 들어서니 놀랍게도 오자끼 이사장과 안신웅 선생님이 나란히 앉아 그들을 기다리고 있는 게 아닌가?

"안 선생님, 이게 어찌 된 일입니까?"

일행이 놀란 표정을 짓자 안 선생은 빙그레 웃으며 그들을 맞았다.

"갑자기 그렇게 됐어요."

그들이 인사를 나누는 사이 시부야 상이 들어오다가 발길을 멈추었다.

"당신이 무슨 자격으로 이 자리에 참석합니까?"

갑자기 시부야 상이 그에게 뭐라고 큰소리를 치면서 소리를 질렀다. 일본말이라 강정민은 알아듣지 못했지만 일본어를 하는 김현자와 서창길은 할 말을 잃은 채 눈이 휘둥그레졌다.

"시부야 상이 뭐라고 화를 내는 거야?"

강정민이 김현자에게 작은 소리로 물었다.

"당신이 뭔데 이 자리에 나타나느냐고 소리치는데요."

너무나 모욕적으로 고함치는 시부야 상 앞에서도 안신웅 선생
은 침착하게 일본어로 열심히 설명을 계속했다.

"나는 당신을 보러 온 것이 아닙니다. 오자끼 이사장께서 갑자
기 만나자는 전화를 주셔서 이사장을 만나러 온 것입니다."

"시부야 상, 얼마 전 2월 한국대사관에서 우리를 오찬에 초청
했을 때 한국문화원장이 안신웅 선생을 꼭 한번 만나보라고 해
서 그러겠다고 약속했던 기억 안 나요? 나는 그 약속을 오늘 지
킨 것뿐이오."

오자끼 이사장이 나서서 설명을 하자 시부야 상은 마지못해
화를 참고 자리에 앉았다. 내용인즉 한국대사가 오자끼 이사장
과 시부야 상을 점심에 초청했을 때 이진섭 도쿄 한국문화원장
도 함께 했는데 그때 문화원장이 안신웅 선생을 한 번 만나주기
바란다고 부탁을 했었다고 한다. 오쿠라 슈코칸에도, 귀한 미술
품 구입에도 많은 도움이 될 것이라 했지만 실상은 한국이 문화
재 협상에 애로를 겪고 있음을 알기에 안 선생이 나서주기를 바
라는 마음에서였다. 오자끼 이사장은 한국 대사 앞에서 그러겠
다고 했지만 건강이 좋지 않아 병원 신세를 지느라 그 약속을 여
태 지키지 못했다면서 오늘 마침 한국 측 협상단과 함께 만나면
좋을 것 같아 연락을 했다고 설명했다. 시부야 상은 그런 내막을
알지 못한 채 자기에게 미리 양해를 구하지도 않고 협상단 회의
에 참석한 줄 알고 불쾌함을 드러냈던 것이다.

냉랭하고 서먹해진 분위기에서 몸 둘 바를 몰라 하는 한국 측 협상단의 입장을 생각해서인지 안신웅 선생은 자리에서 일어났다.

"오자끼 이사장님, 오늘은 이렇게 인사를 드렸으니 빠른 시일 내에 따로 한번 뵙고 싶습니다. 언제가 좋겠습니까?"

오자끼 이사장은 비서를 불러 자신의 스케줄을 확인하고 10일 뒤인 13일로 약속을 잡았다.

"내가 괜한 실례를 범한 것 같군요. 죄송합니다."

오자끼 이사장이 그에게 악수를 청하며 사과했다.

"처음 뵙는 자리니 간단히 인사를 드리는 것으로 충분합니다."

안신웅 선생은 한국 측 협상단에도 인사를 하고 회의실을 나갔다. 강 위원장과 서 교수는 자기들을 돕기 위해 이사장 연락에 곧바로 이곳까지 달려왔을 안신웅 선생에게 미안하고 시부야 상의 모욕적인 행동에 화가 났다. 전후 사정도 묻지 않고 막무가내로 소리부터 지르는 무례함을 범하고도 그는 별로 미안한 기색이 아니었다.

"오자끼 이사장님은 컨디션이 좋지 않은데도 여러분을 만나기 위해 일부러 시간을 내주셨으니 한국 측의 의견을 말씀하시지요."

아무 일도 없었다는 듯 시부야 상이 회의를 주도했다.

"우리는 앞으로 안신웅 선생님도 이천오층석탑 환수위원회 실무진과 함께 여러분과 의논을 하고 싶습니다."

서 교수는 조금 전 눈앞에서 벌어진 안신웅 선생에 대한 그 모욕적인 언사와 행동에 반기를 들듯 그런 제안을 하고 나섰다. 강 위원장과 전혀 상의 된 바 없는 제안이었다. 시부야 상을 떠보기 위한 기습적인 서 교수의 제안인 것 같아 강 위원장은 그에게 맡기고 지켜보았다.

"그건 안 될 말입니다. 이 협상은 이천시와 오쿠라 재단이 서로 합의점을 찾아가는 우호적인 관계인데 제삼자가 끼어드는 것은 바람직하지 않아요."

시부야 상이 즉각적으로 불편한 심기를 드러내며 반대하고 나섰다.

"아까 안신웅 선생께서 여러모로 제안을 하셨는데 나도 어서 빨리 석탑 반환 문제가 매듭지어지기를 바랍니다. 상호 영구 대여하는 방식이 어떠냐고 하더군요. 우리는 이천오층석탑을 대여하고 한국 측은 우리가 원하는 그림을 우리에게 대여하는 방식으로 말입니다. 나는 좋은 방안이라고 생각합니다."

오자끼 이사장이 공식적으로 석탑 환수를 매듭짓자고 말한 것은 처음이었다. 오자끼 이사장과 시부야 부관장이 약간 엇박자를 놓고 있다는 느낌이 들었다.

"시부야 상은 일본 근대화 그림을 고집하지만 나는 중국화나 한국화 같은 동양화도 반대하지 않습니다. 어떤 그림인가가 중요하지만."

그날 협상은 오자끼 이사장이 주도적으로 이끌었으며 강경한 고집을 버리고 한발 물러서서 긍정적으로 협상을 성사시키려는 노력이 엿보이는 면담이었다.

"안신웅 선생께서 요코하마 다이칸의 그림 '여름의 비'를 제의했으나 그 그림은 오쿠라 슈코칸에 맞지 않아 거부했습니다. 우리는 1930년 로마전 출품작을 원한다고 했더니 그것은 환수위원회의 말대로 불가능하다고 하더군요."

오자끼 이사장은 안신웅 선생과 구체적인 이야기를 나누었던 모양이지만 시부야 상은 동조할 마음이 없어 보였다.

"안신웅 선생이 소유하고 있는 미술품이 아무리 다양하다 해도 우리 슈코칸이 원하는 작품이 있는가가 관건이지요."

시부야 상과 안신웅 선생 사이에 뭔가 껄끄러운 과거가 있지는 않은지 의심이 갔다. 무조건적으로 못마땅해 하는 표정이 역력했기 때문이었다.

"금년 4월 1일부터 오쿠라 슈코칸은 보수공사 관계로 휴관에 들어갑니다."

시부야 상이 선전포고를 하듯 휴관을 발표했다.

"예? 얼마 동안이나요?"

"약 4년간 휴관할 예정입니다."

"그럼……"

"아, 전시관만 휴관할 뿐 사무실 운영은 지속될 거니까 우리의 실무 협상은 가능합니다."

이천 실무협상단은 잠시 놀란 가슴을 쓸어내렸다. 잠깐이나마 슈코칸 자체가 문을 닫아 협상이 중단되는 위기에 처하는 줄 알았던 것이다. 다행이라는 생각에 강 위원장은 이사장을 향해 안도의 인사를 건넸다.

"이사장님과 안신웅 선생님이 13일에 단독으로 면담하기로 되어 있으니 그 자리가 모쪼록 우리 환수위원회에 도움이 되는 자리가 됐으면 합니다."

"예. 저도 그러기를 바랍니다."

오자끼 이사장이 웃는 얼굴로 그의 인사를 받았다.

회의는 또 아무런 소득도 얻지 못한 채 끝이 났다. 그저 이사장이 바뀌지 않은 것만도 불행 중 다행이어서 오자끼 이사장과 많은 대화를 주고받은 것에 만족해야만 했다. 특히나 안신웅 선생의 사회적 위치나 입장이 오쿠라 재단이 원하는 수준의 그림을 제시할 수 있다는 사실도 그들에게 크나큰 힘이 되었다. 시부야 상이 슈코칸 현관까지 따라 나와 강정민 일행을 배웅하는 중에 강 위원장에게 단둘이 차나 한잔 하자고 속삭였다. 무엇인가 할 말이 있는 듯하여 그는 서 교수를 차에 잠시 기다리게 하고 통역할 김현자 사무국장과 함께 커피숍으로 들어갔다. 시부야 상

은 일본어에 능통하고 엉뚱한 대화로 자신을 곤란하게 만드는
서 교수를 견제하는 눈치였다.

"이번에는 일정이 빠듯해서 저녁 식사도 함께하지 못하고 헤
어지는군요."

강 위원장이 선 채로 아쉬움의 인사를 건네자 시부야 상도 고
개를 끄덕이며 손으로 앞자리를 가리키며 앉기를 권했다.

"다음에는 공무가 아닌 개인적인 시간을 하루쯤 만들어서 오
세요. 일떠나서 허심탄회하게 술이나 한잔 합시다."

시부야 상이 먼저 그냥 헤어지기 아쉽다는 표현을 했다.

"그런 시간을 만들어 보겠습니다. 벌써 몇 년을 뵙다 보니 정
이 많이 든 것 같습니다. 저도 술 한 잔 나누면서 세상 돌아가는
이야기를 나누고 싶습니다."

"그리고 이건 강 위원장에게 애정이 있어서 해주는 말인
데……"

"무슨 조언이신지 말씀해 주세요. 저도 난관에 부딪힐 때마다
내가 뭘 잘못하고 있는 건 아닐까 하는 마음이 듭니다만 그게 뭔
지 알 수가 없어 답답합니다."

"그러실 거예요. 강 위원장, 이 일은 우리 오쿠라 재단과 이천
오층석탑 환수위원회의 협상만으로는 쉽게 해결 나기 어렵습니
다."

"예? 그럼 누구와 협상을 해야 한다는 말씀입니까?"

"강 위원장의 솔직하고 진심 담긴 마음을 저뿐 아니라 오자끼 이사장도 너무 잘 알고 있어서 개인적으로는 안타깝다고 하셨습니다. 그러면서도 오쿠라 재단에는 반환을 반대하는 이사들이 많고 사회 전반적으로 일본이 가지고 있던 문화재를 한국에 돌려준다는 것에 아주 민감한 반응을 보이고 있어서 어떤 결정도 내릴 수가 없는 것입니다."

"그렇다면 어떤 길이 지름길인지 좀 알려주십시오."

"가장 빠른 길은 정치적인 방법을 동원하는 길이지요."

"정치적인 방법이라니요?"

"한국 대통령이 일본 총리를 만날 때 이천오층석탑 반환 이야기를 한마디 하신다면 아주 쉽게 끝날 일이에요. 이미 당신들에게 마음의 문을 연 우리에게 명분을 주는 것이니까 바로 처리할 수 있다는 말입니다."

"그건 불가능한 일입니다. 양국의 정상회담에서는 당연히 나라를 위한 거국적이고 큰 사안들이 논의되어야 할 텐데 그런 지엽적인 문제 해결을 부탁할 수는 없지요. 그건 대한민국 국민으로서 자존심 상하는 일이며 대통령을 욕되게 하는 일이라 생각합니다."

강 위원장은 그들이 자기네 재단의 위상을 대한민국 대통령으로 하여금 인정해 달라는 것 같아 불쾌하기 짝이 없었다. 아무리 이천오층석탑이 이천 시민에게 귀하다고는 하나 대한민국의 대통령이 일본 총리에게 고개 숙이면서 반환을 도와달라고 말하기를 바라는 국민은 없을 것이었다.

"그렇게 흥분하실 건 없어요. 제일 빠른 길을 말해 달라니까 솔직한 말을 한 것뿐이에요. 정 대통령한테 그런 부탁하기가 민망하다면 한국 국회의원과 일본 국회의원이 만나 좋은 분위기에서 오층석탑 반환 문제를 조속히 해결하자고 말할 수도 있는 일이고요. 정치적으로 공식 석상에서 이 문제가 거론된다면 우리는 재단 오너에게도, 이사들에게도 말할 명분이 서니까 빨리 해결 방안을 찾게 될 겁니다."

"지금 우리는 민간단체의 자격으로 서로 의논하여 양쪽에 도움이 될 미래지향적인 방법을 찾자고 오 년 넘게 우호적인 협상을 해온 게 아니었습니까?"

"그야 그렇지요. 너무 긴 시간 서로 고생하는 게 안타까워서 드리는 말씀입니다."

"이것이 오자끼 이사장님의 뜻이기도 합니까?"

"직접적으로 그런 말씀을 하신 적은 없지만 그분도 차마 말을 하지 못하고 계실 뿐입니다."

통역을 하던 김현자가 두 사람의 눈빛을 번갈아 보았다. 너무나 열띤 토론에 통역할 타임을 찾기조차 힘이 들었다. 개성이 강한 남자들의 대화에 끼어 앉은 것도 힘이 들고 서로의 뜻을 정확히 전달하면서도 상처가 되지 않을 단어나 문장으로 통역을 한

다는 일이 진땀 날 정도였다. 잘못 통역하면 5년이나 잘 유지해
온 우호적인 관계가 깨질 수도 있는 일이었다. 통역이 단순한 의
사전달만 하는 것이 아니라 말하는 사람의 심중까지 헤아려야
하는 중요한 역할임을 새삼 깨달았다. 처음부터 이 협상은 승자
도 패자도 없이 서로의 실속과 이기적인 계산만이 난무하리라
예상은 했지만 국가 간의 정치적인 문제까지 개입되어야 한다는
사실에 김현자도 그저 놀랍기만 했다.

"그렇다면 여태 이어져 온 우리의 노력은 실지로는 아무 소용
이 없다는 말씀이신데……"

"그렇지는 않아요. 우리가 그동안 쌓아온 신뢰가 있어서 이런
이야기도 가능한 것입니다. 만약 그런 시간이 없었고 당신들에
대해 전혀 몰랐다면 아무리 정치적으로 우리 재단에 강압을 넣
어도 우리는 까다로운 협상조건을 제시하며 버틸 수 있습니다.
진실하고 순수하게만 살아온 것 같은 강 위원장한테 도움이 돼
주지 못해 안타까워서 고민 끝에 조언을 하게 된 거예요. 언짢게
생각지 말아요."

그가 인생을 더 산 선배답게 흥분한 강정민을 다독였다.

"언성이 높아서 죄송합니다. 저는 여태 꼼수 부리지 않고 당당
하게 살아왔습니다. 이번 일도 양쪽에 도움이 되는 길을 찾아서
해결하고 싶었지 누구에게도 폐를 끼치고 싶은 마음은 없습니
다. 시부야 상은 이런 저를 보면서 답답하셨겠지요. 충고는 감사

하게 받아들이겠습니다. 모쪼록 우리의 우정이 변함없기를 바랍니다."

"개인적으로 강 위원장에게 아무런 유감도 없어요. 좋은 사람이라는 생각이 들고 오래도록 좋은 친구이고 싶어서 꺼낸 말이니 마음에 두지 말아요."

"예. 건강하십시오."

그들은 앞에 있는 커피가 싸늘하게 식는 줄도 모르고 열띤 의견을 나누고 일어섰다. 김현자의 커피잔만 비었을 뿐 두 사람 모두 커피에는 손도 대지 않았다. 일어서는 강정민의 얼굴에 피곤한 기색이 역력했다.

3장
슬픈 석탑

1

도쿄 네트워크 간담회를 마치고 숙소로 돌아온 시간은 오후 8시 30분이었다. 서 교수는 회의 끝나는 시간에 맞추어 동경 유학 시절의 친구들과 술 약속이 있다며 만찬을 마다하고 어디론가 사라졌다.

강 위원장은 어젯밤 전화를 걸어왔던 묘령의 여인 전화를 기다리며 객실에서 잠시 휴식을 취했다. 참으로 긴 하루였다. 새벽부터 일어나 공항으로 차를 몰고, 시간에 쫓겨 달리고, 도쿄에 도착해 몇 건의 미팅을 소화했다. 눈이 스르르 감겨왔다. 내일도 빡빡한 일정대로 움직여야만 한다. KBS 특파원을 만나고 안신웅 선생을 만나고 교토로 넘어가 일본에 체류 중인 조력자들과 미팅을 가져야 하루가 끝날 것이다.

이대로 잠들고 싶었다. 고단했다. 백세 시대가 왔다고들 하면서 환갑 나이는 노인이라 말하기도 무색할 정도로 젊은이 취급을 받는 세상이 되었다. 육십갑자 한 바퀴를 살아냈다고 잔치를 해주던 옛 어른들의 지혜가 새삼 감탄스럽다. 인생의 종착역인 줄만 알았던 61세가 삶의 반환점 내지는 새로운 시작점이 될 줄을 조상들은 이미 알고 있었던 게 아닐까? 자기가 태어나던 해로 돌아와 다시 시작되는 육십갑자. 그러나 현실은 그렇지 못함을 당사자들은 느끼고 있다. 몸 구석구석 고장이 나고 머리가 하얗게 세지고 하루가 달라지는 체력 또한 환갑의 나이를 살아본 자만이 알 수 있을 것을. 강정민은 어느 자리에서 자신이 금년에 환갑이라고 말했다가 선배들에게 호되게 조롱만 당했다.

"지금 젊다고 자랑하는 거냐?"

"환갑이라는 단어를 또렷이 기억하는 걸 보니 분명 치매는 아니구나."

"개정판 표준어 사전에도 환갑이라는 단어를 넣을지 말지 고민 중이라더라."

그렇게들 큰소리치지만 60년을 혹사한 기계는 삐거덕거리고 여기저기 수리할 곳이 한두 군데가 아님을 그들 모두 알고 있었다. 강정민 역시 소홀하지 않은 체력관리 덕에 동갑내기들보다 건강하고 젊다고 자부해 왔지만 최근 들어 나이를 속일 수는 없다는 생각이 자주 들었다. 막 잠이 들려는 찰나 진동으로 바꾸어 둔 그의 핸드폰 벨이 떨었다.

"어제 전화 드렸던……"

"아, 예. 저는 숙소에 들어와 있습니다만……"

"지금 호텔 현관에 은색 자동차가 기다리고 있습니다. 그 차가 선생님을 저한테로 모실 겁니다. 오셔서 뵙죠."

어제보다 더 한국말을 어눌하게 해서 자칫 무슨 말인지 못 알아들을 것 같아 숨죽이고 귀담아들어야만 했다. 강정민은 일어나 거울 앞에서 넥타이를 고쳐 매고 베개에 눌린 머리를 손가락으로 다듬었다. 의자에 걸쳐둔 양복 윗저고리를 털어 입고 객실을 나섰다. 호텔 로비를 지나 현관으로 나서자 그 호텔과는 어울리지 않을 만큼 근사한 대형 은회색 승용차가 그의 앞으로 미끄러져 와서 섰다. 번쩍거리는 벤츠 로고가 그의 눈에 들어왔다.

운전석에서 반듯한 정장의 젊은 청년이 내려 그에게 뒷문을 열어주었다.

"아리가또 고자이마쓰."

강정민이 차에 오르며 일본어로 간단히 인사하자 청년이 밝은 미소로 목례하고 운전석으로 뛰어갔다. 강정민은 말없이 자동차 뒷자리에 앉아 창밖으로 시선을 고정시켰다. 9시가 다 된 밤 시간인데도 거리는 번화했다. 20분 정도 달려 도착한 곳 역시 호텔이었다. 뉴오타니호텔, 몇 년 전에 로터리클럽 멤버들과 묵은 적이 있는 최고급 호텔이었다. 이천오층석탑 환수위원회 위원장 출장비로는 감히 엄두도 낼 수 없는 값비싼 호텔에 오랜만에 와보니 감회가 새로웠다. 자동차가 도착하기 직전 운전사는 누군가에게 전화를 걸어 곧 도착한다고 보고했다. 자동차가 뉴오타니호텔의 메인 타워가 아닌 가든 타워 건물 현관에 도착하자 검은 정장 양복에 눈부신 하얀 셔츠를 받쳐 입은 노신사가 뒷문을 열어 그를 내리게 해주었다. 그가 강정민을 살피며 조심스레 앞장을 섰다. 가든 타워 건물답게 정원이 훌륭하게 꾸며져 있었다. 등이 은은하게 켜진 정원을 따라가다가 작은 연못이 있는 정자 같은 건물 안으로 그를 안내했다. 눈치로 보아 정원 식당의 별관인 모양이었다. 건물 앞까지 도착하자 노신사는 물러나고 건물 안에서는 기모노를 입은 아가씨 중 한국말을 할 줄 아는 아가씨가 그를 인도했다. 자동차에서 내리는 그를 마중한 노신사가 호텔 직원인가 했더니 아가씨가 그는 레스토랑 지배인이라고 했다. 어느 방 미닫이를 열자 일식 다다미로 만들어진 넓은 방 안에 여자가 두 손을 모으고 서서 그를 맞았다. 사십 대 중반쯤으로 보이는 미모의 여성이었다. 낯익은 얼굴은 아니었다.

"먼 곳까지 오시게 해서 죄송합니다. 제가 전화 드렸던 사람입니다. 저는 마사꼬입니다. 편하신 쪽으로 앉으시지요."

그녀가 허리를 굽혀 인사를 했다. 검은 원피스 정장 위에 흰

띠가 둘러진 검은 카디건을 걸쳤을 뿐 아무런 귀금속 장식도 하지 않은 모습이 단아하게 느껴졌다.

"강정민이라고 합니다. 초청해 주셔서 감사합니다."

강정민은 어색한 표정을 짓지 않기 위해 노력했다. 문이 바라보이는 쪽에 그가 자리 잡고 앉자 문을 등지고 그녀가 강정민과 마주 앉았다. 그녀는 많은 대인관계를 가져온 듯 사람대하는 것이 전혀 부자연스럽지 않았고 상대를 편안하게 리드했다.

"저녁 식사는 하신 것으로 알고 있어서 간단한 술상을 보라 했는데 괜찮으시겠지요?"

그녀가 남자의 의중을 파악하려는 듯 강정민의 눈을 똑바로 쳐다보며 물었다.

"공적인 오늘 일정은 다 끝났으니 한 잔 좋죠."

"입맛을 몰라서 그냥 제가 즐겨 마시던 술로 준비했어요."

그녀가 술병을 들어 보였다. 로열 살루트였다.

"저도 로열 살루트는 좋아합니다만 이건 처음 보는 로열 살루트네요."

강정민이 병을 눈여겨보았다. 여자가 양주병 금 마크에 찍힌 38이라는 숫자를 손가락으로 가리켰다.

"38년산 로열 살루트도 있었나요? 난 21년산뿐인 줄 알았는데. 술을 느낄 줄 아는 애주가신가 봐요?"

"양보다는 질로 맛보는 걸 좋아해요. 한 잔 받으시지요."

"숙녀 먼저."

"그럼."

여자가 사양 없이 스트레이트 잔을 들어 술을 받고 병을 건네받아 그에게 술을 따랐다. 그때 여러 명의 아가씨들이 쟁반에 담긴 안주를 들고 줄줄이 들어왔다. 서너 점씩 깔린 신선한 회가 한 접시에 모두 모아 나오는 것이 아니라 종류별로 각각 접시에 담겨 나왔다. 한 아가씨는 무릎을 꿇고 앉아 작은 당근 모양의 연녹색 생고추냉이를 예쁜 강판에 갈아서 접시에 담아 놓고 나갔다.

"오, 저 생 와사비 정말 오랜만이네."

강정민이 싱싱한 고추냉이에 감탄사를 쏟자 여자는 기분 좋은지 생글생글 웃었다. 강정민은 더 참지 못하고 술잔을 들어 그녀에게 건배를 해 보이고 한 잔을 입안으로 털어 부었다. 부드러운 목 넘김과 향긋한 오크향이 입안에 감돌았다. 술은 이미 목젖을 타고 위장으로 흐르는데도 입안에는 그 향이 그대로 머물렀다.

"정말 좋은데요. 술이 아니라 마약 아닙니까?"

그는 회 한 점을 앞 접시에 가져다 놓고 생고추냉이를 회 위에 골고루 바른 다음 간장에 살짝 찍어 맛을 보았다. 혀에 닿기가 무섭게 사르르 녹아 목으로 넘어갔다. '오, 이건 환상 그 자체다.' 그는 체면 잃고 하마터면 그렇게 외칠 뻔했다.

"왜 회를 한 접시에 담지 않고 따로따로 담아 내왔는지 알 것 같은데요."

그가 미식가처럼 회를 음미하면서 감탄사를 쏟았다.

"생선마다 향이 다르고 온도가 달라야 하기 때문에 한 접시에 담으면 각각의 맛을 지킬 수가 없어서예요."

"그런 것 같았어요. 좋은 술과 좋은 음식에 취해서 본론을 잊어버릴 뻔했네요. 마사꼬씨는 일본 분이신데 어떻게 그렇게 한국말을 잘합니까?"

"어머니가 한국 사람이거든요."

"어쩐지……"

"제 한국 이름은 연화예요."

"연화라는 이름이 마사꼬보다 더 아름다워서 저는 연화 씨로 부르고 싶은데 어떠세요?"

"좋으실 대로…… 궁금해하시니 본론으로 들어가야겠지요? 혹시 서임선 씨를 기억하시나요?"

그녀는 술잔을 입에 가져다 대고 입술만 적실뿐 술을 마시지 않았다.

"서임선? 서임선이라…… 어디에 사는 누구인지 인포메이션을 좀 주시면……"

"이천에 서임선입니다."

"이천 서임선이라면 제가 모를 리가 없지요. 바로 옆집에 살던 친동생과 다름없던 고향 동생입니다만."

"예. 그 서임선 씨가 제 어머니입니다."

"뭐라고요? 그게 정말입니까?"

강정민은 소스라치게 놀라 들었던 술잔을 도로 내려놓았다.

"임선이가 대학에서 한국무용을 전공하고 고향에 내려와 있다가 일본에 사업하러 간다고 떠난 뒤로 나하고는 연락이 끊겼어요. 임선이 부친이랑 우리 아버지도 친구 사이였고 어머니들끼리도 형님 동생 하는 사이였지요. 임선이 아버지가 친구 빚보증 선 일로 그 큰 집과 전답을 날리고 집안 형편이 어려워지자 활달한 성격의 임선이가 돈 벌러 간다고 고향을 떠났어요."

"예. 그 서임선 맞아요."

"그럼 지금 임선이는 어디 있습니까? 나보다 서너 살 아래였으니 이제 꽤 나이가 들었겠네. 세상에 살다 보니 이국땅에 와서 바로 옆집 고향 동생을 만나는 이런 일도 다 있네."

강정민은 옆집에 살던 예쁘장한 서임선을 정확하게 기억했다. 그때도 얌전한 샌님 같은 강정민을 짓궂게 장난감 뱀 따위로 놀라게 해 놓고는 달아나던 개구쟁이 처녀였다.

"정말 보고 싶네요. 동네 경로잔치 있으면 같은 무용과 학생들 데리고 와서 한판 동네를 휩쓸고 가곤 했어요. 꽤나 동네 총각들 가슴을 설레게 했지요. 지금 어디 있습니까?"

"어머닌 한 달 전에 돌아가셨어요. 그래서 제 옷차림이……"

"아니, 왜요? 어쩌다가요? 어디가 안 좋았나요?"

강정민은 한꺼번에 밀어닥친 놀라운 소식에 무엇부터 물어야 할 지 몰라 두서없이 질문을 던졌다.

"예. 협심증이 있었어요. 그날도 갑자기 밤에 통증을 호소해서 병원으로 옮겼는데 괜찮아지는 듯하더니 끝내…… 아침 일찍 저에게 당신 사후에 뒤처리 할 일 다 일러주시고 고향이 너무 그립다는 말까지 하고 가셨어요."

강정민은 그만 할 말을 잃은 채 눈을 감았다. 가끔씩 옛날 동네 친구들 만나면 서임선 소식 아는 사람 있느냐는 말이 자연스레 나오고 그때마다 서임선의 천진난만하게 깔깔거리던 뽀얀 얼굴이 떠올라 그립던 사람이었다.

"임선이에게 따님이 있는 걸 보니 결혼은 했던 가보죠? 자긴 결혼 안 할 거라고 큰소리치곤 했었는데."

한참 만에야 입을 연 강정민이 옛 추억에 젖어 들듯 다시 술 한 잔을 따라 마셨다. 부드러우면서도 강렬한 짜릿함이 목젖을 타고 넘는다.

"결혼은 하지 않았어요. 사업은 성공했지만 엄마를 지켜줄 남자는 끝내 만나지 못한 것 같아요."

"그럼……"

"저는 아버지를 몰라요. 아버지가 누구냐고 물으면 엄마는 자기가 동정녀 마리아라서 혼자 아기를 잉태한 거라고 말했죠. 제 성도 엄마 성을 받아서 서연화예요. 돌아가시던 날도 제가 물었죠. 아버지가 누구냐고. 그렇게 묻는 내 눈을 한참 동안 가만히

보다가 '넌 좋은 집안에 한국 사람이야' 하고는 입을 다무셨어요. 그리고는 눈을 감으셨죠."

"그랬군요. 다른 형제는 없겠군요. 전후 사정도 묻지 않고 엄마를 만나게 해달라고 해서 미안합니다."

"아니에요. 그리고 제가 뵙자고 전화를 드린 건 얼마 전 엄마 유품을 정리하다가 선생님의 신문기사를 스크랩해둔 앨범이 나왔기 때문이에요. 조금 전 말씀을 들어보니까 그동안 엄마와는 전혀 연락이 없었던 것 같은데 왜 엄마가 선생님 기사를 정성스럽게 모아두었을까요?"

"어떤 기사들이었어요?"

"오쿠라 재단과 이천오층석탑 반환문제로 협상 중이라는 내용의 기사와 선생님 인터뷰가 실린 신문 기사였어요. 일본 신문도 있고 한국 신문도 있더라고요."

"또 뭐 다른 건 없었어요? 사진이라던가……"

"사진은 없었고 여러 장의 다른 명함과 함께 선생님 명함도 거기에 있었어요. 연락처를 알고 있었다는 이야긴데 선생님이 일본에 자주 오신다는 걸 알고 있었으면서 왜 연락을 한 번도 하지 않았을까요? 궁금한 게 너무 많아요."

"그러게요. 난 일부러 찾아 나설 생각은 안 했지만 임선이가 동경에 있는 줄 알았다면 꼭 만나고 싶어서 연락을 했을 텐데."

"이천오층석탑 반환 서명을 받던 서명지도 있었어요. 스무 명

정도 서명을 받았던데 미처 전달하지 못했는지 그대로 간직하고 있었어요. 대부분 일본 사회에서는 알만한 유명 인사들이 서명을 한 걸 보면 엄마를 찾은 손님들에게 받은 것 같아요."

"실례지만 어머니가 무슨 사업을 했었나요?"

"정말 엄마에 대해서 모르시네요. 이천 사람들도 많이 와서 일하고 있는데…… 처음에는 '이천쌀밥' 집을 그대로 일본에 옮겨 놓은 형태로 작은 규모의 한정식으로 시작했는데 일본 사람들에게 워낙 인기가 좋아 점점 크게 늘렸어요. 신주쿠에서는 소문난 맛집이 됐지요. 일본에 오랫동안 체류하고 있는 한국인들까지 찾아와 그리운 고국의 맛을 보러 왔다고 했어요. 돈을 긁어 모은다는 소문과는 달리 매일 잔칫집처럼 북적거려도 큰 수익은 나지 않았고 엄마는 몸만 고달프다고 말씀하셨어요. 생각 끝에 그 집은 고향 후배에게 관리를 맡기고 '도모다찌'라는 고급 한정식집을 새로 차렸어요. 흔히 말하는 요정 같은 거지요. 예약한 손님만 받고 특별한 한정식 상차림으로 접대를 하는 그런 음식점이요. 물론 젊은 여자들이 시중을 드는 집이고요. 상차림 값이 비싸서 일반인들은 감히 엄두도 못 내는 약간은 은밀한 접대 장소예요. 정계, 재계, 연예계 인사들이 드나들고 엄마도 '신주쿠의 마마 상'으로 불리는 거물급 여사장이 됐어요."

"그랬어요? 내가 접대와는 거리가 먼 샌님이라서……"

그가 남들은 물론 스스로도 샌님이라 부르는 이유는 충분했다. 강정민이 대학을 갓 졸업하고 중학생을 가르치는 교사 생활을 했던 것은 그의 적성에 맞는 일이라고 생각했기 때문이었다. 바른 생활 교과서처럼 살 수 있으면서 생계 수단도 겸할 수 있다면 이보다 더 좋은 일은 없다는 생각으로 교편을 잡았지만 젊은 그의 이상을 펼치기에는 너무 답답한 세상임을 알게 되었다. 해외로 나가 큰 세상도 보고 그 세상에서 자신의 한 역할을 차지하고 싶었던 강정민이었다. 이상주의자였던 그는 가르치는 즐거움보다는 잡무와 윗 상사의 눈치에 연연하는 좁은 소사회에 실망하고 교직생활을 정리했다. 그런 그가 무역이라는 사업을 택했지만 누구를 접대하며 이권을 획득하는 일에는 아예 눈길도 주지 않았다. 어쩌면 이천 요직에 있는 사람들은 한 번쯤 서임선의 식당에도, 요정에도 가보았을 가능성이 있었지만 그에게는 아무도 정보를 주지 않았던 것 같았다.

"지배인을 비롯해 삼십 명이 넘는 직원을 부리면서 엄마는 시간 날 때마다 나에게 일일이 다 보고를 했어요. 처음에는 속을 털어놓을 남편이 없어서 날 상대로 말동무를 삼는가보다 생각했는데 엄마는 나름대로 다 계산이 있었던 거였어요. 몇 년을 듣다 보니 나도 모르게 하나씩 장사의 속 내막을 알게 되고 엄마는 그냥 밥장사가 아닌 한 기업을 이끌어가고 있다는 사실을 깨달았어요."

그녀도 술 한 잔을 비우고 붉은 생선회를 한 점 맛보았다. 강정민은 흰 생선회를 집어 고추냉이를 발랐다. 두 사람은 잠시 술한 잔씩을 나누느라 대화를 중단했다.

"와사비를 좋아하시는군요."

"특히나 방금 갈아낸 생 와사비를 아주 좋아합니다. 내가 싱싱하게 살아나는 느낌이랄까? 코끝이 찡하고 눈물이 날 것 같은 그 짜릿한 매력을 아무 데서나 맛볼 수 있는 건 아니지요."

"온도가 달라지기 전에 부지런히 드세요. 정성껏 준비한 귀한 생선이에요."

강정민은 '혹시 이 식당도 그녀가 운영하는 식당인가?' 하는 예감이 불현듯 스치고 지나갔다.

"혹 이 식당도……"

"아니에요. 저희 '도모다찌'에 20년 넘게 일하던 지배인을 엄마가 이 호텔 레스토랑에 지배인으로 취직시켰어요. 나이가 있으니 점잖은 곳에서 남은 인생 보내라면서. 주방장도 처음부터 엄마에게 일을 배운 사람이고요. 두 분이 저에게는 극진하게 잘해주세요."

강정민의 속을 꿰뚫어 본 듯 그녀는 상세한 설명을 덧붙였다. 서너 차례 술잔을 비우고 그녀가 먼저 먹으라고 권하는 회부터 차근차근 먹어 치웠다. 접시는 비었는데 입안에서는 아이스크림처럼 녹아 사라지고 생선 향기만 남았다. 미각은 즐겁고 위에는 부담이 가지 않으면서 향기로운 술과 어우러지는 환상적인 안주였다. 술이 살갗에 스며드는 기분으로 젖어갔다.

"나를 만나고자 한 이유를 알고 싶군요."

"지인을 통해서 선생님이 하시는 일의 진행과정을 알아봤어요. 오 년 동안 수십 차례 일본을 방문하면서 오쿠라 재단과 석탑 반환 협상을 하고 계시는데도 아직 이렇다 할 성과를 거두지 못하신 걸로 들었습니다. 맞나요?"

"맞아요. 큰 진전이 없어요. 그들은 우호적인 관계를 쌓아가면서 방법을 찾아보자고 배부른 소리를 하지만 솔직히 저는 포기하고 싶은 심정이에요."

강정민은 술기운 탓인지 여자가 편안하게 느껴져서인지 마음에 담고 있던 참담한 심정을 토로했다.

"제가 도울 길이 있을 것 같아서 뵙자고 한 겁니다. 엄마도 돕고 싶어서 서명을 받고 선생님 연락처를 가지고 있었던 게 아닌가 싶고요. 그런데 엄마가 선생님 명함은 누구에게서 받았을까요?"

"5년 동안 열여덟 차례나 협상하러 일본을 드나들면서 힘이 되어 줄 만한 수백 명의 사람을 만나 명함을 뿌렸으니 그 명함 한 장 구하는 건 일도 아니었겠죠. 그런데 연화 씨가 우리를 도울 무슨 결정적인 열쇠라도 알고 있나요?"

"자세한 말씀은 구체적인 성과가 얻어지면 그때 말씀드릴게요. 우선은 현재 오가는 협상 내용을 좀 알아야 될 것 같아서 전화를 한 거예요."

강정민은 그녀가 무슨 이유로 어떤 방법으로 석탑 반환 협상을 도울 것인지에 대해 더 이상 묻지 않았다. 자신을 불러 대접한 장소와 음식만 보아도 그녀가 처해져 있는 사회적 위치를 짐작할 수 있었고 일본의 어떤 고위층과도 교류가 가능할 것이라는 추측이 가능했다. 예상치도 못한 사람이 예상치도 못한 일로 이 지루한 싸움을 끝내줄지도 모른다는 예감에 한 가닥 희망을 걸어보고 싶었다.

"이천 서씨 가문에서 이천의 가장 아픈 상처를 치유해주는 한 역할을 담당할 수 있다면 그 또한 영광이겠지요."

마사꼬는 엄마로부터 들은 서씨 조상들의 활약에 대해 한마디 하려다가 그만두었다. 잘못하면 자화자찬으로 들릴 수 있을 것 같아서였다. 강정민은 그녀의 이천에 대한 자부심을 알기나 하듯이 백 년의 세월을 일본 땅에서 굳건히 견디며 아직도 건재한 석탑이 대견스럽고 그것이 가슴 아프다며 하소연을 늘어놓았다.

"가끔씩은 너무 속이 상해서 백 년 전에 우리 이천 사람들이 끝끝내 석탑의 일본 반출을 막았다면 지금 이런 모욕, 이런 경제적 시간적 낭비는 하지 않았을 텐데 하고 원망도 해 봅니다."

마사꼬와 강정민은 자신들의 뿌리인 이천에 대해, 석탑에 대해 이야기를 나누면서 일본에서의 밤 시간을 슬픈 술로 채웠다.

2

서창길 교수는 간담회가 끝나자 곧바로 회의장을 빠져나왔다.

동경 유학 시절 매일 얼크러져 뒹굴던 친구들이 그를 기다리고 있었다. 그들이 자주 다니던 사케 집은 도시 계획으로 사라졌지만 그 뒤에 찾아낸 그때 그 시절 분위기와 똑같은 술집으로 안내하겠다는 것이었다. 서 교수도 그렇고 아련한 그 당시의 술집 분위기를 다시 한번 느껴보고 싶었다.

주차난이 심각한 동경에서 '술을 마시기로 약속한 날은 호텔이 아닌 이상 절대로 자동차를 타고 오지 말 것'이 그들의 원칙이었다. 토다이마 역 1번 출구에서 만나기로 한 동창들. 서창길 교수는 감회가 새로웠다. 5명의 친구들이 모이기로 했다는 전갈을 받았는데 감정이 벅차서 서두른 탓인지 서 교수가 제일 먼저 도착했다.

수재 소리를 듣던 그가 동경대학 법학과에 합격하던 날 이천 시골집에서는 잔치가 벌어졌다. 돼지를 잡고 쌀가마니를 풀어 떡을 했다. 집안에 집사와도 같던 큰형과 어머니가 벌인 일인데 뒤늦게 이 사실을 안 아버지가 차마 손님들 앞에서는 화를 내지 못하다가 손님들이 돌아간 뒤에 온 집안을 뒤집어엎는 사건이 벌어졌다.

"한국에도 좋은 대학이 얼마든지 있는데 왜 하필 돈 써가면서 쪽발이 대학엘 가느냔 말이다. 학비도 생활비도 못 주니까 그리 알고 일찍 마음 돌려라."

일본이라면 이를 와드득 가는 아버지가 그냥 넘어갈 리가 없었다.

"아버지, 일본이 싫은 건 싫은 거고 세계 최고의 명문 대학에 가서 배우는 건 그들을 이기기 위한 길이예요. 아무나 갈 수 있는 대학이 아니라고요."

큰형이 아버지를 설득하고 상을 뒤집어엎는 아버지를 뜯어말렸지만 소용이 없었다. 서창길이 일본으로 떠나기 전 인사를 갔을 때도 아버지는 끝내 그의 방문을 닫은 채 얼굴을 내밀지 않았다. 일본의 법을 배워서 뭘 하느냐는 단순한 아버지를 붙들고 '일본에서 법학을 공부한다고 일본법을 배우자는 것은 아니며 동양의 모든 법과 세계의 법 그리고 한국의 법이 무엇이 부족한지 우리보다 앞서가는 나라에서 더 넓은 법을 공부하는 겁니다'라고 대화로 풀어드리지 못했던 자신이 두고두고 후회스러웠다. 못된 성격에 서창길은 단순하고 무식한 아버지를 상대로 이런저런 말을 하기가 싫었을 뿐이었다. 일본 재학 중에 아버지가 돌아가시자 그것이 가슴에 깊은 상처로 남았던 서창길이었다.

"헤이, 프로페서 서!"

멋진 바바리 자락을 날리며 중년 신사가 손을 흔들었다. 상대는 서 교수를 알아보는데 서 교수는 그의 이름을 기억해내지 못

118

했다. 나이가 들었지만 얼굴은 낯이 익었다. 이름은 생각나지 않지만 그와 반갑게 악수를 나누었다. 이야기를 나누다 보면 기억이 되살아나리라 믿었다.

"이게 얼마 만이야? 그냥 길에서 마주치면 몰라보겠다."

"나 오기타 에쓰죠야. 기억나?"

그의 배려로 재빨리 기억을 되찾은 서창길은 잡은 손에 더욱 힘을 주었다.

"기억하고말고. 넌 아버지 때문에 억지로 법대에 왔다고 늘 아버지를 원망했었잖아."

"맞아. 야, 넌 역시 기억력이 대단해. 저기 오다 쇼고가 온다."

"저 친구는 너하고 제일 친하던 사학과 친구잖아."

"그렇지. 넌 일본어도 안 잊어버렸구나. 외국어는 안 쓰면 줄어든다는데 옛날보다 더 잘하는 것 같은데?"

"쇼고, 나 서창길이야."

쇼고가 달려와 서창길을 얼싸안았다.

"서 교수 네가 발표한 '동양 역사의 불가분의 관계'라는 논문 다 읽었어."

그도 일본에서는 이름 있는 사학자로 성공을 거두었다. 야쓰이 세이이츠, 다나카 우조, 구도 쇼헤이까지 다 모였다. 서창길은 20년 전까지는 재일 동경 법대 동창회에 부지런히 참석했었으나 역사학으로 일가견을 이루고 역사학자로 유명세를 떨치면서 어쩐지 법대 동창회에 나가는 일이 겸연쩍어서 참석을 건너뛰기 시작했다. 그보다 단짝이던 시부자와 요시로와의 절연 문제가 그의 발걸음을 끊게 만든 더 큰 원인이었던 것도 사실이었다.

"옛날 생각 물씬 나는 술집을 개발했다며?"

"그래. 우리 다섯 명 겨우 들어가 앉을 비좁은 집이라 미리 예약했다."

서창길과 제일 친했던 오기타가 앞장을 섰다. 몰라보게 중후해진 중년의 남자들이 학창시절 기분으로 돌아가 술집으로 향했다. 몇 분 걷지 않아서 어느 뒷골목 사케 집으로 들어섰다. '북극의 봄'이라는 작은 간판이 정겨웠다. 오기타가 겁을 준 것처럼 아주 협소한 가게는 아니었지만 35년 전 분위기인 것만은 분명했다.

"북극의 봄이라…… 가게 이름이 멋지다. 주인장도 그때 그 주인이랑 똑같이 생겼어. 혹시 그 아저씨 아니야?"

약속이 없어도 저녁이면 하나둘 모여 앉던 그 옛날 단골 사케 집에 온 착각이 들었다.

"그 주인장은 이제 늙어서 죽었을 거다. 그 당시 주인장이 지금의 우리 나이 정도였을걸?"

"그랬던 것 같아."

"그럼 저 아저씨가 그 아저씨 아들인가?"

친구들은 서창길의 엉뚱한 발상에 박장대소하고 웃어댔다.

"에잇, 그건 아니다."

닳고 닳아 반들반들해진 검은 나무 탁자까지도 그 집과 같아 보였다.

"너희들은 자주 만나는 모양이지?"

"우리 넷은 어차피 한 계통 일을 하니까 가끔 만나는 편이고 오다 쇼고는 오기타하고 단짝이니까 함께 만나지."

"쇼고가 널 많이 보고 싶어 했어. 네가 역사학으로 전공을 바꾼 걸 알고 제일 기뻐했어."

"나도 한국으로 돌아가 역사학으로 전공을 바꿀 때 쇼고 생각을 했어."

안주를 따로 주문하지 않았는데 주인장이 몇 가지 음식을 내왔다. 예약하면서 이미 안주까지 오더를 내린 것 같았다. 잔에 술을 채우고 부딪치고 건배 인사를 나누느라 한참을 부산스러웠다. 서로의 그간 안부를 묻고 소식을 전하고 술이 딸딸해질 때까지 대화가 끊기지를 않았다. 20년이라는 긴 세월 동안 만나지 않고 살았다는 공백기는 전혀 느껴지지 않았다.

"너 시부자와 요시로와는 왜 갑자기 연락을 끊은 거야? 그 친구하고 헤어지면서부터 동창회에 안 나온 거지?"

술기운이 돌자 드디어 오기타가 서창길에게 꼭 묻고 싶었던 그 말을 물었다. 각자 옆자리 친구와 떠들던 동창들이 그 말에 조용해지고 서창길의 대답에 귀를 모았다.

"그럴 일이 있었어."

"그 친구 많이 아파. 널 보고 싶어 하는데……"

"그래? 어디가 아픈데?"

"폐암인데 오늘내일할 정도로 심각해. 온 김에 병문안 겸 한 번 만나보는 게 어때?"

그 말에 다섯 명의 일본 친구들은 모두 그러라며 동의했다.

"내가 무슨 일로 일본에 왔는지 알아?"

"오기타한테 들었어. 오쿠라 슈코칸 정원에 서 있는 오층석탑이 네 고향에서는 귀한 석탑이라서 반환 요구 협상을 하는 중이라며?"

"일제 강점기 때 조선에서 무단 반출된 문화재야."

"그 일과 요시로와 무슨 상관이 있는 거야?"

"오쿠라 기하찌로가 조선의 동궁전이던 자선당을 해체해서 일본으로 가져갈 때, 또 이천오층석탑을 반출해 갈 때 요시로의 할아버지인 시부자와 겐쵸가 옆에서 적극 도왔던 오쿠라의 오른팔이었어."

"그건 삼 대 위 조상들의 일이지 요시로 잘못이 아니잖아."

"그렇지. 그래서 내가 지나가는 말로 요시로에게 네 할아버지가 이런 사람이었다고 말했더니 그럴 리가 없다고 펄펄 뛰며 무조건 화를 내는 거야. 자기는 할아버지를 존경하는데 근거도 없이 그런 터무니없는 말은 하지 말라면서 내게 술잔을 던졌다고.

그게 이십 년 전 마지막 만남이었고 묘하게도 이십 년 뒤에 내가 그 협상단에 실무위원이 되어 한국 대표로 나선 거야. 인연이 너무 기가 차지 않냐?"

서창길도 술의 힘을 빌려 자연스럽게 친구들 앞에 지난 일을 고백했다.

"얼마 전 동창회 대표단이 병문안을 갔는데 그때도 너는 동창회에 여전히 안 나오냐며 묻더라. 졸업하고도 그렇게 일본과 한국을 오가며 친형제처럼 지내더니⋯⋯"

"지난 일 다 접어두고 얼굴이나 한번 보고 가라. 그냥 떠나보내면 나중에 후회한다."

친구들이 남자들 우정답게 그에게 솔직한 마음을 전했다. 아무나 할 수 있는 말은 아니라는 생각에 서창길은 고맙게 받아들었다.

"그 문제는 생각해 볼게. 반환 협상한 지 오 년이나 됐는데 아직 이렇다 할 진전이 없는 상황이라 점점 더 화가 나."

"그렇구나. 우리도 널 도울 길을 찾아볼게. 우리 모두 일본에서 무시할 수 없는 법조인이야. 물론 국제법을 따져 봐야겠지만 법적으로 꼼짝 못 하게 제시할 근거가 있다면 협상이 더 쉬워지지 않겠어?"

"그야 그렇지. 한국과 일본의 싸움 같아서 말하기가 좀 거북했는데 도와준다니 고맙다. 역시 나라보다 우정이 더 앞서는 거지?"

"나라와 우정을 떠나서 잘잘못을 따지는 게 법이니까. 우린 법학도잖아."

"난 사학자야. 사학 입장에서도 마찬가지야. 값비싼 유물이건 값싼 유물이건 그 값어치를 떠나서 사용자가 그 가치 기준을 어디 두느냐에 따라 의미가 달라지지. 한국에서는 석탑이 민속 신앙적인 신적 존재였던 반면 일본에서는 정원 장식품에 불과하다면 당연히 그 가치가 더 중요한 쪽에 양보해야 된다는 게 사학적인 해결 방법이야."

오다 쇼고의 이야기를 들으며 서창길은 협상단에서 내놓을 많은 항변의 아이디어가 번쩍 떠올랐다. 사케 집 안주는 모두 맛깔스럽고 신선했다. 고춧가루 양념이 아닌 깨끗한 오돌뼈 무침과 카라멜 소스에 물들이지 않은 하얀 족발은 한국에서는 흔히 볼 수 없는 담백한 맛으로 사케와는 찰떡궁합이었다.

"우리 대학 시절 향수는 이걸로 달래고 이젠 서창길 교수와의 재회를 축하하는 본격적인 술자리로 옮기는 거야. 이 차는 제일 잘 나가는 오기타 에쓰죠가 쏜다."

"오기타, 제발. 난 내일 아침 일찍부터 중요한 회의 일정이 빡빡하게 짜여 있어. 마음은 고마운데 공식 일정 없이 빠른 시일 내에 다시 올게. 그땐 내가 풀 옵션으로 술 산다."

서창길은 두 손을 들어 항복의 표시를 하고 그들에게 통 사정을 했다.

"공식 일정 중에 잠시 얼굴 보러 온 거야. 사정 좀 봐 주라."

"그래? 그럼 좋다. 한 가지 약속하면 너 보내줄게."

"뭔데?"

"시부자와 요시로한테 병문안 가겠다는 약속."

오기타의 말에 나머지 네 친구들은 모두 서창길의 얼굴을 쳐다보았다. 서창길은 선뜻 대답하지 못하고 망설였다. 사나이들의 우정이라는 것이 이런 것인가 하는 단단한 믿음에 가슴이 훈훈해졌다. 절친 사이던 요시로와 서창길을 어떻게든 화해시키려는 친구들의 노력이 고마웠다. 요시로가 폐암으로 투병 중이라는 말을 듣고 서창길도 마음이 편치 않았고 그가 보고 싶었다.

"알았어. 그렇지만 이번 일정 중에 가능할지는 모르겠어. 만약 이번 방일 중에 못가면 빠른 시일 안에 개인적으로 와서라도 꼭 찾아보겠다고 약속하지."

서창길이 결심을 굳히고 그들 앞에 선언했다.

"좋아. 그럼 여기서 딱 한 잔씩 더 하자."

"그래. 고마워. 친구들 만나니까 힘이 난다."

사케 집이 들썩거리는 가운데 그들의 밤은 무르익어 갔다. 서창길은 그들이 일본인이라는 생각을 잠시 잊은 채 백 년 전 오쿠라 기하찌로를 그들에게 고발했다. 조선의 동궁전인 자선당을 해체해서 일본으로 들여와 자기 저택으로 사용한 일부터 자선당과 어울릴 정원의 장식품으로 이천석탑을 가져온 경위까지 그의 만행에 대해 폭로했고 친구들은 함께 오쿠라 재벌을 타도하자고 떠들었다.

"우린 법을 수호할 의무가 있고 준법정신이 투철한 법조인들이야. 한국과 일본 간의 문화재에 관한 법적인 판례들을 찾아보고 너한테 연락할게. 이번 협상이 두 나라 모두 원수가 되는 일로 끝나지 않고 양국의 문화 증진에 도움이 되는 협상으로 끝났으면 좋겠다."

"이천오층석탑을 위하여!"

그들은 이천오층석탑 반환이 좋은 결실을 맺기를 기원하며 '간빠이'를 목청 높여 외쳤다.

3

커피숍에서 아메리칸 블랙퍼스트로 간단한 아침 식사를 제공하고 있는 호텔이라 김현자 사무국장은 1층 로비로 내려갔다. 언제나 제일 먼저 자리를 차지하고 앉아 손짓으로 일행을 부르던 강정민 위원장은 보이지 않았다. 김현자는 세 사람이 앉을 자리를 확보해 놓고 식사를 가지러 갔다.

어제저녁 네트워크 간담회 만찬에서 이 사람 저 사람 돕느라 부실하게 먹은 탓인지 잠자리에 들기 전 허전한 시장기를 느꼈었다. 마침 연락회의 사무장이 주고 간 과일이 있어서 시장기를 메웠던 탓에 아침 식사가 반가웠다. 딸기 잼 바른 토스트와 스크램블 달걀과 베이컨을 실컷 먹을 작정이었다. 오렌지 주스 한 잔을 들이켜고 토스트에 잼을 발라 막 입으로 가져갔을 때 핸드폰 벨이 울었다.

"김 국장, 어디야?"

"커피숍에서 아침 먹고 있어요."

강 위원장이었다.

"그럼 잘 됐다. 혹시 케이비에스 박한성 기자가 오면 아침 식삿값 지불하고 같이 식사하고 있어. 곧 내려갈게. 방금 전화 받고 잠 깼어. 대강 씻고 내려갈 테니까 이야기 나누고 있으라고."

"예. 알았어요. 서 교수님은요?"

"서 교수도 안 내려갔어? 내가 방으로 연락해서 같이 갈게. 밤에 술 마시러 간다더니 과음했나보다."

김현자는 부지런히 식사를 즐겼다. 빵 좋아하는 그녀에게는 이 호텔 블랙퍼스트가 입에 딱 맞았다. 그녀는 아침 식사가 좋아서 일본에 올 때 되도록 이 호텔에 묵기를 원했다. 바삭한 토스트 세 쪽을 맛있게 먹어 치웠을 때 KBS 박 기자가 커피숍으로 들어섰다.

"박 기자님,"

그녀가 손을 번쩍 들어 보였다. 박한성 기자가 성큼성큼 다가왔다.

"아직 식사 안 하셨죠? 위원장님이랑 교수님이 먼저 식사하고 계시래요. 씻으시느라 조금 시간이 걸린다고. 제가 식권 가져다 드릴게요."

"아니. 전 커피 한 잔이면 됩니다. 집에서 간단히 아침 먹었어요."

"여기 아침 맛있는데……"

"많이 드세요. 마침 이 근처에 취재가 있어서 오는 길에 혹시 시간 되시는지 전화를 걸었더니 같이 아침을 같이 하자고 해서서 왔어요. 종일 일정이 꽉 차 있어서 안 그래도 걱정하던 중이었다고."

"맞아요. 오늘 아침 먹고 나가면 내내 사람들 만날 약속이 줄줄이 짜여져 있거든요."

박한성 기자가 커피 한 잔을 다 마실 때쯤 잠이 덜 깬 부스스한 서 교수와 깔끔한 티셔츠 차림의 강 위원장이 그들 앞에 나타났다.

"왜? 식사를 같이 하시지?"

"아닙니다. 꼭 만나 전해야 할 이야기가 있어서 뵙자고 했습니다."

마침 식사를 마친 김현자 국장이 회의에 필요한 준비 자료가 많다고 양해를 구하고 자리를 떴다.

"무슨 중요한 일인 것 같아 우리도 어느 시간을 비워야 할지 고민하고 있었어요."

강 위원장과 박 기자가 이야기를 나누는 사이 서 교수는 웨이터가 가져다준 물 한 잔을 단숨에 다 마셨다.

"특히 서 교수님을 꼭 봬야 할 일이라서 같이 뵙자고 청했어요."

그 말에 물 잔을 비운 서 교수가 놀란 눈으로 박 기자를 보았다.

"내가 뭐 잘못한 일이라도 있는지 겁나네요."

술 덜 깬 사람처럼 서창길은 빈 물 잔을 들여다보며 농담을 던졌다.

"두 분, 식사를 먼저 하시겠습니까?"

박 기자가 두 사람의 의견을 물었다.

"아니에요. 잠시 기다려 주세요. 커피를 두 잔 가져올 게요. 어제 이십 년 만에 동경대학 동창들 만나 과음을 했거든요. 정신 좀 차려야겠어요."

서 교수가 일어서려는데 김현자 국장이 커피 석 잔을 쟁반에 받쳐서 들고 왔다.

"커피 드시면서 말씀 나누시라고 배달 왔습니다. 기자님도 새 커피 드세요."

"역시 우리 김 국장은 사람 속 꿰뚫는 비상한 재주가 있다니까. 고마워."

"저는 올라갑니다. 말씀 끝나시면 방으로 연락 주세요."

김 국장이 사라지자 박 기자가 백 팩에서 무언가를 꺼냈다.

"제가 옛날 문헌을 찾다가 이상한 기록을 발견했어요. 시부자와 집안과 오쿠라 재벌의 법적 소송 자료인데요. 그 내용이 특이해서요. 서 교수님은 시부자와 겐쵸가 오쿠라 기하찌로를 돕던 오른팔 참모였고 이천오층석탑 반출도 겐쵸가 나서서 운송을 맡았다고 하셨지요?"

"그랬지요. 비서실장으로 시작해서 기획 이사까지 거치면서 30년을 오쿠라에게 충성했으니까."

어제부터 이상하게 시부자와 집안 이야기가 계속되는 것이 참으로 묘했다.

"그게 아닌 것 같아요. 이천 석탑이 일본으로 반출되기 일주일 전에 겐쵸는 휴직계를 내고 일본으로 돌아왔고 그 일주일 뒤에 퇴사 처리됐어요. 그 퇴사 처리가 부당하다는 이유로 시부자와 겐쵸가 오쿠라 재벌을 상대로 소송을 제기했던 기록이 나왔어요."

"백 년 전 소송 기록을 찾았다고요?"

강 위원장이 의심스러운 눈으로 박 기자를 바라보았다.

"하세가와 총독과 오쿠라 재단의 사카타니 요시로 남작이 주고받은 서한도 다 찾아내지 않았습니까? 당시 이천오층석탑 반출에 대한 오쿠라 재벌의 행적을 추적하다가 우연히 발견했다고 합니다."

서 교수는 일본 사학자가 찾아낸 일본어 자료 보고서를 자세히 살펴보았다.

"일본 사회에서는 오쿠라 집안과 시부자와 집안이 앙숙처럼 지내는 게 무슨 연유인지 몰랐는데 비로소 그 답을 찾았다는 말이 나돌고 있습니다."

"시부자와 집안이 그렇게 대단합니까?"

"시부자와 겐쵸가 자식 농사를 잘 지은 덕이지요. 겐쵸의 아들들이 쟁쟁한 검사, 판사의 수장을 지냈고 그 아들과 딸들도 아버지 뒤를 이어 모두 법조인 집안으로 자리를 잡았어요. 법조인 집안의 대명사 같은 존재예요. 시부자와 집안사람들은 유독 오쿠라 재벌 일이라면 한 치의 양보도 없이 냉혹한 잣대로 엄중한 처벌을 행사해 왔어요."

두 집안싸움에 흥미진진해 하는 강 위원장과는 달리 서 교수는 자료 검토를 마치고 깊은 생각에 빠졌다. 박 기자는 강정민을 상대로 이야기를 이어갔다.

"조상 때부터 집안 대대로 무슨 원수진 일이 있었는지 궁금해했지만 남의 집안 조상 일을 알 수 없었는데 이번 소송 자료가 그 답이 될 것 같다고 합니다."

눈을 감고 골똘히 생각에 빠져 있던 서 교수가 머릿속 정리를 끝낸 듯 자신의 의견을 박 기자에게 쏟아냈다.

"이 자료를 찾은 사학자는 시부자와 겐쵸가 이천오층석탑 반출 과정에서 스스로 빠졌다고 보는 거죠? 어쩌면 반출된 석탑을 일본에서 받아 처리하기 위해 미리 일본에 귀국했다고 추리해 볼 수도 있잖아요."

"그러면 자기를 도와주러 일본에 들어간 시부자와를 왜 오쿠라가 일주일 만에 퇴사 처리했을까요? 그리고 시부자와는 왜 소송을 냈을까요?"

박 기자도 의문을 제기했다. 그의 말에 더 신빙성이 있어 보여서 교수는 고개를 끄덕였다.

"제가 그 고적조사위원회의 사학자를 만나보았는데 그는 오쿠라와 시부자와 사이에 이천오층석탑 반출 문제로 의견이 엇갈려 언쟁을 벌였을 것이라 추측하고 있었어요."

"시부자와가 일본으로의 석탑 반출을 반대했다고 추측하는 거군요. 반대하다가 언쟁 끝에 시부지와는 돌연 일본으로 귀국해 버렸고 오쿠라는 평생 믿었던 부하이자 참모인 시부자와가 자신에게 반항한 것이 괘씸해서 그를 회사에서 잘랐다?"

"그렇게 보는 거죠."

"말이 되기는 하네. 소송은 누가 이겼는지에 대해서는 언급이 없던데……"

"그걸 찾고 있답니다. 아마 두 집안이 백 년이 되도록 앙숙으로 지내는 걸 보면 오랜 법적 투쟁으로 이어졌고 그러는 동안 서로 상처를 많이 입지 않았을까 짐작할 뿐이지요."

"그럴 수 있는 일이겠네요."

서 교수는 박 기자가 전하는 사학자의 논리에 수긍이 갔다. 심각한 서 교수 얼굴을 보며 강 위원장은 환수위원회 구성 초기에 그와 나누었던 의문점이 이제야 풀리는 것 같았다.

"자네 일본 유학 시절부터 단짝이던 시부자와라는 일본 친구 있잖아. 검찰청 높은 자리에 있다면서? 오쿠라 재단에 입김 좀 넣어 달라고 해 봐."

첫 방일을 앞두고 막막한 심정으로 농담처럼 건넨 말이었지만 '그 친구랑 헤어졌어요.' 하고 일언지하에 그 친구 이름을 거두어 버렸던 기억이 생생했다. 지금 이 일이 그 친구와 관련이 있음을 촉각으로 느꼈다. 좀처럼 심각해지지 않는 서 교수의 성격을 아는 터라 강 위원장은 이번 사안의 중대성을 감지하고 그들 대화를 경청했다.

"그 학자 한 번 만나볼 수 있을까요?"

서 교수가 박 기자에게 물었다.

"아니요. 그는 이 일에 관해서 일체의 언급을 삼가고 있습니다. 이 자료도 아직 공식 발표한 게 아니에요. 자료 수집이 끝나 논문 준비가 되면 저에게 먼저 기사를 넘기겠다고 약속하면서 보안을 지켜달라고 신신당부했어요. 학자들이 다 그렇지만 그 사람도 완벽한 근거 자료를 제시하면서 자기주장을 설득력 있게 입증할 준비가 안 되면 아예 언급도 하지 않아요. 증거를 내놓지 않으면 문제를 제기하는 사람들에게 설득력이 없으니까요. 단지 저는 서 교수님이 시부자와 집안인 동창생과 헤어지게 된 사연을 들은 적이 있어서 제일 먼저 내용을 알려 드리는 거예요."

"어쨌거나 일부러 신경 써줘서 고마워요. 술 한 잔 마시면서 여담 삼아 하소연했던 그 일이 헛되지는 않았네요. 귀한 정보준 거 잊지 않을게요."

박 기자는 다음 약속이 있다며 시계를 보더니 급히 자리에서 일어섰다. 박 기자가 나가자 서 교수는 강 위원장에게 그동안의 전후 사정에 대해 털어놓았다.

"어제 동창들 만났을 때 시부자와가 나를 만나고 싶어 한다는 말을 듣고 마음이 괴로웠는데 오늘 또 그 친구 이야기를 듣게 되네. 희한하지?"

"그때 무슨 일론가 헤어졌다는 그 친구 집안 이야기 맞지?"

"맞아. 슈코칸의 오층석탑이 이천 것이라는 내용을 알기 전의 일이었어. 나와 시부자와는 서로 숨김없이 자기 나라의 잘못을 인정하면서 다시는 그런 역사는 만들지 말아야 한다고 솔직히 말하는 사이였어."

"젊은 지식인들이니까 충분히 그럴 수 있었겠지."

"오쿠라 재벌이 한일합병 이전부터 한국에서 돈을 번 경위와 문화재들을 약탈해 간 만행을 시부자와가 나에게 알려줬어. 그러면서 아무리 그 당시 조선이 일본의 식민지라고는 하지만 자기네 것을 지켜내지 못한 한국 사람들에게도 책임이 있다고 했어. 난 그 사실을 인정했고."

"그건 맞는 말이야. 그쪽 분야 관계자가 아닌 다음에야 문화재나 유물, 유적에 대해 무지해서 별 개념이 없었고 어떻게든 지켜야 한다는 소중한 마음도 없었던 건 분명해."

"법학에 회의를 느끼고 막 역사학에 관심을 가지기 시작했던 무렵이라 그의 말이 지나가는 말로 들리지 않았어. 그 말을 듣고 시부자와의 말을 뒷받침할 자료를 찾기 시작했지. 그러다가 오쿠라 기하찌로의 주먹구구식 사업을 체계적으로 정립해준 참모가 있었다는 것을 알게 됐어. 그게 바로 시부자와 겐쵸라는 그의 할아버지였다는 사실에 나는 깜짝 놀랐어. 시부지와는 전혀 그 사실을 알지 못하는 눈치였어. 내가 역사학을 결심하게 한 계기였는지도 몰라. 전혀 관계없는 낡은 문헌들을 찾고 그것들의 연관성을 추적하여 퍼즐을 맞추면 딱딱 들어맞는 거야. 시대적인 배경을 알기 위해 자료를 찾다가 한국에 없는 것을 중국에서, 중국에 없는 것을 일본에서 찾아냈을 때 그 짜릿함은 말로 표현할 수 없을 정도였어. 세 나라는 소름 끼치도록 오묘한 불가분의 관계를 맺고 있더라고. 그게 그렇게 재미있는 거야. 망설임 없이 전공을 바꾸기로 결심했어."

"하여간 특별한 사람이야. 난 그런 낡은 자료들을 보면 골이
지끈지끈 아프더구만."

"친구에게 말을 해야 하나 말아야 하나 고민하다가 일본에 간
김에 그를 만나 그 사실을 알렸어. 한국 문화재 약탈에 겐쵸가 깊
이 관련되어 있다고 말하자 평소 신중하던 요시로가 자세히 알
아보지도 않고 버럭 화를 내는 거야. 그럴 리가 없다면서."

"그래서 언쟁이 붙은 거였군."

"나는 근거를 가지고 하는 말이었기 때문에 자신이 있었거든.
나도 그 친구에게 질세라 대들면서 자세한 내용을 알아본 뒤에
화를 내도 내라고 윽박질렀어. 술을 마시던 중이었는데 친구가
'우리 할아버지 더 이상 모욕하지 마라'면서 술잔을 나한테 던지
고 술집을 나가 버리고는 끝난 거야."

"그게 벌써 이십 년이 흘렀네."

"기막히게도 내가 이천오층석탑 문제로 다시금 오쿠라와 시부
자와 집안의 역사를 알게 되다니 이건 우연이 아닌 것 같아."

"우연이 아니라 필연인지도 모르지. 아니 운명인지도 몰라."

강정민은 어젯밤 서임선의 딸 마사꼬와의 시간을 떠올렸다.
그녀가 끝내 묻지 못한 말을 강정민은 알고 있었다. '혹시 제 아
버지가 아니신지요?' 라고 말하고 싶은 것을 그녀는 차마 입 밖
으로 꺼내지 못했다. 그렇다고 강정민이 먼저 '나는 당신 아버지

가 아니오'라고 말할 수도 없었다. 지금 생각해 보면 서임선이 일본으로 떠날 결심을 한 것도 어쩌면 그녀의 임신이 결정적이었을 거라는 추측을 가능하게 했다. 서임선의 집이 빚보증으로 넘어가고 이사가 결정되었을 즈음 강정민의 아버지는 아들에게 서임선과의 결혼 의사를 넌지시 내비쳤다. 강정민은 굳이 싫다는 말은 하지 않고 웃어넘겼는데 그 혼담은 흐지부지 없던 일이 되었다. 나중에 어머니한테 듣기로는 서임선이 자기는 돈 벌러 일본에 가기로 했기 때문에 결혼을 할 수는 없지만 청혼해 주신 것에 감사드린다고 했다는 것이었다. 어제도 그랬듯이 오늘 또한 사람 관계가 백 년이든 40년이든 이어질 운명이라면 결국 이어진다는 생각이 드는 순간이었다.

"그런데 더 기가 막힌 건 그 친구가 폐암으로 죽어간다는 사실이야."

"뭐라고?"

잠시 어젯밤 일을 떠올리고 있던 강 위원장에게 서 교수가 깜짝 발언을 터뜨렸다.

"그럼 가 봐야지."

"고심 중이야."

"생각하고 말고 할 게 뭐가 있어? 오해는 풀린 셈이고 그 친구도 그땐 그럴만한 사정이 있었겠지. 젊은 혈기 때 할아버지에 대해 무한한 존경심을 가지고 있었다면 충분히 그럴 수 있는 일이라고 자네가 이해를 해. 떠난 뒤에 후회하지 말고 만나 봐."

강 위원장의 핸드폰이 울리고 서 교수는 시계를 보았다. 아침 식사 제공 시간은 끝나버렸다. 두 사람 모두 쓰린 속을 어루만지며 남은 커피를 마셨다. 김현자 국장이 일정을 체크하며 서둘러야 한다는 전화에 두 사람은 아침을 거르고 일어섰다.

"다 먹고 살자고 하는 일인데 아침도 굶어가면서 스케줄에 쫓겨야 하다니 서창길 인생 참 고달프다. 하루 출장비라도 줄여보려고 이렇게 발버둥질치는 거 누가 알아주겠어?"

서 교수가 투덜거리며 쓰린 위장을 손바닥으로 쓰다듬었다.

"누가 알아주기를 바라서 이러는 거야? 귀한 나랏돈, 겁나는 시민의 피 같은 돈 아끼려고 그러는 거지."

"아이고, 알았다고요. 그걸 누가 모르나?"

"오늘도 파이팅!"

강 위원장이 애써 서 교수를 향해 주먹을 세워 흔들었다. 어느새 자신도 파이팅 좋아하는 김현자 국장을 닮아간다는 생각에 강 위원장 입가에는 웃음이 번졌다.

4

안신웅 선생을 만나기 전 짬을 내어 한국문화원 이진섭 원장과 티타임을 가졌다. 이 원장에게서 안 선생을 만나러 가는 길에 잠깐 문화원으로 들러달라는 당부가 있었기 때문이었다.

"다름 아니라 안신웅 선생님에 대해서 좀 상세하게 알려드리려고 들르시라 했어요. 그래야 무슨 도움을 청해야 할지 답이 나올 것 같아서."

"마음 써주셔서 감사합니다. 안 그래도 검색을 해보고 놀랐습니다. 대단한 분을 연결해주셔서 큰 도움이 될 듯싶습니다."

이진섭 원장은 문화원장인 자기가 나서는 것보다 안신웅 선생이 나서면 두 몫 세 몫의 역할을 할 사람이라고 했다.

"그분이 무슨 사업으로 어떻게 성공했는가는 다음 기회에 말하기로 하고 우선 이 협상에 왜 적임자인가를 들어보세요. 지금 오쿠라 재단은 이천오층석탑과 교환하여 장기 대여할 미술품을 제시하고 있지 않습니까?"

"거기까지 양보한 것도 큰 선심을 쓴다는 태도로 일관하고 있어요. 그들 입장에서는 아쉬울 게 없으니까 서두를 이유가 없겠지요."

"그렇습니다. 오쿠라 재단이야 아쉬울 것도 서두를 이유도 없으니 하세월일 겁니다. 안신웅 선생이 소장하고 있는 세계 각국의 미술품, 역사적 가치가 중요한 자료, 예술품, 도자기 등이 작은 어느 나라의 박물관 못지않을 정도로 엄청납니다. 그중에 많은 양을 한국 국립미술관, 도립, 시립 미술관에 기증하고 있어요. 자기 개인 소장품보다도 적은 고국의 국립 미술관을 보고 쇼크를 받았고 마음이 많이 아팠다고 하더군요. 기증한 미술품을 가격으로 산정하면 수천억 원이 된답니다. 안 선생은 미술품을 값으로 따지는 것을 제일 싫어합니다. 그리고 자기가 기증하고 후원하고 도움 주는 일을 떠벌이는 것도 싫어합니다. 남모르게 하는 일이 어쩌다 알려지면 나쁜 일 하다가 들킨 사람처럼 당황해하고 난감해하지요. 그런 점들을 알아야 그분 대하기가 편할 거예요."

"요즘 세상에 보기 드문 분이네요. 어제 오자끼 이사장님이 안 선생님을 모셔서 잠깐 뵈었습니다. 시부야 상이 모욕적일 만큼 '당신이 여길 왜 왔느냐' 하면서 호통을 치더라고요. 안 선생님이 우리 앞에서 얼마나 무안하고 창피했을까 싶어서 오히려 우리가 고개를 들 수 없었어요."

"시부야 상과는 좀 그런 관계죠."

"두 사람 사이에 무슨 안 좋은 일이 있었나요?"

강 위원장은 내내 궁금했던 일을 이 원장에게 물었다.

"그런 일은 없었을 거예요. 단지 시부야는 안 선생이 재일교포니까 조센징이라고 무시하고 싶은데 실지로 자기네 슈코칸보다 훨씬 뛰어난 미술품과 예술품을 많이 소장하고 있으니 심술이 나는 거겠죠. 소장품 자산으로 따져도 슈코칸과는 비교할 수가 없으니 그런 식으로라도 창피를 주고 싶었을 겁니다. 안 선생은 별다른 내색 안 하셨지요?"

"예. 오자끼 이사장이 전화를 걸어서 이사장을 만나러 온 것이다. 볼일 끝났으니 가겠다고 차분히 설명하고 우리와도 일일이 인사까지 다 나눈 뒤에 일어나셨어요. 보고 있는 우리가 더 심장이 뛰고 화가 나는데 그분은 아무렇지 않게 미소 지으며 나가시더라고요."

"아마 그랬을 겁니다. 워낙 조센징이라고 무시당하면서 살아오신 분이라 어지간한 무시에 눈도 깜짝하지 않을 걸요. 오기로 뭉쳐 성공했지만 겸손과 인자함으로 되갚아주고 계신 분이지요."

"어제 안 선생님의 당당하고 여유 있는 모습을 보면서 느끼는 바가 많았어요."

"오늘 만나보시면 놀랄 일이 더 많을 겁니다. 오쿠라 재단과의 현재 상황을 솔직하게 잘 설명하시고 그분의 의견을 참고해서 좋은 결과 얻으시기를 바랍니다."

이진섭 문화원장은 진심으로 반환, 환수 문제가 이제 그만 합의점을 찾았으면 좋겠다고 걱정했다.

"수십 차례씩이나 출장비 아끼기 위해서 이틀을 넘기는 일 없도록 짜놓은 빠듯한 일정에 뛰다시피 볼일 보고 돌아가는 모습이 가슴 아픕니다. 매시간 새로운 사람을 만나고 먼 거리를 이동하면 얼마나 피곤하겠어요. 그게 벌써 오 년이나 됐군요. 어서 해결 보시고 앞으로는 제발 놀러 오셔서 만납시다."

타국에서 만난 한국 사람이 같은 동포만이 느낄 수 있는 따뜻한 말 한마디만 건네도 그 감동은 두 배가 되는 법이다. 하물며 애로사항을 겪고 있는 상황에서 내 편이 되어주는 공적인 사람에게 느끼는 듬직함과 고마움이란 영원히 기억 속에 각인될 일이었다.

"문화원장님 말씀대로 우리의 만남이 즐거운 만남이 되도록 만들어 보겠습니다. 곧 좋은 소식 전하게 될 겁니다."

서 교수가 힘찬 다짐으로 모두의 기분을 전환시키는 역할 하는가 싶더니 '렛츠 고우!'를 외쳤다. 그는 어느 자리에서는 트러블 메이커, 어느 자리에서는 분위기 메이커로 변신했다. 도쿄 지리를 잘 아는 관계로 그는 때로 인간 내비게이션이 되기도 했다.

호텔비가 저렴하고 값에 비해 깨끗해서 그들이 자주 이용하는 한국 호텔은 우에노 공원이 가까운 북쪽에 위치하고 있었다. 그곳에서 주요 업무가 기다리는 오쿠라 호텔까지도 꽤 거리가 떨어져 있어 늘 시간을 넉넉히 두고 호텔을 나서곤 했다. 오쿠라 호텔에서도 한국대사관과 한국문화원은 더 남쪽에 위치했고 안신웅 선생이 만나자고 하는 메구로는 더 서남쪽으로 내려가야만 하기 때문에 약속 장소까지 꽤 많은 시간이 소요될 것으로 보였다. 복잡한 중심가는 이미 다 통과했으므로 거리로 추정하는 시간과 비슷하게 맞을 것이라고 서 교수는 예측했다. 그가 계산한 시간대로 정확하게 약속 장소에 도착했다.

안신웅 선생은 자신이 예약해 놓은 한인 식당에서 강정민 일행을 기다리고 있었다. 연락회의 회원들 3명도 식당에서 합류했다. 동경 시내를 한참 벗어나 이런 곳에 음식점이 있을까 의심되는 비교적 조용한 거리로 접어들었다. 대로변을 비켜난 작은 길모퉁이에 있는 식당이었다. 겉으로 보아서는 특별히 음식점이라는 느낌은 들지 않았지만 주차장 입구에 식당임을 알리는 작고 예쁜 입간판이 사람 눈길을 끌었다. 주차장 겸 정원에는 방금 전까지 주인이 돌본 듯한 깔끔하고 세심한 손길이 곳곳에 엿보였다. 주차장에도 이름 모를 여러 꽃나무와 들풀들이 심겨져 있었고 봄이 오면 돌 틈 사이 구석구석에 꽃들이 만발할 것 같았다. 한마디로 시골 작은 교회처럼 정겨운 느낌이었다.

열린 현관을 들어서서 신을 벗고 올라서면 왁스칠이 아닌 기름 먹인 나무를 깐 넓은 홀이 나오고 홀을 중심으로 몇 개의 미닫이 달린 방이 둥그렇게 늘어선 구조가 한국 집 내부와 비슷하여 아늑함을 주었다. 특이하게도 빈 벽 공간마다 옛 한국 서민을 소재로 한 풍속화 액자가 벽 장식품을 대신하여 곳곳에 걸려 있었다.

제기차기를 하는 아이들을 지켜보는 서당 선생, 손에 감을 들고 아이를 부르는 아낙네와 엄마를 향해 뛰어가는 아이 하나와 넘어져 우는 아이, 냇가에 빨래하는 처녀를 나무 뒤에서 숨어 훔쳐보는 총각, 아궁이에서 불 때는 며느리를 못마땅하게 째려보는 시어머니의 심술 사나운 표정, 등등이었다. 그림 속 사람들의 섬세한 표정을 통해 많은 이야기와 함께 삶의 환경까지도 가히 짐작이 가는 그런 풍속화였다. 강렬한 색채를 쓰지 않고도 강렬한 인상을 풍기는 그림이 재미난 이야기책을 보는 듯하였다. 강 위원장과 서 교수가 그림에 팔려 들여다보고 있는 사이에 안신웅 선생이 다가왔다.

"재미있죠? 보고 또 봐도 진력이 나지 않는 그림이에요. 이 집 주인 작품인데 난 이걸 보고파서 가끔 옵니다."

"사람들 표정이며 눈빛까지도 정말 생생하네요."

강정민이 그림에서 눈을 떼지 못한 채 혀를 내둘렀다.

"위원장님, 그만 들어오세요."

홀 중앙에 자리 잡은 큰 방에 앉아 있던 연락회의 사람들이 강정민 일행을 불렀다.

"우리보다 그림이 더 반갑습니까?"

"죄송합니다. 남의 나라에서 보는 조상님들의 모습이 너무 정겨워서요."

"이 집에 오는 한국 사람들 마음이 다 똑같아요."

김현자 사무국장은 호텔에서 복사한 그간의 협상 경위 보고서와 문제점 해결을 위한 회의 자료를 나누어주고 있었다.

"오시는 길이 꽤 멀죠?"

안신웅 선생이 뒤따라 들어와 그들 자리를 일일이 안내했다.

가장 연장자이면서도 가장 낮은 자세로 임하는 안 선생의 모든 행동들이 그의 인품을 돋보이게 했다.

"올 때마다 일정이 바빠서 교외 바람 한 번 쐴 기회가 없었는데 덕분에 복잡한 도쿄 시내를 벗어나게 해주셔서 감사합니다."

강 위원장은 안 선생이 정해주는 자리에 앉기 전 그에게 오히려 고맙다는 인사를 건넸다. 그것은 그의 진심이었다. 협상과 관계되는 사람을 만나기 위해서나 혹은 회의를 위해서가 아니면 할 일 없이 구경삼아 일본 거리를 누벼 본 적은 한 번도 없었다. 협상단 멤버로 참여하는 사람에게는 그가 누구이거나 똑같이 출발하기 전 당부하는 행동 지침이 있다.

'관광은 꿈도 꾸지 마라.'

'공식적인 하루 일정이 다 끝난 다음 자유롭게 움직일 시간은 있지만 다음날 일정에 차질을 빚을 행동은 삼가라.'

'자유 시간에 움직이는 비용은 각자 개인 용돈을 사용해야 한다.'

'공식 일정 한 군데라도 빠지고 친인척을 만나든지 그 집을 방문하는 행동은 일체 허락하지 않는다.'

'이 행동 지침은 단체 행동 규칙이기도 하고 이천 시민으로부터 위임받은 실무협상단의 의무이기도 하다. 일본 관광을 겸해서 협상단에 참여할 생각이라면 지금 포기해 달라.'

'우리가 방일 협상단으로서 사용하는 비용은 국민의 세금으로

지원받은 국가의 돈이며 이천 시민의 염원이 담긴 피 같은 돈임을 잊지 마라.'

주로 이런 내용이었다.

그렇게 방문한 일본이기 때문에 일정에 없는 장소 한 곳도 기분에 취해서 임의로 정할 수는 없는 입장이었다. 따라서 도쿄 시내를 벗어나 구경삼아 한갓진 교외 바람을 쐴 일도 없었다.

일본에 살고 있는 연락회의 회원들은 안신웅 선생에 대해서는 이미 알고 있어서인지 오랫동안 만나온 사람들처럼 친숙해 보였다. 강정민 일행이 도착하기 직전에 만난 사이처럼 보이지 않을 정도였다.

"식사부터 할까요? 아무래도 본격적인 대화가 시작되면 쉽게 끝나지 않을 수도 있는데⋯⋯"

안신웅 선생이 좌중을 둘러보며 의견을 물었다.

"금강산도 식후경인데 먹고 하십시다. 탄수화물을 먹어야 뇌도 잘 돌아가는 법이지요."

본의 아니게 아침 식사를 거른 서 교수가 기회는 이때다 싶은지 식사 먼저 하자는 의견에 쌍수를 들었다. 실상 강정민도 속 쓰리고 배가 고파서 등에 진땀이 배어나도록 허기진 상태였다.

"그러시지요."

그가 한쪽 벽에 달린 놋쇠 질감의 종을 흔들자 금방 앞치마를 두른 종업원이 나타났다.

"우리 주문한 식사 주세요."

"예. 알겠습니다."

공손히 인사를 하고 나가더니 곧바로 찬 음식부터 들어오기 시작했다. 이미 음식 내올 준비를 하고 있었던 모양이었다. 된장에 무친 이름을 알 수 없는 나물과 보기 좋게 삭인 고추를 빨간 양념에 무친 것, 노랗게 익은 오이지, 파란 얼갈이 열무김치가 나오자 김현자가 환호를 외쳤다.

"세상에…… 한국에서도 쉽게 볼 수 없는 맛깔스러운 한국 반찬이네요. 정말 맛있겠다."

앞 접시를 끌어당기며 젓가락을 들었다 놨다 하는 김현자에게 안신웅 선생이 '맛이 어떤지 한 번 시식해 봐요' 한다. 그녀는 열무김치부터 한 젓가락 집어 앞 접시에 가져다 놓고 맛을 보았다.

"어느 집이든 김치 맛을 보면 그 집 음식 점수가 나온다고 했어요."

"한국에 그런 말이 있어요? 아, 그거 알아둬야겠네. 김치 먹으면 음식 점수가 나온다고 했나요?"

안신웅 선생의 어눌한 한국말에 모두들 깔깔 웃음이 터졌다. 뜻을 제대로 이해하고 하는 말인지 잘못 이해한 말인지 분간이 가지를 않았다.

"김치 먹으면 음식 점수가 나오는 게 아니라 김치 맛을 보면 나머지 음식을 맛보지 않아도 그 집 음식이 어떤지 짐작할 수 있다는 뜻이에요."

이인수 부대표가 일본어로 다시 한번 말의 의미를 설명해주었다.

"맞아요. 나도 그런 뜻으로 알아듣고 그렇게 말한 거 맞아요. 아직 내 표현이 좀 서툴러서 여러분들이 잘못 알아들은 겁니다."

자기가 제대로 알아들었다고 열심히 설명하는 안신웅 선생의 순수한 모습에 모두들 입가에서 웃음이 사라지지 않았다. 그 사이 김현자는 접시에 덜어놓은 김치를 다 먹었다.

"이 집 음식 점수 나왔나요?"

안신웅 선생이 김현자의 빈 접시를 보며 물었다. 아직 입속에 음식을 삼키지 못한 김현자가 고개를 끄덕이며 엄지를 번쩍 세워 보였다. 한국에서 차려주는 한정식처럼 가짓수가 엄청나게 많지는 않았지만 알차게 먹을 수 있는 것들로 채워진 밥상에 절로 군침이 흘렀다. 밥과 일본 된장을 푼 미역국까지 나오자 모두들 수저를 들었다.

"맛있게 먹겠습니다."

잠시 정적이 흘렀다. 수저 달그락거리는 소리, 접시 부딪치는 소리만 간간이 들릴 뿐 대화가 뚝 끊긴 채 아홉 명 모두 음식에만 몰두했다.

"다들 집 비우고 어디 가신 것 같아요."

벌써 반 공기의 밥을 먹어치운 서 교수가 그제야 한 마디 내뱉으며 고개를 들었다.

"서 교수야말로 어디 갔다 이제 오셨나?"

강 위원장은 된장 미역국 한 그릇을 다 비우고 또 한 그릇을 청했다.

식사 시간은 그리 오래 걸리지 않았다. 모두들 어쩌나 급하게 음식을 먹는지 눈 깜짝할 새 빈 그릇이 즐비하더니 식사가 끝났다.

"정말 맛있게 잘 먹었습니다. 음식 만드는 사람이 일본에서 배운 솜씨는 아닌 것 같은데요. 옛날 어머니가 해주시던 그 맛이에요."

서 교수가 손수건을 꺼내 입가를 닦으며 감동스러운 표정을 지었다.

"주인장의 어머니가 주방에 직접 들어가서서 일일이 다 음식 맛을 보신다고 들었습니다. 민화를 그리는 주인이 그 솜씨를 전수받고 있는 중이고요. 이 집은 돈을 벌기 위해서 음식점을 차린 식당이 아니에요."

"어쩐지 위치가 식당 차릴 장소는 아니다 싶었어요."

오사카에서 부인이 식당을 경영하고 있는 이인수 부대표가 처음부터 의문을 품었다고 고백했다. 그러자 안신웅 선생이 이 집에 대해 잠시 설명했다.

"원래 주인의 화실로 사용하던 곳인데 어머니가 한국에서 딸과 함께 노후를 보내겠다고 일본에 오시면서 살림집으로 개조를 하게 됐어요. 몇 달 후 노모가 친구도 없이 외로워하시니까 소일거리 만들어 드린다고 한식당을 열었는데 한인들 사이에 소문이 나버린 거죠. 향수 어린 한국 토종 음식을 찾기 어렵던 중에 노모의 손맛이 옛날 맛 그대로라는 평이 났으니까요. 된장, 간장, 고추장도 직접 담그니까 그 맛이 난다고들 하더군요. 노모는 고국 음식 그리운 사람에게 한국 음식 대접하고, 돈 벌고, 외롭지 않고, 일하니까 젊어지고, 딸한테 도움도 주니 일석오조라고 좋아하십니다."

"원래 돈 붙잡자고 덤비면 돈은 도망가는 거라잖아요. 슬슬 사람 만나 맛있는 밥 대접한다는 마음으로 시작한 것이니까 정성이 깃들고 그래서 손맛이 소문났겠지요. 알고 찾아오는 손님 아니면 지나다가 우연히 들어오는 손님은 없을 것 같은데요."

"인터넷에서 유명해진 덕에 예약 손님이 많고 지나다가 들어오는 손님은 거의 없다고 하더군요. 오히려 이분들한테는 다행한 일이라고 해요. 예약 없이 갑자기 상 차리려면 소홀할 수밖에 없어서 정성껏 대접하기 어렵다고 걱정하는 사람들이에요."

후식으로 따뜻한 일본식 우메보시 차를 나누는 동안 밥상이 깨끗이 치워졌다. 한국 매실청 차와는 다른 방식으로 우려낸 매실차라고 하는데 별로 달지 않으면서 향이 진한 것이 특징이었다.

"자, 이제 이천오층석탑 반환 문제에 대해서 본격적으로 이야기를 해 볼까요?"

강 위원장의 의사 진행 발언에 따라 그들 모두 조금 전에 김현자 사무국장으로부터 받은 유인물을 테이블 위에 꺼내놓았다.

5

협상 5년 동안 이번 방문이 18차 방일이라는 말에 안신웅 선생은 안타까운 표정을 지었다.

"여기 적힌 간단한 방일 기록으로 어떻게 여러분의 노고를 다 알겠습니까만 정말 고생 많으셨습니다."

"안 선생님을 진작 만났더라면 저희들한테 큰 힘이 됐을 텐데요. 어쩌면 지금쯤 해결이 났을지도 모르지요."

강 위원장이 설명을 시작하면서 든든하다고 소회를 밝혔다.

"그건 꼭 그렇다고 말할 수 없습니다. 일본에서는 조센징이라고 무시당하고 한국에서는 쪽발이라고 손가락질받는 제가 무슨 그리 큰 힘이 되겠어요? 오쿠라 재단에서 이천오층석탑과 교환할 미술품을 요구하는 상황까지 만든 것도 다 여러분이 그동안 애쓰신 큰 성과라고 생각하십시오."

안신웅 선생은 자신의 어려웠던 처지를 잠깐 말하면서도 상대방에 대한 배려를 아끼지 않았다.

"이 시점에서 단지 제가 도울 수 있는 것은 그들에게 교환 조건으로 제시할 수 있는 다양한 작품들을 제가 소장하고 있으니까 마음 놓고 덤벼볼 수 있다는 것이지요. 그동안의 경위를 간단히 설명해 주시면 감사하겠습니다. 한글을 읽고 이해하는 시간이 더뎌서 말입니다."

강 위원장은 1차 협상 기록이 있는 첫 페이지를 열면서 차분히 그에게 브리핑을 시작했다.

"우선 이천오층석탑이 우리 이천 시민에게 어떠한 의미인지 그 석탑이 어떤 존재인지부터 잠시 말씀드리겠습니다."

이천오층석탑은 고려시대에 만들어진 국보급의 석탑이며 1000년 이상 이천에 있었다. 나라에 전쟁이나 우환이 있을 때 석탑에 와서 빌었으며 가정에 변고가 생기거나 기쁜 일이 있을 때도 석탑에 와서 도와달라고 빌거나 감사의 인사를 해 왔다. 석탑은 그저 돌로 만든 탑의 의미를 넘어서 백성들의 정신적인 지주 역할을 해 왔던 것이다. 일본에서는 석탑이 장식품이나 미술품으로 취급되지만 한국에서는 조상들의 얼과 혼이 담긴 신성한 존재로 여긴다. 일본에 있는 석탑의 의미와 한국에 있는 석탑의 의미가 전혀 다르다. 그 귀하고 귀한 탑이 어느 날 이천에서 없어졌고 알고 보니 일본으로 반출되었던 것이다.

"민속신앙의 존재였다고 봐야겠군요?"

"그렇습니다. 현재 도쿄 오쿠라 슈코칸 뒤뜰에 초라하게 서 있는 석탑이 일본에 반출된 경위를 설명 드리겠습니다."

"대략적인 아우트라인은 알고 있습니다만 상세한 경위를 알고 싶군요."

그 설명은 서창길 교수가 맡았다.

1910년 한일병합 5주년을 기념해서 1915년 조선총독부는 경복궁에서 산업박람회를 개최했다. 행사를 준비하는 과정에서 행사장을 장식할 목적으로 이천에 있는 오층석탑을 빼앗아갔다. 돈으로 산 것도 아니고 전시회 출품이라는 명분으로 전시된 것도 아니었다. 그야말로 눈뜨고 어느 날 갑자기 도둑을 맞은 것이나 다름없었다.

전시회가 끝나자 석탑은 조선 미술관의 제반 시설품으로 취급받으며 미술관 정원에 남겨졌다. 1915년에 경복궁에 있는 자선당(세자가 생활하는 건물)을 빼앗아간 오쿠라 기하찌로가 자선당과 어울리는 석탑이 필요하다며 조선총독부에 석탑 양도를 요청했다. 원래 평양 정차장에 있는 칠층석탑을 요청했으나 총독부는 평양 탑이 이미 세인들에게 널리 알려져 있어서 양도가 어렵다는 이유로 경복궁에 옮겨 놓은 이천오층석탑을 주기로 결정했다. 결국 1918년 11월에 석탑이 일본으로 반출되었다. 당시 오쿠라 기하찌로와 총독부 사이에서 왕래한 서신 원본이 국립중앙박물관에 보관되어 있으며 근거자료로 남아있다.

"오쿠라 기하찌로가 석탑을 원했던 진짜 이유는 조선의 동궁전이었던 자선당을 뜯어다 자기 집 정원에 세웠는데 그 자선당과 어울릴 정원 장식품이 필요해서였다니 그 내용이 더더욱 괘씸합니다. 자선당은 조선관이라는 이름을 붙여 개인미술관으로 사용하다가 1923년 관동 지진 때 불타서 주춧돌만 남은 것을 1995년에 한국으로 돌려보냈습니다."

"불 먹은 주춧돌을 돌려보낸 사건은 알아요. 80년 만에 돌아갔지만 결국 복원하는 데 사용되지는 못했다지요? 그나마 삼성에서 나서서 협상이 쉽게 이루어진 케이스라던데……"

안신웅 선생은 오쿠라 기하찌로의 문화재 약탈 행위에 대해 한국을 오가며 많은 사람들로부터 이야기를 들었다고 했다.

"석탑도 반출된 지 백 년이라는 세월이 흘러 늦은 감은 있지만 우리 세대에서 해결해야 하는 문제입니다. 우리 후손들 앞에 자랑스러운 조상이 되고 조상들 앞에는 부끄럽지 않은 후손이 되기 위해서 꼭 석탑 환수는 이루어져야만 합니다."

서 교수의 마지막 다짐은 비장하기까지 했다.

"환수위원회 실무협상단 방일에 관한 내용은 위원장님이 설명해 주시겠습니다."

1차 실무협상단의 방일은 2010년 4월 18일부터 23일까지 5박 6일의 일정이었다.

"첫 방일이라서 일정을 좀 길게 잡았지만 동분서주 사람들 만나러 다니느라 정신이 없었던 방일이었습니다."

제일 큰 소득으로 손꼽히는 일은 오쿠라 슈코칸 부관장인 시부야 상을 만나 공식적으로 이천시민의 석탑 반환 요청을 알렸다는 사실이었다. 추후 파견할 이천시민 대표단과 오쿠라 재단의 실무 담당자와의 만남을 앞두고 분위기를 조성하는 임무를 띤 방일이었다. 오쿠라 슈코칸(집고관) 실무담당자 미팅 및 일본 네트워크 구성원과의 만남도 중요한 임무 중 하나였다. 교토로 오사카로 이동하며 이천오층석탑 반환운동에 협조해 줄 네트워크 간사들을 만나면서 용기를 얻는 계기가 되었다. 1차 때는 이천문화원이라는 민간단체가 주체가 되어 이천 시청 주무관도 함께 일본 출장에 나섰었다. 이천오층석탑 환수운동은 이천 시민과 이천 관청이 합동으로 추진한다는 인식을 오쿠라 재단에 심어주고 싶어서였다.

"아이러니하게도 적극적으로 협상단을 도와준 사람들은 일본에 체류 중인 한국 사람이나 재일교포가 아닌 일본 사람들이었습니다. 한국을 사랑하는 일본인, 한국에 대해 역사적인 지식이 풍부한 일본학자, 양심적으로 문화재 가치를 소중하게 여기는 문화재 애호가들이었어요. 그들은 자기 나라 사람들의 탐욕에 대해 미안해하고 그 미안한 마음으로 우리를 돕고 싶다고 했어요. 마치 자기 일처럼 열성적으로 우리 일에 협조해주는 그분들을 만나 조언을 들으며 우리 것을 약탈해 간 일본을 무조건 미워할 수만은 없었어요."

강 위원장은 초창기 협상 과정을 회상하며 새삼 많은 사람들에게 감사한 마음이 들었다.

"그렇지요? 나도 그랬어요. 일본 사람 모두가 다 나를 조센징이라고 무시했다면 아마 나는 일본에서 살아내지 못했을 거예요. 무시하는 사람도 많았지만 나를 이끌어주고, 갈 길을 인도해주고, 참고 견뎌서 힘을 길러야 한다고 가르치신 선생님도 일본 사람이었어요. 부모님이 '너한테 그림이 당키나 하냐?'고 미술도구들을 다 강에다 갖다 버려서 삶을 포기하고 싶었을 때도 나를 바로 잡아준 건 일본 선생님이었지요. 조선인 제자에게 '고등학교는 졸업을 해야 이 사회에서 사람 구실 한다'고 하시면서 펑펑우시던 분도 일본 선생님이었고요. 나를 미워한다고 그 상대를 미워할 수만은 없는 것이 세상 살아가는 맛 아니겠어요?"

안신웅 선생은 담담한 듯 이야기하고 있었지만 그가 재일 동포로 살아온 세월의 아픔이 얼마나 큰지 충분히 알 수 있는 대목이었다. 그런 세월을 이겨내고 오늘날 일본도 한국도 어느 누구도 감히 무시할 수 없는 메세나가 된 그를 보며 그들도 용기를 내었다. 강 위원장은 설명을 이어갔다.

네트워크 간담회에 모인 간사들을 통해 여러 제안과 제보가 이어졌다. 오쿠라 재단을 설립한 동경 경제대학 교수를 통해 일본 내 출처자료 확보가 용이하다는 희망도 전달되었다.

일본 내 유학생을 통한 자료수집 방안을 모색하고 재일 한인 모임을 통해 일본에서의 서명운동을 확산시키자는 결의도 가졌다.

향후 활동 계획으로는 일본에서의 국제 심포지엄 개최인데 개최한다면 고려박물관과 공동 주관이 가능하다는 제안이 있었다.

8·15 이전까지 이천오층석탑에 관한 일어본 출판물 간행으로 일본 내 여론을 확산할 필요가 있다는 지적도 나왔다. 이천 시민들의 서명이 강한 위력을 가지려면 일본 현지에서의 활동과 연계되어야만 그 효과가 배가 된다는 조언은 방일에서 얻은 교훈이었다. 국내와 일본에서의 석탑이나 문화재 반환 사례에 관한 결정적인 논증자료를 확보하기 위해서는 민간차원에서 뿐만 아니라 한국정부가 적극 나서 주어야 하므로 정부의 적극적 역할을 끌어낼 아이디어를 모으기로 했다. 이 모든 것이 일차 방일 때부터 쏟아져 나온 아이디어들이었다.

"큰 기대 없이 일차 방일을 했던 한국 측으로서는 처음으로 희망을 가질 수 있는 많은 조력자들이 있음에 놀라울 따름이었습니다. 그 용기가 이 시점까지 우리를 이끌었는지도 모르겠습니다."

"그러니까 일차 방일 협상에서는 시부야 상과 잠시 만나 이천의 입장을 전달한 것으로 끝난 거군요."

"예. 그것도 한국에서 출발할 때까지는 우리를 만날 의사가 없다고 일언지하에 거절했는데 일본에 도착하니까 기꾸치 네트워

크 간사가 겨우 약속을 잡았다고 소식을 전하더군요. 만나준 것
만도 다행으로 여기라는 표정이었습니다."

안신웅 선생이 고개를 끄덕였다.

"다음은 2차 방일 경위서입니다. 이차 방일 때는 이천 시장을
시민 대표로 동행하였고 오자끼 이사장도 시장 체면을 생각해서
인지 처음 협상단과 마주 앉았습니다."

2차 방일은 2010년 7월 19에서 22일로 3박 4일이었다.

오쿠라 재단과 21일 협상 자리에 참석하기 전에 오쿠라 문화
재단과의 교섭을 사전 준비하는 회의를 먼저 가졌다. 일본 네트
워크 간사와 주요 참여자들이 모인 가운데 다음날 있을 오쿠라
재단과의 의견을 조율하기 위해서였다. 이천 시민의 석탑 반환
요망서를 2차 방일 전에 오쿠라 재단에 전달한 것을 바탕으로 허
심탄회하게 의견을 교환하기 위한 네트워크 간담회였다.

"내용은 다음과 같습니다."

　　2010. 7. 20(화), 18:00~20:00
　　- 장 소 : 도쿄 YMCA 회관 회의실 및 연회실
　　- 참여자 : 기꾸치 히데아키(네트워크 간사), 남영창(월간 아리랑 이사),
　　　　　　　강덕희(일본 상지대교수), 윤벽암(국평사 주지), 나카노(아사
　　　　　　　히신문 기자), 아마가와(NHK 기자), 김창수(교포), 이양수(교
　　　　　　　포) 등 20명 참여
　　- 내용: 제본한 서명부 사본(500페이지 분량 28권)을 공개하고 이천시
　　　　　 민의 적극적인 의지와 활동 내용 소개

- 서명부에 담긴 의미와 서명부가 앞으로 펼치게 될 일본 사회 내의
여론의 흐름을 예측하고, 일본 내에서의 다각적인 지원방안 모색

"간담회에서 한국에 살고 있는 이천 실무협상팀이 알지 못하는 일본 내의 분위기와 오쿠라 재단의 내막에 대해 많은 조언을 들을 수 있어서 다음날 협상에 큰 도움이 됐습니다."

다음날인 7월 21일 오쿠라 문화재단과의 2차 공식교섭이 시작되었다.

오쿠라 호텔 내에 있는 레스토랑에서 오후 3시부터 2시간가량 진행되었는데 아주 진지한 협상 논의가 있었다. 참가자는 이천 시장을 비롯해 환수위원회 상임위원장, 실무위원장, 오자끼 이와오 오쿠라 문화재단 이사장, 시부야 오쿠라 슈코칸 부관장, 기꾸치 히데아키 일본 네트워크 간사 등 10명이었다.

협상이 시작되기 전 참가자 전원이 석탑을 함께 둘러보고 취재 나온 기자들의 질문에 답해주는가 하면 양측에서 하고픈 말을 인터뷰 형식으로 한 마디씩 주고받았다.

협상 장소인 오쿠라 호텔 레스토랑으로 들어가 이천 측은 2차 공식요망서와 제본이 된 500페이지 28권의 서명부를 오쿠라 재단 측에 전하는 전달식을 가졌다. 오자끼 이사장이 한국 협상단의 재단 방문에 대해 환영사를 겸 입장을 밝히기 위해 마이크를 잡았다.

"전 인류의 문화유산인 문화재는 어디에 있든지 간에 보존이

잘 되고 있으면 좋은 것이지 국경을 가지고 말할 것이 아니다."

오자끼 이사장은 협상 시작 전 이천오층석탑 앞에서 기자들의 인터뷰에 그렇게 말했다. 그런 그가 레스토랑으로 들어와 이천 시민의 방대한 서명 책자를 전달받은 후 약간 심경의 변화를 일으키는 조짐을 보였다.

"이천시민의 엄청난 서명부를 보니 그들의 마음이 전해지는 것 같습니다. 석탑 문제를 진지하게 생각해 보겠습니다."

하세가와 총독과 오쿠라 슈코칸 사타카니 요시로 남작이 주고받은 편지 원문을 재단 측에 공개하고 사본을 넘겨주었다.

"서명부에 담긴 이천시민의 문제의식을 잘 알겠다. 진지하게 생각해 보겠습니다. 앞으로 편지 원문을 포함한 나머지 자세한 자료들에 대해서도 우리에게 공개해주면 고맙겠어요. 우리도 강점기에 반출된 문화재 반환에 대한 일본정부의 입장을 살펴보도록 하지요. 계속 만남을 이어가면서 석탑 문제를 논의합시다."

오자끼 이사장이 자리에서 일어설 때는 처음과 달리 긍정적인 차원에서의 검토를 약속했다.

"그땐 우리 모두 이천오층석탑이 머지않아 이천으로 돌아오겠구나 하고 흥분된 마음으로 미래를 점쳤지요. 곧 뭔가 이뤄질 듯했으니까요."

오쿠라 호텔을 나와 일본 국회 중의원 제2의원회관 제4회의실로 자리를 옮겨 기자회견을 열었다. 오후 5시 30분부터 7시까지 일본 여당 국회의원, 일본 NHK 방송국, 아사히 신문사 등 주요 언론사와 교포 그리고 일본 네트워크 참여자 등 30여 명 참여한 기자회견이었다. 주요내용은 오쿠라 문화재단 이사장과의 교섭 내용을 기자들에게 알리고 이천시민의 석탑에 대한 환수 염원과 의지를 표명하는 이천 시장의 인터뷰로 이어졌다.

"그 자리는 누가 만들어 주었습니까? 의원회관에서 기자회견을 했다면 누군가 도움을 준 사람이 있었을 것 같은데……"

안신웅 선생이 물었다.

"한국 쪽 안면 있는 여당 국회의원과 한국대사관 측의 도움이 있었습니다."

"그런 도움이 지속적이고 적극적이어야 하는데 대개는 일회성으로 그치는 게 문제지요."

다음날인 22일 아침에는 숙소에서 그리 멀지 않은 우에노 공원과 국립박물관을 둘러보며 잠시 휴식 시간을 가졌다. 11시경부터 이어질 미팅과 주일 한국대사관 방문 등 줄줄이 잡혀 있는 일정을 소화하고 오후 늦은 비행기로 한국에 돌아갈 예정이었다.

주일한국대사관 방문에서도 대사관 관계자들이 오쿠라 재단 논리는 말이 안 된다는 입장을 표명했다.

"어디에 있건 관리만 잘 되고 있으면 좋은 일이라고? 그걸 지금 말이라고 하는 거야, 뭐야?"

주일한국대사관 회의실에서 만난 대사관 정무과장 외 실무담
당자 1명, 한국문화원장, 이천 시장, 이천 측 협상단 그리고 처음
일본에 있는 오층석탑이 이천 것임을 밝혀낸 일본에 거주 중인
이천 김창진 선생, 교포 이양수 선생, 기꾸치 히데아키 간사 등은
일치된 의견을 모았다. 오쿠라 문화재단의 입장과 논리는 어불
성설이라는 것, 불법반출 문화재는 어떻게든 반환 받자는 강경한
정부의 입장도 확인하였다.

더구나 이천의 경우 명백한 경위가 밝혀져 있고, 원소유주가
원하고 있으므로 반환 가능성이 충분하다는 판단이 내려졌다.

"일본 정부 쪽에서는 어디까지 돌려줘야 하느냐는 딜레마가
있지만, 소유주가 자발적인 양심에 의해 돌려줘야 한다는 사실은
일본 내 여론이 이미 알고 있어요. 민주당은 이 문제에 적극적인
편이죠. 외무성에서도 알고 있으니 이천에서 적극적으로 움직인
다면 빨리 돌려받을 수 있을 것으로 보입니다. 힘내세요."

대사관 정무과장과 문화원장은 전망이 밝으니 걱정 말고 귀국
하시라고 모인 사람들을 안심시켰다.

"정부의 입장에서 할 수 있는 한 최선을 다할 것을 약속드립
니다. 문화재 반환 문제 접근을 문화재청과도 협의 중입니다. 이
천석탑의 환수가 이루어지면 일본 내에서도 선례가 될 가능성이
커서 관심이 많습니다."

그렇게 크나큰 기대를 가지고 2차 방일 협상을 끝냈다. 곧 좋

은 소식을 주겠다던 정부 측도, 일본과 한국 사회에 문화재 반환 여론을 조성하겠다며 적극적으로 취재에 나섰던 언론사들도 감감무소식이었다.

"다들 목소리를 높이는 분위기에서는 발 벗고 나설 것처럼 하다가도 그때만 지나면 그뿐인 것을 이제는 배웠습니다만 그 당시는 곧 일이 성사되는 줄만 알았으니 얼마나 미련합니까?"

"제삼자들이야 급할 게 없지요. 관청이나 언론은 더더욱 믿을 게 못 되는 것이고요. 양국 관계가 좋으면 해결도 빨라지고 양국 관계가 냉각되면 덩달아 해결이 어려워지는 영향도 있습니다."

안신웅 선생은 강 위원장의 하소연에 따뜻한 웃음으로 위로의 답을 주었다.

"우리, 협상을 일일이 다 설명하지 말고 주요 협상만 골라서 안 선생님께 보고 드리면 어떻겠어요? 이번 방일까지 다 보고했다가는 밤새울 것 같은데…… 내일 귀국 못 할 것 같은 불길한 예감이 들어서요."

어쩐지 조용히 입 다물고 있을 서창길이 아니다 했는데 결국 한 마디하고야 만다.

"그래요. 그렇게 하십시다. 오쿠라 재단과의 협상 내용 중에 아주 중요한 협상 내용만 이야기하기로 하시지요. 나는 오쿠라 재단이 진짜 요구하는 것이 뭔지 그 속을 알고 싶은 거니까요."

안 선생도 서 교수 제안에 동의했다.

"나 잠깐 쉬고 이제부터 서 교수가 보고를 드리면 어떨까요?"

강 위원장이 물 한 잔을 단숨에 들이켜고 바통을 서 교수에게 넘겼다.

"그야 뭐…… 훈장한테 말할 기회를 준다는 건 복 받을 일이지요."

그때부터 일사천리로 설명이 진행되었다. 몇 차 방일, 몇 차 방일도 생략한 채 오쿠라 재단이 교환 조건으로 제안해 왔던 작품 위주로 설명을 바꾸었다.

"2010년에만 다섯 차례의 협상을 위한 일본 방문이 있었고 4차 협상 때 처음으로 오쿠라 재단 측에서 '장기대여'라는 단어를 입에 올렸으나 구체적인 방법은 제시하지 않았습니다. 5차 협상 때는 한국 측 국회의원 3명과 일본 측 국회의원 4명이 참석하여 불법문화재 반환과 그 해석에 대해 열띤 공방을 벌인 국제 심포지엄이 있었습니다."

사회 전반적으로 반환 분위기가 조명을 받자 오쿠라 측도 영구임대나 장기대여라는 명분으로 이천오층석탑과 맞교환할 문화재를 찾기 시작하는 기미가 엿보였다. 그 시작이 6차 방일 협상이었다.

"6차 방일은 2011년 6월에 있었는데 그 방문은 일본 지진이 일어난 지 3개월 후였기 때문에 의미가 있었습니다."

이미 일본을 방문하기 전인 4월 23일에 이천에서는 탑돌이행사를 성대하게 개최했다. 오층석탑 환수 염원과 일본 대지진 희생자 위령제를 목적으로 한 기원제였다. 그리고 5월 말에는 아무런 동행 없이 강정민 환수위원장이 사적으로 오쿠라 슈코칸을 방문했다. 3월에 있었던 대지진으로 인해 석탑에 훼손이 있다는 소식을 듣고 그냥 공식 방문 날짜만 기다리고 있을 수 없었기 때문이었다. 지진으로 피해를 입은 석탑의 상태를 답사하러 간 김에 시부야 상을 만나 피해 입은 석탑에 대해 의논을 하고 돌아왔다.

그 한 달 뒤 시장을 동행하여 6차 회담을 갖게 되었다. 이천 시장은 오쿠라재단 이사장과 세 번째 공식면담을 가졌다. 6월 17일 오전에 오쿠라 재단 이사장과 면담이 있었고 오후에는 기자회견이 있었다. 6차 협상은 한걸음 발전한 협상이었다. 오자끼 이사장이 그해 4월 1일에 오쿠라 재단이 공익재단법인으로 새로 탄생했으며 재단 자산이 하나 손실되면 다른 하나로 채워야 한다고 운을 뗐다. 그 논리대로 하자면 한국 미술관에 있는 일본 문화재와 일본에 있는 문화재 오층석탑을 교환하는 것이 하나의 방법이라는 제안을 처음으로 입 밖에 내놓았다. 협상다운 협상이 시작되었다는 느낌이 들고 희망이 보이기 시작했다.

"그때도 어떤 작품과 교환하자는 구체적인 작품명은 입에 올리지 않았던 거죠?"

"그렇습니다."

2011년 6월 19일 당시 석탑은 일본 대지진 피해로 철책을 세워 가림막으로 둘러쳐진 상태였다. 지진이 발행한 지 3개월이 지나도록 가림막을 쳐 놓은 것 말고는 아무런 응급조치를 하지 않고 방치한 것에 대해 이천 시장을 비롯한 협상팀은 오쿠라 재단 측에 항의하고 수리는 언제 할 것인가를 따져 물었다.

한국은 석탑 나라고 일본은 목조탑 나라이며 중국은 전탑의 나라로 볼 수 있기 때문에 전문성이 각각 다름을 내세워 한국의 전문가도 함께 조사를 할 필요성이 있다고 강조했다. 이 상태에서 만약 여진이 또 발생된다면 4층, 5층 옥개석이 떨어져서 3층, 2층, 1층 다 깨져버릴 가능성이 높다는 점을 강조했다. 조속히 공동 조사하여 수리를 하자고 촉구했다.

"다음으로 눈여겨볼 협상은 9차 협상입니다. 종교 대표단과 청소년 대표단이 성명서를 전달하고 슈코칸 석탑에서 탑돌이 행사를 가졌는데 오자끼 이사장이 한국 측 최연소 어린이 반환 부탁에 눈물을 흘리며 심경의 변화를 보였습니다."

2011년 12월 19일에 있었던 9차 방일 협상에는 한국 측에서 30여 명의 방문단과 동행했다. 재일 참가자까지 총 40여 명이 합동으로 석탑 앞에서 기원제를 봉행했음을 눈여겨볼 만하다.

같은 해 4월에는 한국의 이천오층석탑 환수위원회 및 이천지역 종교계를 중심으로 일본 대재난 희생자의 극락왕생을 기원하는 위령제와 이천오층석탑의 환수를 위한 '한 · 일 시민 화해와

교류 한마당 탑돌이 문화제'를 이천에서 개최한 바 있다. 그동안 이천오층석탑 환수위원회의 석탑에 대한 조속한 복구 요구에도 불구하고 오쿠라 측은 7개월 동안 이천오층석탑을 방치하다가 종교계 대표단과 청소년 대표단이 이천오층석탑 앞에서 한일교류 문화행사를 갖겠다는 뜻을 전달한 12월이 돼서야 겨우 석탑의 복구를 시작하였다.

12월 19일 오쿠라 슈코칸 오층석탑 앞에 도착한 청소년 대표단과 한·일 양국 종교인은 이천오층석탑이 무사히 한국으로 귀환되고, 또한 이천오층석탑을 통하여 한·일 양국 시민이 서로 이해하고 화해하여 평화로운 세상이 도래하기를 염원하는 '한·일 불교 합동 기원제'를 봉행하였다. 기원제가 끝나고 시부야상은 방문단 일행에게 미술관을 무료로 관람을 하게 하였다. 1층, 2층을 돌려보고 오후 4시 반쯤 되었을 때 오자끼 이사장이 오쿠라 슈코칸에 도착했다. 환수위원회는 청소년들이 이사장과 시부야상을 마주 보고 나란히 서도록 정렬시켜 인사를 나누었다. 환수위원회가 아이들에게 '이런 기회에 이사장님께 할 말이 있으면 지금 하라'고 기회를 주자 최연소인 노연화 어린이(초등학교 1학년)가 오자끼 이사장을 향해 '할아버지, 석탑을 빨리 돌려주세요"라고 눈물을 글썽이며 부탁했다. 아무도 예상치 못한 말이었다. 이사장은 그 어린이의 천진난만한 표정과 말에 감동을 받아 눈물을 흘리며 아이의 손을 잡아주었다. 시부야 상도 숙연해진 모습이었다. 짧은 아이들과의 대면이 이사장과 시부야상의 마음을 움직이는 순간이었다.

실무협상 테이블로 돌아가 많은 의논이 오가던 중 시부야 상은 한국 국립중앙박물관이 소장하고 있는 '요코하마 다이칸'의 그림을 오쿠라 기하찌로가 해방 때 가지고 나오지 못하여 몹시 아쉬워했다고 말을 꺼냈다. '우리가 국립중앙박물관에 의논할 수는 없는 일이니 이천 측에서 한 번 의논해주면 어떨까 생각한다'는 의견을 내놓았다. 이천 협상단은 '그건 의논해 볼 것도 없이 불가능한 일이다'라며 시부야 상의 제안을 거절했다. 대신 일본 도예가 '사사끼 니로쿠'의 아주 귀한 도자기를 이천 유광렬 관장이 소장하고 있는데 그것은 어떤가를 물었다. 그들은 도자기보다 그림을 원한다고 대답했다.

"도자기보다 그림을 원한다는 것은 시부야 상의 개인적인 생각인가요? 아니면 오쿠라 재단 오너의 생각인가요?"

안신웅 선생은 양쪽 협상 과정에서 자신이 관여하고 자신의 힘이 닿는 부분에만 집중하여 질문을 던졌다. 그의 관심사는 오로지 오쿠라 측이 무엇을 원하는지 그 진의를 파악하는 일이었다.

"우리도 그것을 알 수가 없어요. 단지 오자끼 이사장이 그 자리에서 반대 의견을 말하지 않는 것을 보면 이사장과 시부야는 뜻을 같이하는 것 같습니다."

"어쩌면 오너들은 이런 일에 전혀 관심이 없을지도 모릅니다."

"그렇지는 않은 것 같아요. 우리가 이천 시민들의 성금을 모아 이천오층석탑을 매매하는 제안도 해봤는데 그때 시부야 상이 몹시 화를 냈어요. '오쿠라 재단도, 재단 오너도 돈이 많기 때문에 매매는 절대로 하지 않는다'고 단호하게 소리쳤던 적이 있었어요. 오너 쪽 의사를 모른다면 그들이 물어보지도 않고 그렇게 확실하게 말할 수 있을까요?"

"그래요? 그동안 오쿠라 재단 오너와 직접 접촉할 방법은 찾아보지 않았나요? 재단 오너가 관장을 맡고 있는 걸로 아는데……"

"맞습니다. 오쿠라 요시히코가 재단 오너이자 오쿠라 슈코칸 관장인데 시부야 상에게 요시히코 관장을 만나게 해 달라고 몇 번 요청했지만 그분은 만날 수 없다고 거절하더군요. 우리 힘으로는 불가항력인 셈이지요."

"그렇군요. 너무 많은 시간과 정력을 쏟아부었지만 얻어진 건 아직 아무것도 없다는 결론이네요."

안신웅 선생이 의미심장한 얼굴로 사람들을 둘러보았다. 그 표정이 슬프고 아파 보였다. 자신이 겪은 재일동포의 설움이 새삼 피부로 느껴지는지 모를 일이었다.

"오너와 담판 지을 길을 찾아봐야겠어요."

그의 사회적 위치라면 요시히코 관장을 만날 수 있지 않을까 하는 생각이 언뜻 머리를 스쳐 갔다. 불필요한 그동안의 협상 경위는 생략하고 그들이 원하는 작품이 무엇인가에만 초점을 맞추어 설명하자는 의견이 나왔다. 그때 안 선생이 주위를 집중시켰다.

"설명은 그만두기로 해요. 협상 경위와 그들의 요구 조건은 내가 집에 가서 유인물을 찬찬히 살펴볼게요. 우리 이럴 게 아니라 이 일을 잘 해결할 수 있는 인물들을 한 번 추천해 봅시다."

"대통령."

"국회의장."

"오쿠라 재벌 오너."

"삼성 그룹 회장."

별별 유명인사 호칭이 다 튀어나왔다. 최고 권력자이거나 거물급 재계인사들 이름들이었다.

"들으셨죠? 이렇게 대단한 사람들만이 할 수 있는 일을 이천 환수위원들이 5년 동안이나 이끌어 오신 겁니다."

안신웅 선생이 이천 실무협상단에게 박수로 격려하자 남은 사람들도 모두 그들을 향해 박수를 쳤다. 가슴이 뜨끈해지는 보람이 느껴지고 그들에 대한 고마움이 가슴에 가득 차올랐다.

5년이라는 세월을 간추려 안신웅 선생에게 보고하는 동안 강정민 위원장과 서창길 교수도 그간의 협상 내용을 머릿속으로 정리하는 시간을 가졌다. 참으로 별별 일이 많았지만 너무 아까운 시간을 많이 허비했다는 낭패감도 없지 않았다. 좀 더 다부지고 독하게 덤벼들지 못했음을 시행착오라 말하고 넘기기에는 자신들이 너무 순진했다고 자인할 수밖에 없었다. 무조건 웃는 낯으로 참고 견디는 것만이 능사가 아님을 조금씩 깨달아가는 중이었다.

4장

아름다운 이별

1

강 위원장은 시장을 만나 18차 협상을 위해 일본에 다녀왔음을 보고했다.

"전면적으로 우리의 협상 마인드를 바꿔야겠다는 생각이 들어. 이러다가는 어느 세월에 해결을 보게 될지 모르겠어."

"왜? 일본서 무슨 일 있었어?"

"정치적으로 해결해야 한다는 말에 전적으로 동의할 수는 없지만 정치적인 개입 없이 우리들 힘만으로는 역부족이라는 걸 느꼈어. 염치불구하고 정부의 적극적인 도움을 이끌어내야겠어. 박 시장도 거들어 줘."

"그야 두말하면 잔소리지. 이게 내가 해야 할 일이기도 한걸."

"친분 있는 국회의원 한두 명이 나서준다고 될 일이 아니야. 국회에 문화재 보호법을 강화하는 법안을 통과시킨다거나 하는 범정부적인 차원의 활동을 펼쳐야겠어."

"아니 얼마나 더 힘든 일을 벌이려고 이래? 이사장이 바뀐 건 아니라서 다행이라더니 왜 갑자기 심경의 변화를 일으킨 거야?"

박 시장은 강정민이 무슨 일로 종전과 다른 방법을 모색하겠다고 하는지 꼬치꼬치 물었지만 그는 대답하지 않았다.

"나 이박삼일 동안 배곯으면서 뼈 빠지게 일하고 왔으니까 이따 저녁에 소주나 한잔 사 줘. 들어오다 비서실에 물으니까 모처럼 별 스케줄 없다던데."

"그래. 알았어. 스케줄 있어도 일찍 끝내고 밥 사줄 판인데 그거 못하겠어? 이따 거기서 봐."

강정민이 먼저 술 한 잔 사달라는 일은 일 년에 한 번이나 있을까 말까 할 정도로 드문 일이었다. 시장실에서 공적으로는 말 못 할 일이 있음이 분명해 보였다.

저녁 7시에 시장과 강정민이 자주 가는 단골 쌀밥 집 구석방 하나를 차지하고 두 사람은 마주 앉았다.

"우리 마을 원님이 오랜만에 오셨습니다."

그들과 초등학교 동창인 나이 많은 주인마님이 차려진 밥상에 술을 가져다 올려놓는다.

"뭐야?"

"뭐긴 뭐야? 강 사장 사모가 정성껏 담근 술이지. 저녁에 시장이랑 마실 술이라고 아까 사람 시켜서 가져다 놨어."

"술 사달래 놓고는 집 술은 왜 가져 왔대?"

"강 사장이 아무 술이나 마시는 사람이야? 우리 원님이야 주종을 가리지 않지만."

"나야 잡식성이니까."

"그러니까 다들 좋아하지."

주인과 시장이 농담 반 진담 반으로 웃고 떠드는 사이에 화장실에 손 씻으러 갔던 강정민이 방으로 들어왔다.

"어째 얼굴이 전만 못하네."

여주인이 일어서면서 힐끗 강정민의 얼굴을 훑어보았다.

"시장이 너무 부려먹어서 그렇잖아. 여사장님은 점점 더 젊어지시네. 애인 생긴 거 아니야?"

강정민이 히죽거렸다.

"샌님이 농담하는 걸 보니까 기분은 좋은 모양이네. 많이들 드셔."

여주인이 무거운 엉덩이를 들고 일어났다.

"왜? 초등학교 동창끼리 한잔하지?"

"싫어. 마음에도 없는 소리 하지 마."

"그래. 한잔하자. 우리 셋만 모인 것도 오래간만이잖아."

박 시장도 한마디 거들었다.

"됐어. 나는 장사해야지."

여주인이 나가자 두 사람은 서로의 잔에 술부터 채웠다. 국화
향이 은은한 청주였다. 누룩과 고두밥을 충분히 버무린 다음 말
려둔 노란 국화를 다시 한번 살살 섞어 항아리에 앉히고 물을 부
어 막걸리를 담근다. 술 익는 냄새가 온 집안에 진동하면서 항
아리에 귀를 대면 뽀글뽀글 발효되는 소리가 들린다. 일주일이
나 열흘 뒤에 용수를 박아 술을 뜬다. 1차 술이 완성되는 단계이
다. 강정민과 그의 아내는 부부만의 비법으로 술을 맛있게, 향기
롭게, 술맛의 품격을 높였다. 취하되 머리 아픈 숙취가 없고 다음
날 속이 편안한 것이 특징이었다. 그 집 술을 맛본 술꾼들은 모두
들 그 술맛을 잊지 못했다. 두 사람은 그 술을 나누며 기분 좋게
술맛을 볼 참이었다.

"일본 출장 가면 심난하지?"

시장이 강정민의 잔에 술을 따르며 위로의 말을 건넸다.

"이번에는 유난히 더 그랬어. 가는 날은 비행기를 놓칠 뻔해서
십년감수 했는데 가서는 단 한 시간 다리 펴고 쉴 시간 없이 바빴
어."

어린아이가 엄마한테 투정하듯 강정민은 박 시장 앞에 하소연
을 쏟았다.

"자, 자. 고생했어. 이야기는 천천히 하고 술이나 한잔하자고.

강 사장 집 술이니까 내 술 한잔 받으라는 소리도 못하겠다."

박 시장이 어린 동생 달래듯 빙그레 웃으며 술잔을 부딪쳤다.

"이번에 새로운 사람들을 여러 명 만났는데 그중에 앞으로 큰 도움이 될 엄청난 분을 소개받았어."

"그래? 누가 소개했는데?"

강정민은 주일 한국문화원장이 소개한 안신웅 선생에 대해서 자세한 이력을 소개했다. 그와 있었던 점심 식사와 식사 후 그간의 협상 진행 사항에 대한 설명회를 가진 일까지 상세히 보고했다.

"다음 방일 때부터는 협상 테이블에 그분과 함께 오쿠라 재단 사람들을 만날 생각이야."

"시부야 상이 그렇게 싫어한다면서 그게 가능하겠어?"

"시부야 상을 설득해 봐야지. 내 말은 귀담아 들어주는 편이니까. 안 선생님이 협상 자리에 있어야 당신들 요구 조건을 들어주기가 쉬워진다고 설득해 보려고."

"시부야라는 사람 보통 깐깐한 성격이 아니던데 그래도 강 사장하고는 잘 지내네."

"말도 마. 그러니 내 속이 속이겠냐고. 다행히 알면 알수록 마음이 따뜻한 사람 같아서 정이 가기는 해. 그건 그렇고 박 시장, 혹시 우리 바로 옆집에 살던 서임선이 기억나?"

"서임선? 서임선……"

"왜 서울에 있는 대학에서 한국무용과 다니던 예쁘장한 서임선."

"오, 그래. 걔가 서임선이었지. 경로잔치에 자기 무용과 친구들 몰고 와서 춤으로 노인들 덩실거리게 만들던 활달한 여자애."

"그래 맞아. 일본에서 서임선 딸을 만났어."

"서임선을 만난 게 아니고 딸을 만났다고?"

두 사람은 대화 중에도 쉴 새 없이 술잔을 비웠다.

"어떻게 알고 만났어?"

"일본 가기 전날 밤에 전화가 왔더라고. 일본에 오시면 꼭 뵙고 의논드릴 일이 있으니 만나달라면서 우리가 묵는 호텔을 이미 알고 있는 거야."

"강 사장 전화번호는 어떻게 알았지? 그런데 왜 서임선 본인은 못 만나고 딸을 만난 거야?"

박 시장은 궁금증을 참지 못해 여러 질문을 던졌다.

"왜 이리 관심이 많아?"

"강 사장 첫사랑이잖아?"

"무슨 소리야? 그냥 옆집 동생이었지."

"서임선이 강 사장을 많이 좋아했던 건 사실이잖아. 다른 사람이 모임에 나오라고 하면 안 나와도 강 사장이 나오라면 나오고 그랬잖아. 둘이 연애하는 거 아니냐고 의심하고 그랬어."

두 사람은 싱싱하던 청년 시절의 동네 처녀 이야기로 열을 올렸다.

"장난꾸러기 서임선이 얌전한 나를 많이 놀려 먹긴 했지."

"그 집 아버지가 빚보증에 집 날리고 부발 쪽에 작은 집으로 이사 가면서 서임선은 사업한다고 일본으로 떠났잖아. 그때 동네에서는 뒷말이 많았어."

박 시장 입에서 의외의 이야기가 터져 나왔다.

"박 시장은 정확히 기억하고 있네. 난 그 집이 우리 동네에서 이사 가고 나서는 더 이상 소식 못 들었거든. 무슨 뒷말이 많았다는 거야?"

이번에 궁금증이 많아진 쪽은 강정민이었다.

"내내 자네 앞에서는 모른 척하고 있었는데 자네 집에서 서임선한테 청혼했다가 거절당했던 일 있지?"

"그 일도 알아? 어머님끼리 오가던 이야기였나 봐. 난 어머니가 지나가는 말처럼 묻기에 그냥 웃어넘겼거든. 그런데 그게 왜?"

강정민은 자신이 전혀 알지 못하고 지나간 무엇인가가 있는 것 같아 박 시장 대답을 재촉했다.

"그 청혼 때문에 더 급히 일본으로 떠난 것 같아."

"뭐라구?"

강정민은 마사꼬가 그녀의 어머니와 강정민 관계에 대해 궁금해하는 눈치를 챘고 차마 묻지 못하는 말이 있음을 알았다. 그녀

가 의심을 품는 이유가 무엇 때문에 빚어진 오해일까 하는 생각
이 머리를 떠나지 않던 참이었다.

"무슨 소린지 말해 봐. 내가 서임선 딸에게 물을 수 없었던 궁
금증이 여기서 풀리는 것 같은데……"

"서임선하고 친하던 친구가 내 여동생하고 친군데 고민을 많
이 했대. 강정민 오빠를 좋아하던 차에 청혼이 들어왔지만 그 청
혼을 받아들일 수가 없다면서. 내 단짝인 자네 이름이 나오니까
여동생은 나한테 전해준 거지."

"왜? 왜 그 청혼을 받아들일 수가 없었는데?"

"나도 그걸 물었지 안 물었겠어?"

"이거야 원 미스터리 추리물도 아니고."

"서임선이 왜 청혼을 거절했는지에 대해서는 확실한 답을 안
했는데 단지 그 청혼을 받아들일 입장이 못 된다고 했다는 거야.
좋아하는 사람에게서 청혼을 받고 그 청혼을 거절할 수밖에 없
는 사연은 각자 짐작하기 나름이지."

"이상한 게 한두 가지가 아니야. 결혼은 안 했는데 딸이 있다
는 것도 그렇고 아직 자기 아버지를 모른다는 것도 그렇고……"

"서임선한테 직접 물어보면 되잖아."

"서임선이 한 달 전에 죽었다니까."

"엥? 걔가 우리보다 나이가 서너 살 아래일 텐데 어쩌다?"

"협심증을 앓고 있었다더라고."

"그날도 갑자기 흉통을 호소해서 병원으로 옮겼는데 응급처치 받고 편안해진 상태에서 병원 식사 잘하고 딸한테 할 말 다하고 그러고 갔다더군."

"마음이 안 좋네. 요새 육십이면 한창 나인데 너무 일찍 갔다. 살긴 어땠는데?"

"처음에 이천 쌀밥 집으로 식당을 시작했는데 소문이 난 덕에 돈을 많이 벌어서 고급 한정식 요리 집을 냈대. 흔히 하는 말로 요정 같은 거였나 봐. 그 계통에서는 엄청난 거물급 마마 상이었다는데 우린 왜 몰랐지?"

"우리가 그런 집에 다니는 사람들이 아니니까 그렇지. 최고로 가봐야 일식집이지 요정에 관심이 있기나 해?"

"그래. 나도 그 생각을 했어."

그때 새 음식을 들고 들어온 여사장이 끼어 앉으며 그들을 나무랐다.

"이게 뭐야? 음식엔 아예 손도 안됐잖아? 음식 맛없다고 시위하는 방법도 여러 가지네. 다 말라비틀어져서 이젠 정말 맛없게 됐어. 술독만 바닥이 난 걸 보니 술만 퍼마셨나 봐. 이거 새로 내왔으니 좀 먹어 봐."

여사장이 따뜻하고 부드러운 소고기 수육을 각자의 앞 접시에 덜어 간장 양념장을 발라 주었다.

"이거 다 안 먹으면 술 가지고 나갈 테니까 그렇게 알아. 손님

상 다 봐주고 들어왔으니까 이 술 내가 다 마셔야지."

여사장이 큰 물 컵을 자기 앞에 가져다 놓고 술 항아리를 끌어 당겼다. 강정민이 질겁하며 술 항아리를 빼앗았다.

"이 술 그렇게 단숨에 벌컥벌컥 마시면 죽어. 물 안 탄 청주라 살금살금, 야금야금 슬슬 마셔야 하는 술이야."

"그런 술을 안주 한 젓가락도 안 먹고 이만큼이나 드셨어?"

"알았어, 알았어. 이제부터 안주 먹을게."

박 시장은 앞 접시에 놓인 수육 맛을 보았다. 이야기에 정신이 팔려 맛깔스럽던 음식들이 폐기 처분해야 할 음식처럼 변해가는 것을 알지 못했던 것이다.

"그래도 옛 친구가 좋긴 좋다. 안주 먹이려고 이렇게 야단을 치다니. 장사는 잘되지?"

여사장에게 자기 술잔을 건네며 박 시장이 물었다.

"경기가 정말 나빠. 쌀밥 집도 너무 많이 생겼고. 나도 이천을 떠야 할까 봐."

"고향 떠나 어디로 가게? 갈 곳이 있는 모양이지?"

"손님 중에 얼마 전 일본 여행 갔다가 거기 이천 쌀밥 집이 있어서 들어갔더니 장사가 아주 잘 되더래. 줄 서서 먹고 왔다고 거기 가서 밥장사나 할까 하던데? 처음 오픈한 여사장이 이천 사람인데 큰돈을 벌어서 일류 호텔 근처에 더 큰 한정식집을 차려 나가고 그 집은 오랫동안 집사 역할을 하던 종업원이 넘겨받았다고 하더래."

여사장 말에 박 시장과 강정민은 놀란 표정으로 서로의 얼굴을 쳐다보았다.

"왜? 두 양반도 그 집에 가본 모양이지?"

"아니."

"아니."

두 사람은 그녀의 말에 약속이나 한 듯 동시에 고개를 흔들며 강력하게 부인했다.

"뭐야? 강한 부정은 긍정이라는 거 알지? 내가 장사로 눈칫밥 먹은 지 30년이야."

촉이 빠른 여사장은 두 사람 얼굴을 번갈아 돌아보며 레이저 눈빛을 쏘았다. 강정민은 할 말을 잃은 채 음식 먹는 일에 열중하고 뒤처리는 박 시장이 맡았다.

"안 그래도 며칠 전 강 위원장이 일본 출장을 다녀와서 그 결과 보고도 들을 겸 고생해서 위로도 할 겸 오늘 만난 거야. 그런데 우리 얘기를 들은 것처럼 사장이 느닷없이 일본 이야기를 꺼내니까 놀라서 그랬지."

박 시장이 여사장의 빈 잔에 술을 따랐다.

"알았어. 이거 마시고 일어설게. 출장 보고 자리에 내가 끼어서야 쓰나?"

여사장은 술 석 잔을 비우고 먹을 수 없이 모양새가 변해 버린 음식 접시 몇 개를 챙겨 들고 나갔다.

"하여튼 옛날부터 신 내린 사람 같은 섬뜩한 데가 있다니까."

강정민이 그 말을 하며 어깨를 부르르 떨자 시장은 한바탕 호탕하게 웃어젖혔다.

"그래서 하던 말 계속해 봐. 임선이가 일본으로 떠난 뒤에 무슨 말이 많았다는 거야?"

"일본에 남자가 있는 거 아니냐, 망해 먹은 집안에 무슨 돈이 있어서 사업을 시작하느냐, 돈 많은 유부남 애인이 사업자금 대주면서 일본으로 빼돌리는 거다. 뭐 그런 말들이었지. 그게 다 무슨 소용이야. 장본인이 가고 없는데. 그래도 젊은 시절 오빠 동생 하던 사이라 그런지 마음이 안 좋네. 타국에서 남편도 없이 갔다니 돈이 많으면 뭐해. 얼마나 외로웠을 거야. 딸이 애통해했겠다. 술이나 마셔."

강정민은 시장과 무심히 잔을 마주치고 시장에게 못다 한 말을 술과 함께 목 안으로 넘겼다. 서임선의 유품에서 강정민의 명함과 신문 기사를 스크랩한 앨범과 석탑 반환 서명지가 나왔다는 말은 하지 못했다. 시장이 색안경을 끼고 친구를 오해할 사람은 아니었지만 괜한 오해를 불러일으킬 여지를 남길 필요는 없다는 생각이 들어서였다.

"딸은 잘사는 것 같아? 그나저나 강 사장은 왜 만나자고 한 거야?"

말없이 술을 마시던 박 시장이 마지막으로 한 가지 더 묻자며 던진 질문이었다.

"아, 진짜 본론을 빼먹었구나. 딸은 아무나 만나기 어려울 정도로 상류사회 사람들과 교류하면서 잘살고 있어. 본론은 우리 이천석탑 환수운동을 돕고 싶다는 말이었어."

"어떻게?"

"그걸 물었더니 어느 정도 윤곽이 나오면 그때 말해주겠다고 좀 기다려 달래."

"이천오층석탑 환수운동에 대해서 알고 있었나 보네."

"신문 기사를 봤다더라고. 고향 소식이라 관심을 가졌던 모양이지."

"어쨌거나 고마운 일이네. 마음만 보태줘도 힘이 날 텐데 일본에서 어느 정도 말발이 서는 사람이 돕겠다고 하면 좋은 일이지. 어서 강 사장이 애쓴 결과가 눈앞에 나타나야 보람도 느낄 텐데 미안해. 내 대신 뛰어줘서 고맙고."

두 사람은 알맞게 술기운에 젖으며 어릴 적 친구가 60세가 넘도록 함께 술잔을 나눌 수 있다는 것에 감사했다.

2

귀국하는 비행기를 놓칠 위기에 처하도록 일정에 쫓기느라 기어이 시부자와 요시로의 병문안은 하지 못한 채 서울로 돌아온 서창길의 마음은 무거웠다. 법대 동기생들 술자리에서도 약속했던 일이라 일정에서 잠시 시간을 내어 요시로가 입원한 병원에 들를 예정이었으나 결국 시간을 만들지 못했다.

여독도 채 풀리지 않은 컨디션으로 5시간 강의를 다 끝내고 연구실로 들어서자 피곤이 몰려들었다. 소파에 잠시 누울까 생각다가 차라리 일찍 퇴근하기로 결정하고 책상을 정리했다. 아내는 미국에 사는 딸이 두 번째 아이를 출산할 산달이라며 다니러 갔다. 언제 돌아올지 기약 없는 가출이었다. 아내가 집에 없으니 일찍 귀가하는 것도 나쁘지 않을 것 같았다. 아내의 잔소리 없이 마음 편히 쉴 수 있을 테니까. 서류가방을 챙겨 들고 연구실을 막 나서려는데 핸드폰 벨이 울렸다. 국제전화였다. 전화를 받자 마구 일본말이 흘러나왔다.

"너 한국에 그냥 갔다며? 바빴던 모양이구나."

"하마터면 비행기 못 탈 뻔했어. 강의가 줄줄이 있어서 꼭 돌아와야 했거든."

"나 요시로한테 왔는데 너 다녀갔다고 했더니 전화 연결해 달래. 꼭 할 말 있다고. 잠깐 기다려."

"오기타, 오기타."

오기타를 불렀지만 이미 요시로에게 전화를 넘기느라 그런지 대답이 없다. 20년씩 단절되었던 단짝 친구를 이런 식으로 재회하고 싶지는 않았다.

"서창길, 나 누군지 알지?"

가느다랗게 기어드는 목소리로 간신히 그 말을 하면서도 몹시 숨이 가빴다. 그 음성, 그 일본말을 들으며 울컥 뜨거운 감정이 솟구쳐 올랐다.

"요시로, 힘들 텐데 아무 말 하지 마. 내가 곧 너 보러 갈게."

이렇게 한순간에 그리움과 미안함으로 가슴이 뜨거워질 친구를 어떻게 20년이나 안 보고 살 수 있었을까?

"미안하다 친구야."

서창길이 울먹였다.

"너한테 오쿠라를 이길 방법을 알려……"

요시라의 대화는 이어지지 못한 채 심한 기침 소리만 들려왔다.

"안 되겠다. 전화 끊자. 내가 다시 전화할게."

오기타의 다급한 목소리가 들리고 전화가 끊겼다. 요시로의 상황이 심각한 모양이었다. 서창길은 털썩 소파에 주저앉았다. 그 투병 와중에도 오쿠라 재단과의 협상에 이길 카드를 알려주려던 친구를 그동안 외면해 왔던 자신이 부끄러웠다. 시계를 보았다. 오후 4시. 서창길은 소파에서 벌떡 일어나 책상 서랍에서 여권을 꺼내어 윗저고리 안주머니에 넣고 연구실에 비치된 간단한 세면도구를 챙겼다. 컴퓨터를 열어 항공사 예약 상황을 체크하고 좌석 배정까지 받는 예약을 마쳤다. 하네다로 가는 김포 출발 7시 20분 비행기를 타기로 했다. 소요 시간 2시간 10분, 착륙과 입국 수속을 감안하더라도 밤 11시에는 병실에 도착할 것이라는 계산이 섰다. 자동차를 김포공항으로 내몰았다. 다행히 아직 러시아워는 시작되지 않은 탓에 차량 흐름은 원활했다.

주차장에 차를 세우고 청사에 들어가 수속을 마칠 때까지 그는 다른 생각을 할 겨를이 없었다. 오로지 '내가 간다. 요시로, 제발 그때까지 정신 놓지 말고 기다려 줘' 그것만을 빌었다. 수속을 다 마치고 탑승구에 도착했을 때는 오히려 시간의 여유가 충분했다. 그제야 서창길은 오기타 에쓰죠에게 전화를 걸었다.

"요시로는 어때?"

"너하고 통화 하겠다고 마스크를 벗어서 호흡 곤란이 온 거야. 진정돼서 잠드는 거 보고 병원에서 나왔어."

"나 지금 김포 공항이야. 아홉시 반에 하네다 공항 도착이니까 늦어도 열한 시에는 병원에 갈 수 있을 거야. 너와의 약속 지키러 가는 거니까 안심하라고."

서창길의 조용하고 차분한 설명에 오기타는 한 톤 높아진 목소리로 '잘했다, 잘했어'라고 감격해했다.

"요시로가 얼마나 좋아하겠냐? 생각만 해도 기분이 좋아지는 일이다. 넌 역시 우리 친구야."

통화를 끝냈을 때 탑승 안내 멘트가 흘러나왔다.

간단한 샌드위치로 저녁을 먹고 커피 한 잔을 청해 마시는 사이 하네다 공항 도착을 알리는 기내 방송이 있었다. 마음먹으면 이리도 간단한 만남을 20년을 벼르며 먼 거리에서 맴돌다니 지옥과 천국이 마음먹기 달렸다는 말이 실감 났다. 평일 밤 시간인 덕에 손님이 많지 않았고 덕분에 입국수속도 빨리 진행되었다. 그런데도 마음이 급한 탓인지 안절부절못하는 자신을 발견하고 서창길은 '진정해, 침착해' 하고 자신을 타일렀다. 입국 수속을 끝내고 서둘러 공항 청사로 나서는 순간 오기타가 눈앞에서 손을 흔들었다.

"미스터 서!"

그 옆에 오다 쇼고의 얼굴도 보였다. 밤 10시 가까운 이 시간에 두 친구가 그를 마중 나온 것에 서창길은 놀랐다. 오기타가 달려와 포옹했다.

"어쩐 일이야?"

"다른 땅에서 온 친구를 이 땅에 있는 사람이 마중 나오는 건 당연하지. 고맙다."

오기타가 포옹을 풀자 쇼고가 손을 잡았다.

"이십 년 동안 비행기를 타고 온 건 아니지? 어서 가자."

서창길은 오길 잘했다고 자신의 결정에 박수를 보냈다.

시부자와 요시로의 병실로 들어서서 요시로의 모습을 보는 순간 와락 눈물이 솟구쳤다. 얼굴에, 목에, 가슴에 주렁주렁 달려있는 기기들 속에 요시로가 파묻혀 있는 느낌이었다. 생명기기에 짓눌려 요시로의 얼굴이 더 작아진 듯 보였다. 눈물을 흘리며 망연자실 서 있는 서창길의 등을 오기타가 쿡 찔렀다. 슬픈 내색하지 말라는 사인과 침상 가까이 가라는 두 가지의 사인임을 서창길은 알아들었다. 주먹으로 눈물을 닦고 요시로 곁으로 다가갔다.

"요시로! 잠든 거야?"

최대한 쾌활하고 밝은 목소리를 내려고 애썼다. 요시로가 앙상한 손을 흔들어 인사를 보냈다.

"보고…… 싶었어."

그의 가느다란 목소리가 어렵게 그 말을 전달했다. 오기타와 쇼고가 침대 조절기를 돌려 침상 머리를 들어 올렸다. 비로소 요시로의 눈높이가 서창길과 같아졌다. 양쪽 손에 모두 링거 바늘이 꽂혀있었지만 요시로는 서창길에게 손을 내밀었다. 서창길이 그 손을 조심스럽게 가만히 잡았다.

"미안해, 정말 미안해. 옹졸한 나를 용서해줘."

의외로 요시로의 잡은 손은 힘이 있었다. 요시로가 오기타에게 눈으로 무엇인가를 부탁했다. 오기타가 다가와 입에서 호흡기를 턱 쪽으로 내려주었다.

"미안해하지 마. 나도 똑같아."

마스크를 벗기자 요시로가 제대로 된 말을 할 수 있었다.

"호흡기 벗겨도 돼?"

서창길이 걱정스레 오기타를 쳐다보며 물었다.

"아주 잠깐은 괜찮아."

요시로가 대답했다.

"너한테 꼭 줄 것이 있어서 더 만나고 싶었어. 기침 나오기 전에 빨리 말할게."

요시로가 오기타에게 손바닥을 펼쳐 뭔가를 달라는 몸짓을 했다. 오기타가 침상 옆 협탁 서랍을 열고 서류 봉투를 꺼냈다.

"이거 가서 자세히 살펴봐. 내용을 설명하는 내 편지도 들어있어. 그리고 오쿠라와의 협상을 법리적으로……"

드디어 기침이 발작적으로 시작되고 호흡곤란 증상을 보이면서 요시로가 가슴을 움켜쥐었다. 이런 일에 익숙한 듯 오기타는 급히 요시로에게 마스크를 씌우고 쇼고는 조절기를 돌려 침상 머리를 원위치로 되돌렸다. 기침과 객혈, 흉통과 호흡곤란이 폐암의 증상이라더니 요시로는 그 모두의 증상을 나타내고 있었다.

"기침이 시작되면 호흡곤란이 오고 흉통도 동반되는 것 같아. 앞으로 구부리면 좀 더 증상이 심해지지."

한바탕 소란에 놀라 말을 잃은 서창길을 안심시키려는 듯 오기타가 설명했다.

"자주 병문안을 왔던 모양이지?"

서창길이 겨우 놀란 가슴을 진정시키고 의자에 앉으며 물었다.

"요시로가 우리 총동창회장이잖아. 오기타는 부회장이고. 네가 최근에 안 나와서 몰랐구나. 법대 동창회가 막강한 힘을 가지고 조직적으로 움직이는 건 너도 알잖아."

쇼고가 두 사람의 관계를 설명해주었다. 동경 법대 총동창회장이라면 일본 사회에서 인정해주는 상위 클라스의 저명인사였다. 안 만나는 사이에 그들도 이 사회에서 그만한 위치에 도달해 있었구나 싶었다. 허기야 서창길이 법학에서 전공을 바꾼 뒤 역사학자로 일가견을 이루는 동안 승부욕이 강한 그들이 손 놓고 놀았을 리 만무했다. 요시로의 기침이 서서히 잦아들면서 병실은 평온을 되찾았다. 폐부를 타고 목으로 빠져나오는 듯 그르륵거리는 소리만이 일정하게 그의 존재를 알릴 뿐 그는 미동도 하지 않았다.

"괜찮은 거야?"

"지쳐서 그래. 조금 쉬면 괜찮아."

"이 서류 봉투에 뭐가 들었는지 너희 둘은 아는 것 같은데……."

서창길이 두 친구에게 서류봉투를 들어 보였다.

"정확하게는 모르지만 네가 오쿠라 재단과의 협상을 풀어갈 참고 자료가 들어있는 것 같아. 우리 일본 신문에도 이천오층석탑 반환에 관한 기사가 심심치 않게 실렸었거든. 요시로는 이천이라는 단어만 들어도 귀를 번쩍 세우고 관심을 가졌어. 더구나 네가 그 실무위원임을 알고는 네 법적 대리인처럼 재판 기록을 뒤적이고 반환 판결을 받은 사례를 찾아 모았어. 아마 도움이 될 거야."

서창길은 더 아무 말도 하지 못하고 고개를 푹 숙였다.

"혹시 자기 잘못되더라도 그 서류를 꼭 너한테 전하라고 우리한테 당부까지 했었어. 너한테 직접 전해줄 수 있어서 저 친구도 마음 편할 거야."

그때 조심스럽게 병실 문을 열고 곱다란 한 여인이 들어왔다. 요시로의 아내려니 싶어 인사를 하려고 여자의 얼굴을 보았다. 분명 아내는 아니었지만 낯이 익었다.

"알지? 요시로의 여동생."

"안녕하세요?"

여자가 정확한 한국 발음으로 인사를 했다.

"네가 아이루? 우리만 보면 숨어버리던 그 처녀 아이루?"

"예. 그 아이루입니다."

"그런데 어떻게 한국말을 잘해?"

"제이 외국어로 한국어를 택했고 한국에 어학연수도 다녀왔고."

쇼고가 아이루에 대해 설명하면서 한쪽 팔로 아이루의 어깨를 감싸 안았다. 아무리 친한 친구의 동생이라지만 실례가 아닐까 싶은 눈으로 오다 쇼고를 다시 한번 보았다. 수줍고 소극적인 친구가 의외로 대담한 구석이 있어 보였다.

"아이루는 쇼고의 아내야."

오기타의 설명에 서창길은 입을 벌린 채 다물지 못했다. 20년 세월이 이렇게 온통 세상을 바꾸어 놓았단 말인가? 20년 전 요시로와 결별할 무렵까지 쇼고는 동기동창 중 유일한 노총각이었는데 10살이나 연하인 아이루와 결혼을 했다니 믿을 수가 없었다.

"이 친구야, 입 다물어. 턱 빠지겠다."

오기타가 서창길의 어깨를 툭 쳤다. 쇼고가 요시로의 병실에 왜 그리 익숙한지 그제야 알았다.

"우리 뭐 좀 먹고 다시 올게."

오기타가 서창길을 일으켜 세웠다.

"아니에요. 오늘은 우리가 있을 테니까 들어가 쉬세요. 서 교수님도 먼 길 오시느라 피곤하실 텐데."

그들 부부에게 병실을 맡기고 오기타와 서창길은 병원을 나왔다.

"세이라 상은?"

서창길이 병실을 나서기 무섭게 오기타에게 물었다. 아내가 병실을 지키지 않는 것도, 이 밤 시간까지 나타나지 않는 것도 내 내 궁금했던 그였다. 세이라는 성래星來라는 한자가 가진 '미래의 별'이라는 뜻의 일본 이름이었다. 요시로는 그 이름이 좋아 그녀에게 관심 두기 시작했고 그들은 결혼했다. 그 결혼식은 성대했으며 서창길은 그날 신랑 대신 마신 벌주로 완전히 뻗었던 기억이 항상 생생했다.

"이름대로 미래의 별로 날아갔어."

연속적으로 터지는 폭탄 발언에 서창길은 또 눈이 휘둥그레졌다.

"요시로가 폐암 말기라는 선고를 받고 얼마 안 돼서 심장마비로 먼저 날아갔어. 남편 몰래 혼자 울고 잠 못 자고 많이 고민했던가 봐. 요시로 옆에서 잠들었는데 아침에야 숨진 걸 알았다니까 요시로도 충격을 받았지."

"그게 언젠데?"

"벌써 일 년이 넘었어. 요시로가 투병생활한 지 일 년 조금 더됐으니까."

"그래서 더 급작이 악화된 거 아니야?"

"그런 이유도 없진 않겠지. 종양 제거 수술을 받았는데도 회복되기는커녕 림프로 전이가 된 걸 보면 마음의 병이 깊었던 것 같아."

두 사람은 누가 먼저랄 것도 없이 병원 뒷골목 선술집으로 향했다. 그동안 쌓인 이야기보따리를 풀어 볼 참이었다. 메뉴가 적힌 검은 쪽 헝겊의 포장을 머리로 들치고 들어서는 맛이 선술집

다웠다. 자정 가까운 시간인데도 손님들이 꽤 여러 테이블을 차지하고 술을 마시고 있었다.

"현재 요시로는 어느 정도의 상태야?"

"오래 견디지 못할 거야."

오기타는 차가운 사케를 주문했고 서창길은 따뜻한 사케를 주문했다. 서창길은 온몸이 으스스 한 것처럼 움츠러드는 기분이었다. 따뜻한 술로 몸을 덥히고 싶었다. 갑자기 닥친 많은 변화를 받아들이고 적응하기가 쉽지 않았다. 그는 탁자 위에 놓인 서류봉투를 어루만졌다. 자칫 죽은 친구의 유품으로 전해 받을 뻔한 귀한 물건이었다.

3

강정민은 종일 문화원 원장실에 박혀 자료를 검색하고 검색하다가는 메모를 들고 뛰쳐나가 어디론가 자동차를 몰고 사라졌다. 일본을 다녀온 후 그가 변했다.

김현자 사무국장과 환수위원회 직원은 강정민 위원장에게 감히 말을 걸 수도 없었다.

그는 국회도서관으로, 국립중앙박물관으로, 국회의원회관으로, 문화재청 사무국으로, 이천 시청 자료실로 뛰어다녔다. 그가 무슨 일로 뭘 하러 다니는지 아무도 정확하게 알지는 못했지만 이천오층석탑에 관한 일임은 분명해 보였다.

안신웅 선생이 한국에 다니러 온다는 정보를 입수하면 강정민은 그의 스케줄이 있는 장소로 달려가 잠시라도 그를 만나곤 했다. 한국에 오면 안 선생은 잠잘 시간도 부족할 정도로 많은 사람을 만나 업무를 보았다. 국립미술관, 도립미술관, 시립미술관, 개인미술관에서도 앞 다투어 그를 만나기를 원했고 갤러리에서도 전시 작품에 대해 의논하고 협조를 요청했다.

그 사이 몇 차례 오쿠라 재단과의 방일 협상에 그가 참석하면서 교환 작품 논의가 활발해졌지만 그들이 너무 고액의 그림만 제시해 온 탓에 성사가 미루어지고 있었다. 시부야 상도 자기네들이 원하는 수준의 작품을 빨리 마련하기 위해서는 안신웅 선생이 필요한 존재라는 점을 인식했는지 더 이상 회의 참석에 반대 의견을 내지 않았다. 강정민은 안신웅 선생과의 잦은 만남과 교류로 서로 깊이 신뢰하는 관계로 발전해 나갔다.

그는 알면 알수록 존경스러운 사람이었다. 안신웅 선생 역시 강정민이라는 사람이 곧고 정직하며 성실한 사람임을 금방 파악했다. 강정민의 성품을 알게 되자 아직 한국 문화와 풍토에 익숙지 않아서 판단이 안 서는 일은 그를 만나 의논했다. 안 선생이 가치 있는 예술품들을 엄청나게 많이 소장하고 있으며 어려운 미술관에 무상으로 기증을 한다는 소문이 돌자 예술인으로 가장한 사기꾼들도 그에게 접근해 왔다. 일본에서 태어나고 일본에서 성장하여 50세가 되어서야 처음 한국 땅을 밟아 본 그로서는 일본인보다 한국 사람이 더 생소한 입장이었다. 한국 사람에 대해 잘 모르는 안 선생은 누가 사기꾼이고 누가 진정한 예술관계자인지 분간이 쉽지 않았다.

"안 선생님, 누가 만나자고 하던지 그 상대방이 뿌리내리고 사는 그곳으로 가겠다고 약속을 잡으세요. 미술관 관계자라면 그 미술관이 있는 곳에서 만나자고 하시고 고향에 미술관을 만들고 싶다고 하면 그 고향에서 만나자고 하시라는 겁니다. 그래야 주위 사람들 말을 들으면서 그 사람 신분이나 인지도를 알 수 있습니다."

"맞아요. 모두들 내 편의를 봐 준다면서 제가 있는 곳으로 오겠다고만 합니다. 그럼 나는 그들이 하는 말을 확인해 볼 길이 없어요."

그가 답답했었는지 강정민의 조언을 듣고 처음으로 좋은 사람, 나쁜 사람 가리기가 제일 어렵다고 솔직히 털어놓았다.

방일 협상의 분위기가 달라진 것은 안신웅 선생이 참석하기 때문만은 아니었다. 강정민 위원장도 서창길 교수도 여태까지 인정에 호소하던 부드러운 방법과는 달리 논리적인 증거를 제시하면서 반환을 요청했다. 두 사람 모두에게 심경의 변화가 있었다는 사실을 모르는 오쿠라 재단 측과 시부야 상은 약간은 당혹스러운 표정을 감추지 못했다.

환수위원회는 자료를 찾고 사람을 만나는 일은 그대로 계속하면서 한편으로는 오쿠라를 압박하는 작전도 함께 병행했다.

2014년 12월 1일부터 이천 시민들에 의해 자발적으로 작성된 엽서들을 이천오층석탑이 서있는 일본 도쿄의 오쿠라 슈코칸과 외무성, 총리대신, 일본국회, 중의원, 참의원 등 6곳에 매일 일정량의 엽서를 발송하는 일을 게을리하지 않도록 관리해 왔다. 이는 오쿠라 슈코칸을 비롯한 일본 관련 기관들에게 이천 시민들이 앞으로도 이천오층석탑을 되찾기 위한 활동을 멈추지 않을 것이라는 사실을 깨우치게 하자는 취지였다. 그와 함께 대한민국 국민의 뜻이 그러하듯 정당하지 않은 경로를 통해 해외로 반출된 문화재는 그 문화재가 있던 본래의 제자리로 돌아와야 한다는 논리를 유인물로 만들어 뿌렸다. 이러한 사실을 일본 내에 지속적으로 알리는 홍보와 근거 자료를 제시하며 설득해 나가는 작전도 실시하고 있었다. 그동안 쌓아온 일본 내의 조력자들과 유대 관계에도 신경을 썼다. 열 사람의 새로운 협조자를 얻는 것보다 이미 도움을 주던 한 사람을 잃지 않는 것이 더 중요하다고 판단했기 때문이었다. 점점 반환 동조자들이 늘어나다 보면 어느 계기가 마련되었을 때 밑바닥에 숨죽이고 있던 반환 돌풍이 거세게 휘몰아칠 수도 있는 일이었다.

정확하게 방일 전날 일본에서 전화가 걸려왔다. 마사꼬였다.

"강 선생님, 저 마사꼬입니다. 내일 일본 오시면 저부터 잠깐 만나주실 수 있나요? 차 한잔할 시간 정도면 됩니다만……"

강정민은 그러겠다고 약속하고 전화를 끊으며 이상한 예감에 휩싸였다. 이천환수위원회의 방일 날짜와 그들의 동선을 정확하게 알고 있는 것이 미스터리였다. 협상팀 누군가가 그녀에게 정보를 주지 않는 한 알 수 없는 내용들을 그녀는 이미 알고 있다는 점이 수상쩍었다. 그녀에게 이천환수위원회 협상에 관한 정보를 주는 사람이 누구일까? 시부야? 오자끼? 서창길? 아니면 안신웅?

강정민은 하네다 공항에 도착해 일행이 연락회의 사람들과 만나 일정을 조율하는 시간에 뉴오타니호텔로 마사꼬를 만나러 갔다. 밤에 정원 식당에서 만났을 때와는 전혀 다른 분위기의 하얀 투피스 정장 차림이었다. 그동안 그녀의 자문 변호사라는 사람으로부터 전화가 오고 메일이 오고 강정민이 찾아봐야 할 자료 수집에 관한 내용을 주고받으며 연락을 취했지만 그녀와 다시 만나는 것은 그날 밤 이후 10개월 만이었다.

"그동안 제 변호사와 많은 일을 하셨더군요."

"신타로씨로부터 안부는 잘 전해 듣고 있어요. 우리 이천 일에 그토록 신경을 써줘서 고마워요. 시장님이 이천에 오시면 감사의 인사 전할 기회를 만들어 달라고 하십니다."

"별말씀을…… 이천은 제 어머니 고향이고 할아버지 할머니 고향인데 알고서야 모른 체할 수는 없죠. 더구나 '이천쌀밥'이라는 이천 이름 팔아서 일본에서 먹고 살았는데요. 엄마 계실 때는 둘이 이천에 잠깐씩 다니러 갔었는데 이제 그럴 일도 없을 것 같아요."

"어머니가 그동안 이천을 다녀가셨어요?"

"예. 그냥 아무한테도 알리지 않고 할아버지 할머니 산소만 들러 인사드리고 하룻밤 자고 오는 게 다였어요. 남이 지어주는 오리지널 이천 쌀밥 한 그릇 먹고 가는 정도였는데 그래도 엄마랑 둘이 가는 일박이일 이천 여행이 즐거웠어요."

"서임선씨 남동생이 한 명 있었는데 연락하지 않나요?"

"외삼촌은 만나죠. 서울에서 사업 잘하고 있어요. 산소는 삼촌이 돌보시니까 신경 쓰지 않아도 되고요. 일본에 자주 오시고 저하고도 친해요."

"아, 다행이네요. 급히 날 만나자고 한 용건이……"

여자가 핸드백을 열어 책 크기의 서류봉투를 꺼냈다.

"제가 그동안 이천이 원고가 되어 오쿠라 재단과 소송한다는 가정 하에 준비를 해보라고 변호사에게 지시를 했었어요. 이 소송 자료를 가지고 협상용으로 슬쩍 제시하면서 그들을 떠보는 것도 좋을 것 같아서 협상 전에 뵙자고 했어요."

강정민이 그녀 앞에서 서류봉투를 열어 자료를 꺼냈다. 꼼꼼하게 항목별로 정리된 자료들이 쏟아져 나왔다. 소송 주요 요지를 설명하는 변호사의 소견은 일목요연하게 첫머리에 요약되어 있었다.

1) 법적 근거에 의거하여 원고가 될 수 있는 3가지

  ① 소유권

  석탑 소유자는 이천시인가? 이천 시장인가? 1915년 약탈 당시 오층석탑이 이천향교 옆 폐사지에 있었다는데, 당시 국가 소유였는가? 개인소유였는가? 소유자와 명확한 주소지가 필요하다.

  ② 계약무효

  1918년 석탑 양도를 허락한다는 조선총독부 공문이 무효임을 주장하며 소송하는 방법

  ③ 특례

  환경문제로 소송할 경우 사용되는 방법인데, 멸망 말기의 희귀한 동물이 원고가 되어 원고가 원산국 귀환을 바란다고 소송할 경우를 적용시키는 방법

2) 선(善)취득과 시효(時效)취득

  선취득은 석탑이 우리 것이라고 주장하는 것인데, 100년이 지났기 때문에 청구권 효력이 무효가 되어 오쿠라 측이 시효 취득을 주장할 수 있음.

3) 비용

  만약 석탑 가격을 1억5천만 엔으로 가정한다면

  - 조정신청 수수료 : 19만3천 엔(≒ 193만 원)

  - 소송 수수료 : 47만 엔(≒ 470만 원)

4) 결론

  석탑 소유자가 아니라면 조정신청도 소송도 어렵다.

  조정신청을 하더라도 피고(상대방)가 출동하지 않으면 기각이 된다. 소송하는 것이 목적이라면 일본에서 하는 것보다 한국에서 소송하는 것이 나을 것이다. 그러나 이길 가능성은 희박하다.

"이건 누가 만든 건가요? 한국어로 되어 있는데."

"신타로씨는 일본 변호사, 부인은 한국인 변호사예요. 두 사람이 저에게는 다 필요한 존재거든요. 소송하겠다고 한번 강하게 나가 보세요. 협상에는 언제나 당근만 필요한 건 아니에요, 채찍을 휘두르면서 상대를 떠보는 것도 나쁘지 않아요."

마사꼬가 온화한 미소와는 어울리지 않게 강력한 협상 방법을 제시했다.

"괜히 그랬다가 다시는 만나지 않겠다고 해서 협상 창구마저 차단될까 봐 걱정스러워서요."

"그렇지 않아요. 그들도 일본과 한국 여론에 신경이 쓰여서 어떻게든 손해 보지 않는 선에서 협상을 끝내기를 바란다는 정보가 있어요. 이제 창구를 닫지는 못할 테니까 용기를 내세요."

"고마워요. 나도 그동안 신타로씨 덕분에 많은 자료를 수집했어요. 일본이 한국으로 반환한 문화재에 관한 사례들을 모아 봤어요. 그것과 이천오층석탑이 무엇이 다른지 대답을 들을 작정으로."

"다 잘 될 거예요. 반환한 사례가 많던가요?"

"만나자는 전화 받고 한 부를 더 복사해 왔어요. 신타로씨를 만나 전할 생각이었는데 이왕 마사꼬씨를 만났으니 좀 전해주세요."

"예. 그러죠. 저도 한 번 살펴보고요."

가장 심각한 문화재 약탈은 역시 일제에 의한 것이었다. 1905년 러일전쟁 때 일본군은 함북 길주에 있던 북관대첩비(北關大捷碑)를 강탈해 갔다. 북관대첩비는 1592년 임진왜란 당시 조선의 의병장 정문부(鄭文孚, 1565~1624)가 왜군을 물리친 내용을 기록한 비석이다. 세운 시기는 숙종이다. 일본이 북관대첩비를 약탈해 간 사실은 그동안 사람들의 머릿속에서 잊혀 갔다. 어디에 어떻게 있는지 아무도 관심을 기울이지 않았던 것이다.

그러던 중 1980년대에 한 재일 사학자가 도쿄 야스쿠니(靖國) 신사의 외진 곳에서 이 비를 발견하면서 그 존재가 다시 알려지게 되었다. 그후 민간 차원의 북관대첩비 반환 운동이 계속되었고 결국 약탈 100년 만인 2005년 10월 한국 땅으로 들어왔다. 그러나 이 비가 서울에 남게 되는 것은 아니다. 문화재청은 북관대첩비의 머릿돌과 받침돌을 복원한 뒤 원래 위치였던 북한으로 인도할 계획이다.(2005)

경천사 10층석탑(고려 1348년 제작, 높이 13.5m, 현재 국보 86호)에도 불행한 역사가 담겨 있다. 1907년 한국을 방문한 일본 정부의 궁내대신 다나카 미스야키(田中光顯)는 무력을 동원해 1907년~09년께 경기 개풍군(현재 북한의 개성직할시) 부소산에 있던 이 탑을 마구 해체해 일본 도쿄에 있는 자신의 집으로 빼돌렸다. 그러나 이 같은 사실이 알려지면서 일본 내에서 이 탑을 한국으로 돌려보내야 한다는 여론이 들끓었다. 이 같은 반환 여론이 일면서 일본인 사이에서도 다나카의 문화재 약탈을 비난하는 목소리가 높아지자 1918년 다나카는 이 탑을 조선에 돌려보냈다.(1918)

이것뿐만이 아니다. 1906~10년께에는 빼어난 절경을 자랑하던 평양시 대동 구역의 조선시대 누정 애련당(愛蓮堂)을, 1915년엔 경복궁 자선당(資善堂) 건물을 통째로 뜯어 일본으로 무단 반출하는 만행을 저질렀다. 자선당은 1923년 관동 대지진에 불타 버려 주춧돌만 남아 오

쿠라 호텔 산책로의 기단으로 사용되다가 삼성재단의 노력으로 1995년 한국으로 돌아왔다.(1995)

비슷한 시기 일제의 한 고관은 석굴암 내부에 있던 소형 5층 석탑을, 또 다른 일본인 일당은 불국사 다보탑 기단부의 네 귀퉁이에 있던 4개의 돌사자 중 3개를 몰래 떼어내 달아나기도 했다.

국보 124호 한송사 석조보살 좌상도 수난을 당해야 했다. 이 보살상은 강원도 강릉 한송사 터에 있었으나 1912년 일본인에 의해 강제로 빼앗기는 우여곡절을 겪어야 했다. 이 보살상이 천신만고 끝에 한국으로 돌아온 것은 1966년이었다.(1996)

-네이버 지식 참고-

"반환한 사례가 제법 있군요. 경우가 조금씩 다른지는 모르겠지만 불법으로 반출된 사실은 똑같잖아요. 이천 석탑도 반환받을 명분은 충분하니까 힘내세요."

"그렇게 말해주니 용기가 나네요."

강정민이 그녀의 당찬 눈빛을 보다가 허리를 펴며 활짝 웃었다.

"난 누구랑 싸우는 건 도무지 싫어요. 말싸움이건 몸싸움이건 싸우면 이겨야지 지면 자존심 상하잖아요."

"질 게 겁나서 싸우기 싫다는 거군요. 선생님은 항상 이기고만 살아오셨나 봐요. 곱게 살아오신 분 같아요. 우리처럼 매일 싸움에서 지는 연습을 하면 지는 게 두렵지 않아요. 협상 끝나고 한국 가시기 전에 또 술 한잔 마실까요? 그날 마시던 술 그대로 보관해 두었거든요."

그녀가 일어설 준비를 하며 그의 의사를 물었다.

"아, 아닙니다. 모레 귀국하는 걸요. 저번에 술 마시고 다음 날 많이 힘들었어요. 그 멋진 술과 음식을 생각하면 저절로 구미가 당기지만 제 임무를 다하지 못할까 봐 걱정이 돼서요. 마사꼬씨의 마음만 고맙게 받을게요."

강정민은 자리에서 일어나 목례로 인사를 건넸다. 그녀가 핸드백 들지 않은 손을 내밀어 악수를 청했다. 행동이 자연스럽고 상대를 편안하게 해준다는 느낌이 다시금 들었다. 강정민은 마사꼬의 손을 잡고 다시 한번 고맙다고 말했다. 온화하고 부드러우면서도 누구도 쉽게 근접하지 못할 당당함이 그녀의 매력이라는 생각이 들었다.

4

2015년 4월. 서창길은 그동안 두 차례나 방일 협상에 참여하지 못했다.

자신이 주관하는 학회 일정과 겹치거나 해외 출장과 겹치기 때문이었다. 덩달아 시부자와 요시로의 병문안도 미루어지고 말았다.

국제 정세는 이천에 불리한 쪽으로 흐르고 있었다. 냉각된 한

일 관계는 좀처럼 온도를 높일 기미가 보이지 않았다. 국가와 국가 간의 대규모 협상이 아니더라도 양국 관계가 얼어붙은 상황은 이천에 도움이 되지 않는 기류임에 분명했다. 정치적 상황에 민감한 오쿠라 재단 측은 더더욱 그 핑계로 이천오층 환수위원회를 소홀히 하고 교환 작품에 대해 압박하는 중이었다.

그런 중에 예상치도 못한 돌발 상황이 발생했다.

오쿠라 슈코칸 개보수 공사를 위해 땅을 파다가 에도시대 유물이 나와서 일본 문화재청으로부터 발굴조사를 하라는 지시가 내려왔고 석탑을 옮겨야 될 상황에 처해졌다. 오쿠라 슈코칸은 건물 자체가 중요미술품으로 지정이 되어있어서 개보수 없이 내부수리만 한 후에 다시 개관할 예정이라고 밝혔다. 석탑은 해체, 포장되어 4년 동안 수장고에 보관될 예정이며 정원미술관이 건축설계 중에 있지만 석탑의 거처는 아직 미정이라고 했다.

지금이 기회라고 판단한 강정민 위원장은 서창길 교수에게 이번 협상단에는 꼭 참석해달라는 전화를 걸어왔다.

"석탑은 어차피 해체했고 포장까지 끝났으니 운송만 하면 되는 절호의 기회가 온 거야. 떠나기 전 의논을 해야 하니까 시간 좀 내줘. 서 교수가 바쁘니까 내가 올라갈까?"

"그러면 고맙지."

"알았어."

강 위원장은 서 교수를 만나자 '2015년은 이천오층석탑이 이천을 떠난 지 100년 되는 해이며 한·일 협정 50주년을 맞이하는 중요한 해이기 때문에 현재 차가워진 한·일 관계가 이천오층석탑을 매개체로 완화되기를 희망한다'고 성명을 발표할 예정이라고 말문을 열었다.

"그건 괜찮은 생각 같아. 그리고 그동안 말할 기회가 없었는데 이번에는 작전을 좀 바꾸자는 거야. 내가 법대 친구들에게서 소송에 필요한 많은 자료들을 받았어. 조목조목 따지면서 법리 다툼을 벌이라는 조언이야."

"나도 그러고 싶은 마음이 있었지만 내가 그쪽에 취약해서 강하게 따지고 들지 못한 거잖아. 서 교수가 학회 일 때문에 전적으로 이 일을 맡을 수가 없으니……"

"나도 법 관련해서 손 놓은 지 오래돼서 좀 망설였지. 친구들이 자료를 다 챙겨서 보내줬기 때문에 이제 가능해졌어. 매번 국민적 염원을 내세워 인정에 호소하고 불법을 자행한 그들 양심에 호소하는 건 이만큼 했으면 충분해."

"여태껏 반환 사례를 보면 국제법이나 국내법보다는 윤리적, 정의적 차원에서 해결이 이루어진 경우가 많았더라고. 그래서 우리도 그 방법에 의존해 왔던 건데 이제 법을 내세워 볼 때가 된 거야. 이십일 세기잖아."

"오, 온건파 강정민 위원장이 웬일이야? 좋아. 한 번 법대 졸업생 실력을 발휘해 봄세."

서창길도 못 본 새 그들에게 더 이상은 질질 끌려다니고 싶지 않다는 의지가 강해진 모습이었다.

"저번 협상에서 그들이 1억 5천만 엔짜리 그림을 구입해준다면 이천오층석탑과 상호 영구임대 방식으로 교환할 의사가 있다고 안신웅 선생님께 제안해 왔어. 우리에게는 무리일 뿐 아니라 그런 조건을 수용할 수는 없는 일이라는 판단을 내렸어. 불법으로 반출된 문화재를 거금을 주고 사 오는 것이나 마찬가진데 그런 일은 있을 수 없는 일이잖아."

"안 돼. 무조건 거절해야 돼. 오쿠라 재단에 대해 일본 친구들이 뒤로 좀 알아봤는데 돈이 많은 척하지만 요새 재정이 어려워서 구입처 미상의 중국 고서를 중국에 도로 파는 문제도 문화재청에 신청했다가 기각당했어."

"이번엔 한바탕 전쟁을 치를 각오를 하고 가자고."

"싸움은 내가 할게. 강 위원장은 싸움을 싫어하잖아? 안신웅 선생님한테도 귀띔을 해줘."

"그런데 무슨 법을 근거로 다투려는지 나도 대강 알아야 하지 않을까?"

"잠깐, 내가 자료 줄 테니까 한 번 훑어보고 협상 테이블에 앉는 것도 좋지."

두 사람은 자신들이 수집한 자료들을 공유하기 위해 서류를 나누어 가졌다. 강정민 위원장은 그동안 서 교수가 참석하지 못한 협상 과정을 상세히 설명했다.

그런 의논 끝에 협상 내용을 법리적 공방으로 정하고 일본에 도착했는데 공교롭게도 마사꼬에게서 똑같은 방향의 조언과 자료를 넘겨받은 것이다.

오후 3시, 오쿠라 호텔 레스토랑 별실에서 회의를 하기로 예정되어 있었다. 이번에는 서 교수가 통역까지 담당하기로 하고 두 사람만 일본을 방문했다. 한국 측 협상단으로는 안신웅 선생까지 세 명이 참석했고 일본 측에서는 오자끼 이사장과 시부야 상 두 사람만 참석했다. 오자끼 이사장은 그동안 몸이 안 좋아서 거의 6개월 만에 참석하는 회의였다.

"건강이 안 좋다고 하던데 좀 어떠신지요?"

"몸도 이제 써먹을 만큼 써먹었으니 좀 쉬게 해달라고 아우성을 치는 거겠지요. 어느 날은 좋았다가 어느 날은 나빴다가 합니다."

서로 못 만나는 동안의 안부를 물으며 좋은 분위기로 흘러가자 강 위원장은 불안함을 느꼈다. 너무 분위기가 좋으면 상대에게 불쾌감을 줄 만큼 따지고 들기가 어려워질 것 같아서였다.

"이사장님, 그리고 시부야 상. 금년은 석탑이 이천을 떠난 지 백 주년이 되는 해입니다. 공진회가 1915년에 개최되었으니까요."

강 위원장이 성명을 발표하겠다던 내용을 꺼내며 두 사람의 주목을 끌었다.

"한일관계는 좀 냉기류입니다만 우리 협상이 냉각된 한일 양국에 따뜻한 뉴스가 되었으면 하는 바람입니다. 경직된 한일관계로 인해 민간교류에 미치는 영향이 크다는 것을 알고 있습니다. 그러나 한일 양국 간의 민간교류 문제는 교류하는 당사자들의 마음에 좌우되는 것 같습니다. 국민들의 반일, 반한 감정에 관계없이 우리는 우호적인 관계를 지속하고 있지 않습니까?"

그 말에 오자끼 이사장도 시부야 상도 고개를 끄덕여 동조의 뜻을 나타냈다. 서 교수는 강 위원장이 말하는 내용보다 조금 사무적으로 통역을 하며 사사로운 감정을 배제했다. 그래야만 다음에 강수를 두기가 용이할 것이라는 판단이 섰기 때문이었다.

뒤를 이어 안신웅 선생이 저번 협상 때 오쿠라 측이 제안한 그림 구입 문제에 대한 결정 사항을 발표하겠다고 말을 꺼냈다.

"한국 측 환수위원회에서는 저번에 제안하신 그림을 구입할 수 없음으로 결정을 내렸습니다. 우선 그렇게 엄청난 재원을 마련할 능력이 없을 뿐만 아니라 양측의 우정이나 우호 관계로 맺어지는 상호영구임대 방식이라는 명분에 맞지 않는 교환조건이기 때문입니다. 그 그림을 정말 원하신다면 제가 좋은 조건으로 구입할 수 있도록 연결시켜 드릴 테니 오쿠라 측에서 구입하시기 바랍니다."

안신웅 선생의 공손하고 침착한 설명에 그들은 차마 불쾌한 감정을 드러내지 못했다. 잠시 침묵이 흐르자 시부야 상이 심사숙고하는 표정으로 다시 제안을 내놓았다.

"그렇다면 후원금 기부 형식은 어떻습니까?"

"후원금 기부라고 하시면 어느 정도의 후원금을 말씀하시는지요?"

서 교수가 사전 의논 없이 일본말로 질문을 던졌다.

"일억 오천만 엔을 주고 그림을 사서 교환하는 일이 명분도 서지 않고 금액도 많다고 하니 액수는 줄이고 후원금 기부라는 명분도 세우면 어떨까 해서요."

시부야 상의 제안을 서 교수가 강 위원장에게 한국말로 통역했다. 금액을 자기 입으로 말하지 않는 늙은이의 꼼수가 훤히 들여다보이는 것 같았다.

"그럼 제가 정리해서 다시 제안하겠습니다. 석탑은 이미 해체하고 포장했지만 그 비용이 적지 않다고 들었습니다. 그 비용을 우리가 드리겠습니다. 거기에 후원금 오천만 엔을 기부하고 당연히 이천까지의 석탑 운송비도 우리가 부담하겠습니다. 어떻습니까?"

강 위원장은 어떤 일로든지 생색을 내는 스타일이 아니었음에도 불구하고 이번 제안에서는 생색내는 듯한 말투와 표정을 일부러 드러내는 작전을 썼다. 오자끼 이사장은 강 위원장을 외면한 채 불편한 심기를 감추기 위해 딴청을 부렸고 시부야 상은 자

기가 알던 강정민이 아닌 것만 같아 그를 의아한 눈초리로 바라
보았다.

"이천 시민들은 정성 어린 성금을 모아 석탑을 사 오면 어떻겠
냐는 의사를 저에게 물어 왔습니다. 그토록 애타게 석탑의 환수
를 기원하는 시민들의 마음을 조금이나마 알아주신다면 일억 오
천만 엔이라는 거액의 그림을 교환 조건으로 제시하실 수는 없
는 일입니다."

강 위원장이 협상 이후 처음으로 목소리를 높이며 그들에게
항의하는 모습을 보였다. 강정민의 성질을 아는 서 교수는 그가
혹시 수습하지 못할 상태로 협상을 몰아갈까 봐 걱정스러웠다.
강정민은 참을 데까지는 인내심을 발휘해 잘 참지만 끝내 아니
다 싶어서 폭발할 때는 그 결과를 따지지 않고 뒤집어 버리는 성
격이었다. 서 교수는 자신이 나설 순간이라고 판단했다.

"강 위원장이 오쿠라 재단 측에 섭섭해하는 것은 그동안 두 분
을 믿고 존경해 온 것에 실망을 느꼈기 때문입니다. 솔직히 따져
보자면 오쿠라 재단이 소유하고 있는 이천오층석탑은 일제강점
기 때 불법으로 약탈해간 조선의 문화잽니다. 우리 것을 당연히
돌려받겠다는 것인데 왜 우리가 엄청난 돈을 주고 사정을 해야
합니까? 계속해서 무리한 요구를 하신다면 우리는 소송을 해서
정당하게 반환받는 길을 택할 수도 있습니다."

서 교수가 작정했던 말을 거침없이 쏟아냈다. 이미 협상 전 두

사람이 약속한 내용이었지만 강정민은 내심 그들이 벌떡 일어서서 퇴장할 것만 같은 불안함에 몸을 웅크렸다.

"약탈이요? 그 말은 사과해주시기 바랍니다. 소송을 하든 상호 교환 대여를 하든 그건 당신들 자유지만 우호적으로 협상을 하자는 사람들이 약탈이라는 단어를 사용합니까?"

시부야 상의 얼굴이 붉으락푸르락해지더니 정면으로 항의하면서 불쾌감을 드러냈다.

"백 년 전 그 시대에서는 통상적으로 이루어지던 일이었고 조선총독부의 허가 아래 정상적인 절차를 밟아 오쿠라 슈코칸이 매입한 석탑이오. 소송? 무슨 근거를 가지고 소송을 하겠다는 것인지 말이나 한번 들어 봅시다."

시부야 상한테서 그 말이 나오기를 기다렸다는 듯이 서 교수는 준비해 온 자료를 오자끼 이사장과 시부야, 안신웅 선생한테 나누어 주었다. 요시로가 준비해 준 일본어로 된 법적 근거 지료였다. 강정민은 한국어로 된 자료를 꺼냈다.

"지금 전해 드린 유인물을 보아 주십시오. '도난, 불법반출 문화재에 관한 국제 협약 내용'입니다. 분량이 좀 많으니 빨간 밑줄 친 곳만 유의해서 보시면 되겠습니다. 5페이지를 보아 주십시오."

도난, 불법반출 문화재에 관한 국제 협약

이 연구는 문화재의 불법거래 방지와 그 반환에 관한 법리적 연구를 목적으로 한다. 특히 1970년 「문화재의 불법 반출입 및 소유권양도의 금지와 예방수단에 관한 협약(Convention on the Means of Prohibiting and Preventing the Illicit Import, Export and Transfer of Ownership of Cultural Prperty)」(이하 "1970년 협약")과 1995년 UNIDROIT의 「도난 또는 불법반출문화재에 관한 협약(Convention on Stolen or Illegally Exported Cultural Objects)」(이하 "1995년 협약") 및 미국·영국·캐나다·일본 등 주요 체약국의 협약 이행을 중심으로 한다.

국제적인 문화재 도난과 불법 반출입을 통해 인류의 문화유산이 고갈될 뿐 아니라 각국의 문화정체성에도 심각한 훼손이 생기고 있다. 우리나라도 예외가 아니어서 많은 동산문화재들이 도난당하거나 불법적으로 훼손되어 국내외로 밀매되고 있다. 이에 효과적으로 대응하기 위해서는 유네스코와 UNIDROIT를 중심으로 체결된 위 2개의 협약 및 미국과 영국 등 주요국들의 협약이행이 중요하다.

이 연구는 이들 협약의 내용과 주요국의 이행법을 분석하고 파악하여 문화재훼손에 효과적으로 대응할 수 있는 법제적 대책 마련을 그 목적으로 한다. 문화재 불법거래에 관한 국제협약과 주요국의 이행법에 대한 분석을 바탕으로 하는 이 연구는 국내 문화재보호법제의 개편 방향을 모색하는데 활용될 수 있을 것이다. 나아가 한 · 일간의 외교현안으로 되어 있는 불법반출문화재의 반환을 위한 이론적인, 법제적 근거를 제시해 줄 것으로 기대한다.

2. 1970년 협약과 1995년 협약 제2장에서는 문화재 도난과 불법반출에 대항하는 가장 중요한 국제적인 합의인 1970년 협약과 1995년 협약을 다룬다. 전자에 대해서는 주로 그 효과적인 이행을 위한 국내적, 국제적 조치에 중점을 둔다. 후자에 대해서는 비교적 상세하게 그 내용분석에 주력한다.

(1) 1970년 협약은 문화재의 불법거래에 대항하는 가장 기본적이고 중심 되는 국제적인 합의문서이다. 체약국은 이 협약에 명시된 여러 조치들을 취할 능력을 갖춘 인적, 물적 기반을 조성해서 문화재 보호를 위한 국가적 서비스를 제공해야 한다. 이러한 조치들은 각 체약국에 의해 이행되어야 하므로 국내 입법과 규정들이 협약 내용을 충실히 반영해야 한다. 다만 각 체약국이 협약상 의무와 관련해서 취할 조치와 법률을 제정함에 있어서는 자국의 법체계와 조화할 수 있는 방안을 선택할 재량권을 가진다.

1970년 협약은 문화재 불법거래 방지에 관하여 이해 당사국과의 국제적 협력 방안에 관해서도 규정한다. 자국의 고고학, 인종

학적 문화재가 도난된 국가들은 그 문화재가 발견된 다른 체약국에 대해 그 반환과 재발 방지를 위한 협력을 요청할 수 있고 이를 위한 다자간 협상을 촉구할 수 있다. 이러한 협력의 구체적인 예로는 미국정부가 1970년에 멕시코 정부와 체결한 불법유출 문화재의 반환협정이다.

(2) 1995년 협약은 도난 예술품과 문화재의 사적 거래 영역에 대한 국제적인 법적 규율 체계로서, 체약국이 다른 체약국 법원에 도난 또는 불법 수출된 문화재의 반환 청구 소송을 제기할 수 있도록 하였다. 1995년 협약은 1970년 협약의 한계를 보완하기 위해 제정된 협약으로서 양자 간에는 다음과 같은 차이가 있다.

첫째, 1970년 협약은 도난문화재의 반환과 그에 대한 보상원칙을 선언하고는 있지만 구체적인 절차나 요건을 명확히 하고 있지 않다. 이에 대해 1995년 협약은 도난·불법 반출된 모든 문화재의 절대적 반환 원칙을 확실히 하고 그에 따른 상당한 보상의 요건과 절차를 정하고 있다. 무조건 반환원칙의 확립은 잠재적인 예술품 구매자로 하여금 당해 물품의 과거 소유권에 대한 정확하고 충분한 입증서류를 요구하게 함으로써 문화재의 불법 거래를 억제할 것으로 예상된다.

둘째, 도난 문화재뿐 아니라 불법 반출된 문화재의 반환 원칙을 정하고 있는 점이다. 이는 각 체약국은 외국의 문화재수출규제법(공법)에 대한 승인집행을 상호 보장해야 한다는 것을 의미

한다.

셋째, 도난·불법 반출 문화재의 반환청구에 대한 시효를 설정한 점이다. 도난·불법 반출 사실을 안 때로부터 3년, 그리고 도난·불법 반출로부터 50년의 시효를 정하고 있으며, 특별한 유형의 문화재에 대해서는 시효를 없애거나 보다 장기간의 시효를 정하고 있다.

3. 주요국의 협약 이행 제3장에서는 세계에게 가장 규모가 크고 중요한 문화재 거래시장을 가지고 있는 미국·영국·캐나다·일본의 1970년 협약 이행을 위한 국내법 체계를 분석한다. 이들 4개국은 모두 1995년 협약에는 가입하지 않고 있어 그 이행에 관한 국내법은 없는 실정이다. 그러나 1995년 협약은 사법적, 국제사법적인 내용이 주류를 이루고 있어 별도의 입법적 조치가 크게 필요한 것은 아니다.

(1) 미국의 협약 이행: 미국은 세계 최대의 문화재시장이며 초강대국으로서 1970년 협약의 채택과정에서뿐 아니라 국내적 이행에 있어서도 진취적인 태도를 보였다. 미국은 협약이 채택된 직후인 1972년 상원의 만장일치 승인을 받아 동 협약을 비준한 바 있는데, 다만 1개의 유보(reservation)와 6개의 양해(understanding)를 부과하였다. 양해의 내용은, 1970년 협약은 자력 집행력이 없고 따라서 미국 내에서 효력을 발휘하기 위해서는 이행법의 제정이 필요하다는 것이다. 이에 따라 미국은

1983년에 「문화재 협약 이행법(Convention on Cultural Property Implementation Act: CPIA)」을 제정하여 국내 이행법을 제정한 최초의 문화재 수입국이 되었다. CPIA는 1970년 협약과 그 주요 내용을 같이 하고 있는데 문화재 불법 거래와 그 반환을 위한 국제협력, 긴급 수입제한 조치, 수입제한 및 반환조치 등을 규정하고 있다. 미국법원은 CPIA의 입법 취지를 존중하여 문화재 반환을 명하는 판결들을 내리고 있다. 미국의 1970년 협약 이행에 있어 또 하나의 중요한 법이 1948년의 「도난국유재산법(National Stolen Property Act: NSPA)」이다. CPIA가 주로 민사적 구제수단을 제공함에 대해 NSPA는 문화재 원천국의 국유화법(patrimony law)을 존중하고 또 형사 제재를 가하는 근거가 된다는 점에서 차이가 있다. 이 법은 첫째, 도난 또는 사기에 의해 취득된 것이라는 사실을 알면서도 5,000달러 또는 그 이상의 가치를 지닌 물품을 수입하거나 주(州)간에 이동하는 자를 벌금 또는 10년 이하의 징역에 처하고 둘째, 도난이나 불법적으로 취득된 물품임을 알면서도 주(州)간 또는 미국 국경을 넘어 불법적으로 유입된 물품을 수령·점유·은닉·저장·보관·판매하는 자를 벌금 또는 징역에 처한다.

(2) 영국의 협약 이행: 영국은 세계 최대의 문화재 보유국이지만 그 대부분이 과거 식민지배나 전쟁을 통해 획득한 것으로서 그 반환 압력이 거세게 일고 있다. 이러한 이유 때문에 영국

은 1995년 협약은 물론이고 1970년 협약에 가입하지 않고 있었다. 그러나 이러한 소극적 태도에 대한 비난이 커지자 2002년 10월 31일에 1970년 협약에 가입하였다. 그리고 기존 영국의 국내법만으로도 협약 이행에 충분하지만 문화재 불법 훼손에 효과적으로 대응하고, 영국의 1970년 협약 이행 의지를 분명히 하기 위해 「2003년 문화재 거래 범죄법」(Dealing in Cultural Objects(Offences) Act)을 제정하였다. 이 법은 6개 조항으로 구성된 간단한 내용의 법으로서, 제1조 훼손문화재 거래 범죄(Offence of dealing in tainted cultural objects)에서는 특정문화재가 훼손되었다는 사실을 알았거나 훼손된 것으로 믿고 부정하게 거래한 자를 처벌하는 규정을 두고 있으며, 제2조와 제3조는 제1조에서 범죄의 대상이 되는 '문화재'와 문화재가 '훼손'되기 위한 요건 및 '거래'에 관한 규정들을 두고 있다. 제4조에서는 범죄의 대상이 된 문화재의 수색, 몰수 등에 관한 규정을 두고 있다. 영국은 '문화재 거래 범죄법' 이외에도 「2002년 수출 통제법」 제9조에 기해 「2003년 문화재수출통제령」을 제정하여 시행하고 있다.

(3) 캐나다의 협약 이행: 캐나다는 문화유산의 공유를 통해 캐나다인의 국가적 일체감과 정체성을 보다 확고히 하기 위해 적극적인 문화재 보호정책을 수립하여 왔다. 1970년 협약의 이행에 있어서도 매우 적극적이어서 선진국들 중에서는 가장 먼

저 1977년에 「문화재 수출입법(Cultural Property Export and Import Act)」을 제정하였다. 이 법은 캐나다 문화유산을 보호하기 위해 문화적 가치가 있는 물품의 수출과 불법적으로 반출된 외국 문화재의 수입을 통제하는 것을 그 입법 목적으로 하고 있다. 이 법은 문화재수출통제 리스트를 정하고, 전문심사인의 심사를 포함하는 수출 허가 절차, 통제 해당 품목에 대한 정부의 구매, 관련 분쟁을 심사할 위원회에 관한 규정을 두고 있다.

4)일본의 협약 이행: 일본도 영국과 마찬가지로 식민지 시대로부터 해외에서 많은 문화재가 불법으로 유입되어 그 반환청구의 대상이 되는 국가이다.

일본은 1970년 협약의 가입을 미루고 있었지만 2002년에 동협약에 가입하였다. 일본은 동 협약을 국내적으로 시행하기 위해 「문화재의 불법적인 수출입의 규제 등에 관한 법률」 및 「문화재보호법의 일부를 개정하는 법률」을 2002년 법률 제81호 및 제82호로 공포하고 동년 12월 9일부터 시행하고 있다. 이와 같이 일본은 기존의 문화재 보호법의 일반규정만으로는 1970년 협약상의 체약국 의무를 제대로 이행할 수 없다는 판단 하에 그 이행을 위한 특별법을 제정한 것이다.

일본은 1995년 협약의 제정을 위한 외교회의에는 대표를 파견하여 참여하였지만 아직까지 이를 비준하지 않고 있다.

「문화재의 불법적인 수출입의 규제 등에 관한 법률」

"지금 이 국제 법을 내세워서 소송에 이기고 그래서 석탑을 환수해 갈 수 있다고 생각하는 거요?"

시부야 상이 의자에서 비스듬하게 몸을 틀고 손으로 턱을 괴면서 거만하게 물었다. 어림도 없는 수작 말라는 몸짓으로 느껴졌다.

"아니오. 소송을 하는 이유는 승소하기 위해서가 아닙니다. 소송을 제기한 다음 유네스코에 중재를 요청하고, 미국, 영국, 프랑스 등 이 국제협약 체결국 모든 나라에 이 소송 사실을 알려서 일본이 어떤 나라인지 알릴 겁니다. 이미 이천오층석탑 환수문제가 이천과 오쿠라 재단 간의 민간교류가 아닌 국제 문제로 대두되고 있는 이상, 이제 여기에서 포기할 수는 없는 일이 되었습니다."

서 교수가 손에 펼쳐 들고 있던 자료 유인물을 덮자 강 위원장이 다시 얇은 세 쪽짜리 프린트 자료를 돌렸다.

"1990년대 후반에서 2000년 초반에 일본에서 반환한 한국 문화재 사례를 모은 자료 문건입니다. 회의 끝난 후라도 참고하시기 바랍니다."

강 위원장이 돌린 자료를 펼쳐 볼 여유도 없어 보이는 일본 측두 협상단을 향해 안신웅 선생이 조용하고 낮은 음성으로 대화를 이었다.

"두 분께 부탁이 있는데 요시히코 관장님을 만나 뵙고 직접 말씀을 들어볼 수 있는 자리를 한 번 마련해 주시지요."

"그건 불가능한 일입니다. 정치적으로 자리를 만들거나 변호사를 통해 만나는 길 밖에 방법이 없습니다."

시부야 상이 불쾌한 얼굴로 입장 곤란하다고 자기 선에서 잘라 단정 지었다. 오너에게 이런 사소한 일로 한국 협상단을 만나달라고 말하기는 어렵다고 사석에서 넌지시 속내를 보인 적은 있었지만 공식적으로 거절하기는 처음이었다. 이천 협상단에게는 자기 개인의 평안한 일상을 포기하고 올 인all in할 정도로 큰 협상이지만 오쿠라 재벌가의 오너에게는 골치 아프고 귀찮은 일에 불과하다는 것이 분통 터지는 일이었다. 그렇다고 분통을 터뜨릴 수도 없는 일이었다.

"그럼 우리들이 요시히코 관장과 자리를 마련해도 두 분께는 폐가 되지 않겠지요?"

안신웅 선생이 두 사람의 얼굴을 번갈아 보며 질문했다.

"그것까지 우리가 관여할 바는 아니고……"

시부야 상이 안신웅 선생의 눈을 똑바로 직시하며 비웃는 말투로 대답했다. '네가 무슨 수로 요시히코 관장을 면담하겠다는 건지 한번 해 봐라.' 하는 표정이 역력했다. 오자끼 이사장은 몸과 마음이 불편한 기색으로 아무 대답도 하지 않았다.

"잘 알겠습니다. 이사장님 컨디션이 좋지 않은 것 같으니 그만 회의를 끝내도록 하지요."

안신웅 선생도 시부야 상의 거만한 제스처에 마음이 상했지만 끝내 내색하지 않고 탁자 위에 놓인 서류를 챙겼다. 그가 일어서자 모두들 의자에서 일어났다. 그때 마지막으로 일어선 오자끼 이사장이 시부야 상을 향해 제안했다.

"시부야 상, 마침 저녁 시간인데 이분들께 식사라도 대접하는 것이 어떻겠어요? 난 몸이 좋지 않아 들어가 쉬어야겠으니 부탁합니다. 계산은 재단 측에서 할 테니 그리 아시고."

"아닙니다. 우리도 다음 스케줄이 있어서 바로 출발해야 합니다."

강 위원장이 저녁 식사를 사양했다.

"이사장님께서 오랜만에 회의에 참석하셔서 식사를 대접하고 싶어 하시는데 그렇게 하시죠. 나도 할 말이 좀 남았고……"

시부야 상이 적극적으로 그들의 저녁 식사를 권유했다. 강 위원장은 서 교수의 의사는 어떠냐는 듯 그와 눈을 마주쳤다. 그가 보일 듯 말 듯 고개를 끄덕였다.

"안 선생님, 스케줄 괜찮으시겠어요?"

"예. 긴 시간 아니면 괜찮습니다."

오자끼 이사장을 배웅하고 돌아온 시부야 상은 '중화요리가 어떠냐?'고 물었다. 모두 좋다고 하자 호텔 별관 '용궁' 차이니스 레스토랑으로 자리를 옮겼다. 협상 중에 언성이 높아지고 약탈이니 소송이니 하는 단어들이 튀어나와서 시부야 상이 몹시 언짢을 것이라는 예상과 달리 그는 일행에게 친절을 베풀었다.

"한동안 오자끼 이사장이 협상 회의에 참석하지 못해서 미안해했어요. 그래서 대접하는 식사니까 마음 놓고 드세요."

강 위원장 옆자리에 앉은 시부야 상은 연태 고량주를 주문하고 일행 모두에게 한 잔씩 술을 따랐다. 술을 좋아하지 않는 안신웅 선생은 건배했던 잔을 잠시 입에 댔다가 뗀 채 술을 멀리했고 서 교수와 시부야 상은 서로 빈 잔을 채워주며 술을 즐겼다. 강정민 위원장은 도무지 알 수 없는 시부야 상의 속내를 알아내기 위해 그에게 집중했다. 시부야 상은 술이 들어가면 스스로 억압하던 감정을 느슨하게 풀어놓는 특징이 있었다.

"시부야 상, 솔직하게 어떤 방법이면 이 문제를 해결할 수 있는지 아는 대로 조언을 좀 해 주세요. 시부야 상은 알고 계시죠?

이 지겨운 협상 끝내고 싶지 않나요?"

강 위원장은 그가 술을 서너 잔 마신 뒤에 답답한 심정을 토로했다. 시부야 상은 옆에 앉은 강 위원장을 물끄러미 바라보다가 '그럼 아무 오해나 편견을 갖지 않고 내 이야기를 진정성 있게 들어줄 수 있겠느냐'고 다짐을 받았다.

"지금부터 내가 하는 말은 강 위원장만 알고 있다가 참고하는 걸로 끝낸다고 약속해요. 이 말은 오쿠라 슈코칸의 부관장으로써 하는 말이 아니며 극히 개인적인 입장에서 이 문제가 어서 해결되기를 바라는 마음으로 조언하는 것이니 비밀을 지켜주세요."

강 위원장이 그렇게 하겠다고 약속하자 그가 강정민에게만 들릴 정도의 낮은 목소리로 조용조용 자기 의견을 말하기 시작했다. 한국말과 일본말, 필담까지 동원된 대화였다. 강정민 역시 1차 방일 협상 때부터 꾸준히 준비하고 공부해 온 일본어 실력을 총동원하여 그와의 대화를 풀어갔다. 서 교수는 끝까지 깊은 인내심으로 자리를 지켜주는 고마운 안신웅 선생을 붙들고 '배울 점이 많다'며 열심히 대화를 나누는 중이었다.

"현재 석탑 반환의 방해 요소가 몇 가지 있어요. 하나는 혜문 스님의 조정신청 기각이고 또 하나는 얼어붙은 한일관계 때문에 일본 분위기가 냉각돼 있다는 겁니다. 양국 관계가 화해 모드로 좋은 상태라면 오쿠라 재단에서 대가 없이 돌려줄 수도 있다고 생각해요. 이천오층석탑은 조선총독부를 통해서 가져간 것이기 때문에 한국 정부와 일본 정부의 관계로 밀어붙이는 여론 이슈화가 필요해요. 일회성이 아닌 지속적인 국회의원의 움직임을 이끌어 내세요. 내년 봄 선거에서 당선한 이천의 국회의원과 일본 국회의원의 만남을 주선하고 경기도지사와 도쿄지사끼리 연결하는 방법도 도움이 될 거예요. 오너가 제일 싫어하는 것은 소송이에요. 오늘 그 방법을 제시한 것은 해결 실마리를 푸는 데 도움이 될 수도 있을 것 같아요. 오쿠라 재단 관계자들은 소송까지 가고 싶어 하지 않으니까."

의외로 시부야 상은 오쿠라 측 사람이라는 입장을 접어두고 솔직한 개인의 입장이 되어 조언을 해 주었다. 강 위원장도 유창하지는 않지만 찬찬히 그러나 또박또박한 일본어로 자신의 의사를 시부야 상에게 전달했다.

"소송한다는 건 괜히 해 본 말이 아니에요. 엄청난 자금을 들여 오쿠라 호텔을 새로 짓는다는데 그에 맞추어 오쿠라 재벌이 약탈 문화재를 소장하고 있다는 사실과 반환에 반대하고 있다는 사실을 밝히는 성명을 내고 소송을 제기할 겁니다."

"그 말은 나한테 할 필요 없어요. 솔직히 오자끼 이사장이나 나나 나이가 많아서 언제 그만둘지도 모르는 입장이라 협상이 이대로 잘 지속될 지도 의문이에요. 이사장이나 나나 모두 우리가 그만두기 전에 해결됐으면 하는 마음입니다."

그의 눈빛은 어느 때보다 진지했다. 강 위원장에게 조언하고 있는 그 순간만큼은 그의 진심임이 확실했다.

"감사합니다. 시부야 상의 진심은 잊지 않겠습니다."

"오자끼 이사장도 건강이 안 좋아서 늘 그 걱정을 하지만 우리 두 사람의 힘으로 어쩔 수는 없는 일임을 알아야 해요. 오늘도 미안해서 나더러 저녁 대접하라는 거였어요."

"그래서 오쿠라 요시히코 관장을 만나게 해달라는 제안을 한 겁니다."

"만나자는 말을 우리가 오너에게 전달하기는 곤란해요. 변호사를 통해서 만나자고 교섭을 하세요."

"그럴 생각입니다. 안신웅 선생님도 연락할 방법이 있다고 하시니까 그 루트를 통하겠습니다."

"대마도 불상사건과 이천오층석탑은 근본적으로 문제가 다르다는 것을 일본 사회에 알리는 것도 중요한 일임을 명심하시고."

강정민 위원장은 시부야 상의 잔에 술을 채우고 자신의 잔에도 술을 따랐다.

"시부야 상, 오늘을 잊지 않겠습니다. 모쪼록 건강하셔서 오래도록 제 술친구가 되어 주세요. 이천에 모셔서 실컷 허심탄회하게 이야기를 나누고 싶습니다."

"곧 그런 날이 오겠지요."

두 사람은 한입에 술을 털어 부었다. 고량주보다 더 뜨거운 인간애가 가슴에서 불타올랐다. 그때 누군가의 핸드폰 벨이 울리고 서 교수가 가방에서 핸드폰을 꺼내 전화를 받았다.

"오기타, 안 그래도 오늘 밤에 요시로한테…… 갈 참이었는데…… 그래. 알았어."

말을 더듬으며 힘없이 전화를 끊고 서 교수는 핸드폰에 이마를 가져다 대고 눈을 감았다.

"무슨 일이야? 기어이 친구한테 일이 생긴 거야?"

강 위원장은 짐작 가는 일이 있어 황급히 물었다. 고개를 숙인 서 교수의 어깨가 간간히 들먹거렸다.

"아프던 친구가 먼저 떠난 모양입니다."

의아해하는 사람들을 위해 강 위원장이 속삭였다. 모두들 숙연한 가운데 서 교수를 잠시 그대로 두기로 했다. 시부야 상은 천천히 술을 따라서 조용히 마셨다.

5장

그대 돌아오는 길

1

2016년 12월. 또 한 해가 저물어가고 있었다.

오쿠라 호텔은 1962년에 개업을 한 이래 53년 만에 재건축을 결정하고 2015년 8월 31일부로 본관을 폐쇄했다. 2020년 도쿄 올림픽을 겨냥해 2019년 재개장 예정으로 1,200억 엔(한화 1조 2천억 원)을 들여 재건축에 나섰다. 본관을 짓는 동안 별관 영업은 계속 중이었다.

폐쇄하기 전 408개의 객실을 갖춘 11층 건물로는 5성급 호텔로서의 기능을 제대로 할 수 없기 때문에 재건축 결정을 하기에 이르렀다. 새로 단장될 호텔은 41층과 16층의 2개 동으로 510개의 룸을 갖추고 다시 태어난다. 그에 따라 오쿠라 슈코칸 사무실과 작품 수장고는 지하에 설치하게 되었다고 오쿠라 재단 측은 설명했다.

2016년 10월에 기어이 오쿠라 재단의 이사장이 바뀌었다.

12월에 오자끼 이사장과 무라카미 가츠히코 신임 이사장이 이천 환수위원회 실무 협상단과 함께 만나 인사를 나누었고 시부야 상은 무라카미 신임 이사장에게 강정민 위원장과 역사학자 서창길 교수, 통역 겸 속기록 담당자인 김현자 사무국장을 일일이 소개하는 시간을 가졌다.

안신웅 선생은 2015년 말부터 협상 회의에 참석하지 않았다.

2015년 어느 협상 테이블에서 안신웅 선생과 시부야 상이 사소한 이견으로 언쟁을 벌였는데 그 자리에서 시부야 상이 모욕적인 말로 안신웅 선생을 윽박질렀다.

"당신이 사업에 성공해서 얼마나 값비싼 미술품들을 많이 소장하고 있는지는 모르지만 그렇다고 일본인이 된 건 아니야. 어디 감히 오쿠라 슈코칸이랑 맞먹겠다는 거야? 돈은 일본에서 벌고 투자는 한국에다 쏟아붓는 당신 같은 사람 난 좋아하지 않아."

시부야 상의 그 말까지도 쓴웃음을 지으며 잘 참아내던 안신웅 선생이었다. 그러다가 이천 협상단이 제시하는 어떤 회화를 시부야 상이 '오쿠라 슈코칸에 전시할 가치도 없다'고 폄하하자 드디어 참고 참았던 안신웅 선생이 '그렇게 무시할 작품이 결코 아니며 개인미술관에 불과하던 오쿠라 슈코칸의 위상이 그 정도로 엄청난 줄은 미처 몰랐다'며 자리를 박차고 일어나 나갔다. 자신을 무시하는 일은 참을 수 있지만 고귀한 예술가의 작품을 모독하는 일은 참을 수 없다는 것이 안신웅 선생의 예술을 사랑하는 방법이었다. 그 모욕적인 일을 겪은 후 안신웅 선생은 회의에 참석하지 않았다.

"이렇게 만나 뵙게 되어 반갑습니다. 육 년째 우호적인 관계를 맺으며 실무협상을 벌이고 있다는 말씀 들었습니다."

신임 이사장은 실무협상단에게 겉으로는 예의 바르고 호의적이었지만 협상에 들어가자 극히 사무적이고 간단명료한 답만을 내놓았다. 무라카미 이사장은 동경 경제대학교를 졸업하고 학장까지 역임했던 사람으로 오쿠라 재단을 연구하고 이끌어 왔던 인물이라고 했다.

"오쿠라 재단의 오너는 솔직히 이 일에 관심이 없습니다. 오너 측에서 석탑 환수라는 말을 이해할 수 없다고 하니 환수라는 말 대신 명분이 서는 방식을 찾아야 할 것입니다."

끊고 맺음이 분명하여 더 이상 대화를 이어가기가 힘이 들 정도였다. 이천오층석탑 환수위원회에서는 그야말로 압박용으로 제시해 왔던 몇 가지 방법들을 실제 행동으로 옮길 순간이 왔음을 인식했다. 소송, 1인 시위, 유네스코 중재, 다른 국가에 일본의 막무가내인 입장을 알리기와 이천오층석탑 불법 반출 경위 전파 등의 강경 행동에 나서는 일이었다.

"일본이 올 3월에 '삼층석탑' 한 기를 한국에 기증했고, 또 국보급인 '추사 김정희' 작품도 기증했어요. 이천 석탑도 이런 방법으로 기증한다면 아무 문제가 없습니다."

강 위원장이 몇몇 사례를 들면서 설득하자 시부야 상이 그 말을 막고 나섰다.

"일본에서 한국에 기증한 것들은 일본에 문화재로 지정되지 않은 것들입니다. 그러나 이천오층석탑은 일본 중요문화재로 지정되어 있어서 곤란합니다."

신임 이사장이 석탑에 관해서 잘 모르기 때문에 그를 대변하려는 모습이 역력했다.

"일본 문화재법이 바뀌면서 이천오층석탑은 이제 더 이상 중요 문화재가 아닙니다. 시부야 상도 알고 있지 않습니까? 한국 문화재청에서 제가 확인했습니다."

서 교수가 시부야 상의 말에 반론을 제기했다. 그 계통에 전문적인 학자가 지적하자 시부야 상은 임기응변으로 그 순간을 얼버무렸다.

"문화재법이 바뀌긴 했지만, 전에 중요문화재로 지정된 것은 현재 비록 지정되지 않았어도 중요 문화재급으로 적용된다는 것도 아셔야지요."

시부야 상과는 더 이상 대화하고 싶지 않아 강 위원장은 두 이사장을 상대로 교환할 일본 작품들을 추천했다.

"나는 전공이 경제학이라 사실 미술품에 대해 잘 모릅니다. 또 나나 오자끼 상이나 시부야 상이 결정할 문제도 아닙니다. 다만 재단 이사회에 여러분의 뜻을 전달할 뿐이지요."

신임 이사장은 역시 즉답을 피하면서 책임질 발언은 결코 하지 않았다.

"저번에도 말했지만 마츠우라 요우겐 작품을 우린 원치 않아요. 차라리 고려청자가 낫지요."

시부야 상이 또다시 전면에 나서서 교환 작품 선정에 까다로움을 내비쳤다.

"일본 도예가 사사키 니로쿠의 도자기는 어떻습니까?"

강 위원장이 다른 제안을 내놓았다. 안신웅 선생과 사전에 의논이 되었던 부분이었다. 오자끼 이사장은 '희귀한 작품이긴 하지요' 하고 긍정적인 반면 시부야 상은 고개를 흔들었다.

"사사키 니로쿠의 작품을 보면 기분이 안 좋아요."

이유도 없이 트집을 잡는 것이 분명해 보였다.

"잔마다 섬세하게 조각이 되어 있어 평가가 좋습니다만……이 일본 작품이 일본으로 올 경우 중요미술품이 될 가치가 있다고 봅니다."

강 위원장은 시부야 상의 마음을 돌려보기 위해 애썼다.

"허가는 가능한 건가요?"

기분이 나쁘다고 하면서도 은근히 호기심을 보이는 시부야 상에게 강 위원장은 열심히 설명을 계속했다.

"일본작품이라 문화재청에서도 허가가 가능하고, 미술관에서도 이야기가 된 상태입니다. 이것으로 해결이 된다면, 한국에 있는 고려청자나 요코야마 다이칸 작품은 오쿠라 슈코칸에 전시 목적으로 대여할 수 있게 추진해 보겠습니다."

"오로지 전시만으로는 부족하지요."

강 위원장은 시부야 상이 신임 이사장 앞에서 일부러 더 자신을 과시하려는 것이 아닌지 의심스러웠다. 그런 눈치를 챘는지 시부야 상이 두 이사장을 돌아보며 먼저 선수를 쳤다.

"강상이 이천 시민 단체들로부터 압박을 많이 받고 있는 모양입니다. 왜 아직 탑이 돌아오지 않는 거냐고. 그렇지요?"

그 말에 이 작품 저 작품을 추천하던 강 위원장은 애써 참던 비위가 뒤틀리고 말았다.

"내가 시민단체에서 월급을 받는 것도 아니고 이천 시민들이 나를 압박할 이유가 없지요. 그들은 나를 격려하고 안타까워합니다. 내가 시간과 돈을 쓰면서 이 일을 하는 이유는 조상들이 혼신을 다해 만든 것을 후손으로서 지키는 게 당연한 일이라고 생각하기 때문입니다. 단지 그것뿐입니다."

"강상의 그 같은 노력과 열의가 있어서 그 보답으로 '교환임대'라는 아이디어까지 내놓았다는 것을 알아주세요."

강 위원장이 발끈하며 불쾌감을 드러내자 시부야 상은 얼렁뚱
땅 얼버무리면서 그 순간을 넘겼다. '참자, 참아.' 강 위원장은 깊
이 숨을 들이마시고 자신을 다스렸다.

"이천시 국회의원이 석탑에 관심이 많습니다. 일정은 결정되
지 않았지만, 일본 국회의원과 함께 오쿠라 재단에 방문할 계획
을 가지고 있다고 합니다. 그 전에 협의를 이루었다가 양국 국회
의원 방문에 맞추어 교환 임대에 사인을 하면 어떻겠습니까?"

강 위원장은 구, 신임 이사장이 있는 자리에서 결론을 내고 싶
어 서둘렀다. 구 이사장은 어떻게든 자기 재임 중에 시작된 일을
자기가 마무리 짓고 싶어 하고 신임 이사장은 그동안의 진척 상
황을 모른 채 어안이 벙벙한 자리에서 강 위원장은 반승낙이라
도 받아낼 속셈이었다. 시부야 상만 좀 거들어주면 일이 쉬울 것
같은데 그는 그럴 마음이 없어 보였다.

"오늘은 서로 인사나 나누는 자리로 생각하고 나왔으니 더 깊
은 이야기는 다음에 만나서 하시는 게 좋겠습니다. 취임한 지 두
달밖에 되지 않아 업무 파악도 제대로 못 한 상황입니다. 이해해
주세요."

신임 이사장이 정중히 인사를 하고 자리에서 일어서자 오자끼
이사장도 따라 일어났다. 시부야 상은 자신의 거취를 정하지 않
은 채 그대로 자리에 앉아 있었다. 두 이사장을 배웅하고 강 위원

장이 제자리로 돌아왔다.

"만약 우리 탑이 해결되면 율리사지 석탑은 혼자 세워둘 생각인가요?"

서 교수가 시부야 상을 붙잡아 둘 요량으로 대화를 이어가고 있었다.

"이천 석탑 문제가 잘 해결되면 두 탑 모두 서울로 옮길 계획입니다. 율리사지 석탑은 서울을 통해 북한으로 보내는 것이 자연스럽다는 의견입니다. 두 석탑을 따로따로 놔둘 수는 없다고들 합니다."

"그렇게만 되면 오쿠라 재단의 명성이 높아질 것임에 틀림없어요. 또 한국과 북한과의 관계가 그것으로 좋은 관계가 된다면 오쿠라 재단은 대단한 일을 하는 셈인 거죠."

강 위원장도 서 교수를 거들어 시부야 상을 부추겼다.

"오층석탑만 옮겨서는 의미가 없는 일이지요."

시부야 상은 이사장들이 나가자 자신이 전권을 가진 결정권자처럼 위엄을 부렸다.

"그렇다면 고려청자로 두 탑 다 해결 가능하다는 말인가요?"

서 교수가 그를 떠보는 듯했다.

"그건 나도 알 수 없는 일이지요. 나로서는 고려청자로 두 탑을 해결하는 것이 가장 이상적인 방법이라고 생각합니다만. 내 마음은 두 탑 모두 하루빨리 돌려보냈으면 좋겠습니다."

이천에서 소유하고 있지만 한국 문화재청에서 해외 반출을 허락하지 않아 무산된 고려청자에 오쿠라 재단과 슈코칸은 계속해서 미련을 두었다. 안신웅 선생은 여러 루트를 통해 그 고려청자와 비슷한 수준의 청자를 일본에서 구하기 위해 노력하고 있는 중이었다. 그는 희망을 가지라고 이천 협상팀을 격려했다. 그 청자만 구해진다면 해결점에 도달하는 셈이다.

"골동품 집과 골동품을 취급하는 전문가들을 통해 몇 군데에서 알아보고 있는데, 아직 연락이 없어요. 다급하게 찾는다는 소문이 나면 가지고 있는 사람이 값을 엄청나게 비싸게 부르고 오히려 팔지 않을 수가 있기 때문에 비밀리에 알아보려니 더 더디네요. 그렇지만 좋은 일은 언제 갑자기 찾아올지 모릅니다. 일본말에 千三(센미츠)란 말이 있어요. 천을 찾아도 셋을 찾기 어렵다는 뜻인데 지금이 꼭 그런 경우지요. 그래도 살면서 나는 지금까지 행운을 얻은 경험이 있기 때문에 찾아지리라 믿어요. 더구나 '민속신앙이 담긴 오층석탑 환수'라는 좋은 일을 하고 있으니 잘 될 거예요. 언제나 나는 행운이 별처럼 나에게 툭 떨어질 것이라고 믿고 살아왔는데 실지로 그렇게 됐어요."

안신웅 선생은 강 위원장에게 너무 초조해하지 말고 기다려보자고 달래었다.

"정말 그런 일이 우리에게도 찾아 왔으면 좋겠어요. 금년 한 해도 그냥 지나가니까 마음이 급해지는군요."

"강 위원장 마음 잘 알아요. 그래서 여기저기 계속 씨를 뿌리고 있어요. 두세 사람이 좋은 고려청자를 가지고 있다고 하는데 절대 안 팔겠다고 한답니다. 팔아도 미술관에 팔겠다고 한다니까 방법은 찾을 수 있어요."

안신웅 선생은 오쿠라 측 협상 테이블에 참석하지는 않았지만 늘 협상단을 만나 진행상황을 알려주고 위로하면서 교환 작품을 구하기 위해 조용히 수소문을 하느라 애썼다. 그 사이 안신웅 선생은 한국의 영세한 미술관에 삼천여 점이 넘는 어마어마한 미술품을 기증했고 그와 더불어 부친의 고향인 전라도 영암 미술관에 온갖 정성을 쏟아부었다. 그는 처음 한국 땅에 발을 디딘 1973년 이후부터 남몰래 열악한 미술관들을 후원해 오다가 어느 날 그것이 한국사회에 알려지자 화제의 인물이 되었다. 얼마 전 그는 대학교 재단이 세운 큰 문화재단에 이사장이 되었다. 한국에 출입하는 횟수는 자연히 늘어났고 한국 방문 시 아무리 바빠도 강 위원장과 만나 차 한 잔이라도 나누는 시간을 가졌다. 그때마다 오쿠라 재단과의 오랜 협상으로 지쳐가는 강 위원장에게 힘이 되는 조언을 잊지 않았다.

"사람 일은 내일을 모른 법이예요. 한국도 문화재에 대해서 민감하고 경매를 통해 선보이는 경우가 많듯이 일본도 마찬가지예요. 어느 날 우리가 원하던 고려청자가 일본 경매 시장에 나올 수도 있는 일이고요. 올 한 해가 가면 또 내년이라는 새해가 있잖아요."

안신웅 선생은 영암으로, 광주로, 목포로, 부산으로, 서울로, 일본으로 날아다녔다. 너무 바빠서 잠자는 시간을 줄이고 지역과 지역으로 이동하는 시간에 모자라는 잠을 채우면서도 강 위원장을 만나면 따뜻한 미소로 손을 잡아주며 곧 좋은 일 있을 거라고 용기를 주었다. 잠시나마 포기할 마음을 가졌던 강정민은 그를 만나면 오히려 부끄러움을 느꼈다. 자기 고향, 자기 지역 일이 아닌 단지 한국인이라는 한 가지 사실만으로도 저렇게 최선을 다하는 사람이 있는데 '나는 우리 지역, 우리 시민의 일인데도 잠깐이나마 짜증을 냈구나' 하고 스스로 반성했다.

안신웅 선생의 말대로 오늘이 가면 또 내일이 온다. 2016년은 가지만 2017년이 기다릴 것이다. 강정민은 저만치서 행운이 그를 기다린다고 믿으며 앞으로 나가리라 스스로 다짐했다.

2

서창길 교수는 충격에서 쉽사리 헤어나지 못한 채 긴 시간을 보냈다.

시부자와 요시로의 죽음은 마음의 준비와 함께 어느 정도 예상했던 일이었으나 충격은 그가 남긴 할아버지의 메모장이었다. 일반적인 노트보다 좀 작은 사이즈의 노트는 시부자와 겐쿄가 그날그날 처리해야 할 업무와 오쿠라 기하찌로의 지시 사항, 그날의 일과 중 특이한 내용, 주요 메모, 간단한 소감 등을 적은 겐쵸만의 생활일지였다. 서 교수에게 넘겨진 노트는 1918년 이천 오층석탑 반출이 이루어지기 전후의 일지로 오쿠라의 지시 사항과 자신이 처리한 업무가 상세히 메모 되어 있었다.

1918. 10. 10
대장- 석탑 양도건 총독부 확인 요망
겐쵸 - 양도 승낙 확인(7층 거절, 5층 허락).
대장은 몹시 화가 나서 보고 도중 서류철을 던졌다. 이제 일상이 되어
버린 대장의 성질을 받아주기가 힘겹다. 나이 탓?

1918. 10. 15
대장- 석탑 운송 절차 지시
겐쵸 - 운송 절차 확인 후 보고 미룸
젊은 운전기사가 항일 청년회에서 석탑 반출 반대 운동을 시작했다고
귀띔해준 것이 마음에 걸려서 보고를 미뤘다. 반대 운동에 대해 대장
에게 보고를 해야 할지 망설이는 중.

평소는 이런 식의 메모를 적는 정도였고 특별한 일이 있는 날은 하루의 소감을 좀 더 길게 적거나 구체적으로 적은 노트였다. 메모는 매일 빼놓지 않고 기록 했지만 소감은 아예 적지 않은 날도 간혹 눈에 띄었다. 할아버지의 노트 한 권을 서창길에게 남기며 요시로는 자신의 편지를 동봉하는 것도 잊지 않았다. 테이프

로 철저히 봉해진 서류 봉투에는 영어로 '친구에게'라고 적혀 있었다.

협상 후 식사자리에서 요시로의 부고를 듣던 그 날, 서창길은 안신웅 선생의 침착하고 신중한 행동에 존경심을 표하며 그가 따라주는 술을 제법 많이 마셨다. 점잖은 안 선생을 대하는 일본 사람들에 대해 화가 나서 마시기도 하고 안 선생의 그 강한 인내심이 감동스럽기도 해서 술을 마셨다. 그때 오기타가 요시로의 죽음을 알려왔다.

"미스터 서. 방금 요시로가 우리 곁을 떠났다. 오늘 밤 오쓰야를 할 거야."

'오쓰야'는 가족, 가까운 친척, 친한 친구들이 문상객을 받기 전 오붓하게 고인의 곁에서 식사를 하는 첫 번째 장례 절차를 말하는 것이었다. 오쓰야는 병실에서 고별식장으로 주검을 옮겨 행해진다. 깨끗이 몸을 닦은 시신에 평소 좋아하던 옷을 입혀 머리를 북쪽으로 향하게 뉘어 흰 천으로 덮어놓고 그 옆에서 가족들이나 친한 친구들이 마지막을 함께 보내는 시간을 갖는다. 서창길은 오쓰야를 하면서 유독 많이 울었다.

장례가 다 끝나고 절에서 시내로 들어와 찻집에 앉았을 때 오기타가 가방에서 봉해진 그 서류봉투를 내밀었다.

"한국 가서 뜯어 봐. 저번에 너 다녀가고 나서 준비해 두었던 거야."

그 봉투에 들어있던 것이 바로 겐쵸의 노트였다. 함께 동봉된 요시로의 편지가 가슴을 미어지게 했다.

서창길, 내 친구.
이제 네가 나를 찾아오지 않아도 나는 마음이 아프지 않아. 우린 화해했고 우리의 마음을 서로 알았으니까. 너도 그렇지? 여기 너에게 전하는 노트는 우리 시부자와 집안으로서는 매우 귀한 가치를 지닌 것이지만 나는 너에게 주기로 결심했어. 어쩌면 우리 집안에서보다 네 나라에서 더 귀하게 쓰일 자료가 될 것 같아서 말이야. 여러 권의 노트 중 너에게 필요한 한 권만 전하는 것이니 그렇게 알아라. 모쪼록 우리 조상들이 네 나라에 범한 잘못들을 용서해주기 바란다.
네 영원한 친구 시부자와 요시로

그 노트를 안고 서창길은 또 울었다. 친구와 절연한 채 보낸 20년 세월이 너무나 아깝고 안타까웠다. 이런 일본인이 있어서 한국과 일본은 아직 이웃 동맹국으로 존재하는 것 같았다.

겐쵸의 친필로 낱낱이 적힌 그 노트는 시부자와 집안에서는 그야말로 가보家寶일 것이었다. 백 년 전 자기 조상의 친필 노트를 일본인도 아닌 한국인에게 넘길 수 있는 요시로의 용기에 감사했다. 더구나 일제강점기 때 한국과 일본 사이에 무슨 일이 있었는지를 증명할만한 국가 기록물의 가치를 지닌 노트였다. 복사를 떠서 사본을 넘겨줄 수도 있는 문제였고 그런 생각을 안 했을 요시로도 아니었다. 아마 생각하고 또 생각한 끝에 원본을 넘겨주기로 결정했을 것이었다. 서창길은 한 장 한 장 한 글자도 놓치지 않고 그 노트를 훑었다. 그 속에서 몇 부분은 그를 당황하게 하고 그를 충격에 빠뜨렸다.

그것은 남대문 역으로 석탑을 운송하던 트럭 탈취 사건이었다.

그 시대 어느 신문에도 기사 한 줄 실리지 않았을 뿐만 아니라 어느 누구도 알지 못한 채 넘어갔다는 사실이 더 충격적이었다. 어느 문헌, 어느 기록에도 남지 않게 조용히 덮었기 때문에 조선 젊은이의 희생을 막을 수 있었던 것이다. 그 장본인이 바로 오쿠라 기하찌로의 오른팔인 시부자와 겐쵸였다는 사실을 그 누가 상상이나 했겠는가.

1918. 10. 20
대장- 석탑 운송에 차질 없도록 지시
겐쵸 - 오쿠라 건설에서 트럭과 조수 섭외 완료
결국 반대에도 불구하고 일본으로 반출이 결정된 이천 석탑, 역사 앞에서도 불가항력이었다고 말할 수 있을지 나도 모르겠다.

1918. 10. 23
대장- 석탑 탑재한 트럭 전복으로 남대문 역 운송 실패

겐쵸 - 21일 밤 전복 사고 경위에 미심쩍은 부분 발견

젊은 트럭 운전기사와 조수의 전복 사고 설명이 앞뒤가 맞지 않고 두 사람 말도 엇갈린다. 불러다 조사한 결과 전복이 아니라 다른 사고가 있었을 것이라는 확신이 섰다. 운전기사는 술을 마시고 밤 시간에 운전을 하는 중 앞에 있는 손수레를 뒤늦게 발견하고 급히 피하려다가 트럭이 옆으로 쓰러져 전복되었다는 주장으로 자신의 실수라고 사과했다. 어떤 처벌이라도 받겠다고 하니 더 이상 추궁할 수가 없다.

1918. 10. 25

대장- 석탑 운송 재지시

겐쵸 - 며칠 뒤로 미루어줄 것을 요청

남대문 역 뒷골목에서 목격자를 찾았다. 전복 사고는 없었으며 트럭을 탈취하려는 청년들과 트럭 운전사, 조수들의 몸싸움이 있었음을 확인. 트럭 운전기사를 조용히 불러 사건 경위를 솔직하게 털어놓으면 이번 일을 눈감아 주겠다고 달랜 결과 자백을 받아냈다. 운전기사는 석탑을 빼돌리려 했던 청년들이 자기의 친구들이라며 이름을 말해 줄 수 없다고 버텼다.

1918. 10. 27

대장- 빨리 석탑을 일본에 보내라고 재차 지시

겐쵸 - 트럭 섭외 중이라고 보고

단정한 외모의 여대생이 나를 찾아왔다. 눈망울이 맑은 아가씨였다. 나를 찾아온 용건을 말하는 순간 나는 아가씨가 대단히 용기 있는 젊은이라는 생각이 들었다. 자기 고향의 민속신앙과도 같은 석탑을 고향에 돌려보내기 위해 친구들에게 트럭 탈취를 부탁했던 장본인이라고 고백하며 다른 사람들은 아무 잘못도 없다고 했다. 이천 서씨 집안에 서여진이라고 밝힌 아가씨가 또박또박 공손하게 자초지종을 설명하는 동안 나는 설득당한 듯하다. '겐쵸 선생님이 어떤 분인지 친구들

한테서 많은 이야기를 들었기 때문에 용기를 내어 찾아왔어요. 한쪽
은 정원 장식품으로 눈요기 삼아 가지고 싶어 하지만 한쪽은 소원을
빌면 들어주는 신앙적 존재로 그것을 원합니다. 누구한테 더 절실할까
요?' 아가씨는 나더러 자기 고향에 석탑을 돌려보내 달라고 진심을 다
해 사정하고 돌아갔다. 석탑이 마음에 걸리는 것인지 그 아가씨의 맑
고 당당한 눈빛이 마음에 걸리는 것인지 나도 잘 모르겠다.

1918. 10. 28
대장- 심기가 불편한 듯 석탑 운송을 오늘 당장 실행하라고 지시
겐쵸 - 최근 항일운동의 심각성을 주장하며 석탑 반출 철회를 주장. 대
장의 모욕적인 언사에 회장실을 뛰쳐나옴
대장의 욕심이 사업 확장을 지나 사소한 개인적 탐욕으로까지 그 끝
을 모른다. 영세한 주먹구구식의 중소기업을 벗어나 대기업이 됐으면
작은 일거리는 양보할 줄도 알아야 하는데 그런 아량이 도무지 없다.
정부에 바치는 뇌물 공세도 역겹다. 대장을 떠나 잠시 쉬어야 할 것 같
다.

　서창길은 시부자와 겐쵸의 메모장에서 '서여진'이라는 고모할
머니의 이름을 보게 될 줄은 꿈에도 몰랐던 일이었다. 아버지로
부터 아버지의 고모가 항일운동 청년회인 세븐회 행동 대원이었
다는 이야기를 자주 들으며 자랐다. 1919 기미년 3월에는 탑골공
원과 진주에서 시작된 대한독립만세 운동이 전국으로 퍼져 나가
곳곳에서 대한독립만세를 외치던 젊은 사람들이 숨져갔다. 3월
어느 날 이천 장터에서 독립선언서를 배포하던 고모가 일본 경
찰의 방망이에 맞고 넘어지면서 돌부리에 머리를 다쳐 숨졌다고

아버지는 이야기해 주었다. 그 이름이 '서여진'이었음도 똑똑히 기억하고 있었는데 겐쵸의 메모 노트에서 발견하다니 기가 막힐 노릇이었다. 더구나 서 교수는 이천오층석탑 환수운동에 참여하고 있고 고모할머니는 백 년 전에 이미 석탑 반출에 반대하고 그 운송 차량을 탈취하려 했다니 이것을 운명이라고밖에 말할 수가 없었다. 그리고 요시로의 할아버지인 겐쵸가 그 고모할머니의 석탑 차량 탈취사건을 눈감아준 사람이라니 요시로와 서창길의 만남도 분명 우연은 아니었던 것 같았다.

서 교수는 이 놀라운 사실을 누구에게 이야기하기가 두려웠다. 오기타에게도 강정민에게도 어쩐지 말하기가 꺼려지는 참담한 기분이었다. 아버지가 살아계셨다면 거기에는 말할 수 있을지 몰랐다.

오기타에게는 요시로의 할아버지 겐쵸를 조선 문화재 강탈의 주범인 오쿠라 기하찌로 옆에서 반출을 적극 거들었다고 의심하면서 20년이나 절연하고 산 자신이 너무 부끄러워서 차마 말할 수 없었다. 강정민에게는 같은 이천 사람이라 말 꺼내기 껄끄러운 점이 있었다. 이천에서는 아무도 서여진을 독립운동가로 기억하지도 인정하지도 않는 상황에서 서여진의 당시 업적을 서창길이 먼저 말할 수는 없었다. 서씨 종친들과 의논하여 공식적인 절차를 밟고 그 결과를 적절한 시기에 공표하는 것이 좋을 것 같았다. 그는 당분간 혼자 그 충격을 감내할 작정이었다.

오기타의 반가운 전화를 받은 것은 2017년 또 한 해가 저물어 갈 무렵이었다.

그동안 10년 가까이 지속되어 오던 오쿠라 재단 측과의 방일 협상이 신임 이사장의 해외 출장과 시부야 상의 건강 문제로 차일피일 미루어지던 중이었다. 이대로 협상이 단절되는 것이 아닌가 하고 강 위원장은 불안해했고 서 교수도 초조하기는 마찬가지였다. 환수 협상 문제로 자주 일본을 방문하던 서 교수가 일본에 가지 않자 오기타가 '이제 일본 안 와?' 하고 물었다. 서 교수는 현재 협상이 거의 단절 상태임을 하소연했는데 오기타는 그냥 흘려 넘기지 않았던 모양이었다. 요시로가 죽고 그는 동경 법대 총동문회 회장이 되어 바삐 지내고 있으면서도 가끔 전화를 걸어 안부를 주고받았다. 그런 그가 기쁜 소식을 전했다.

"서 교수, 아마 오늘이나 내일 사이에 너한테 오쿠라에서 전화가 갈 거야. 너는 모른 체하고 그냥 전화를 받고 자연스럽게 통화를 하면 돼. 공식적으로 하자면 이천환수위원장과 통화를 하는 게 맞겠지만 그 사람이 일본어를 너처럼 할 수는 없을 것 같아서 네 연락처를 줬어."

"무슨 일인데? 내용을 알아야 내가 대처를 할 거잖아."

"그쪽에서 하는 말 듣고 네가 하고 싶은 말 편안하게 하면 돼. 내용은 빨리 해결하자는 방향으로 널 유도할 거야. 상대 이야기를 다 들은 다음에 위원장과 의논해서 연락하겠다고 해."

"너희들이 압력을 넣은 거야?"

"그건 만나서 차차 이야기하기로 하고…… 너하고 통화를 해도 실례가 안 되느냐기에 괜찮다며 네 핸드폰 번호 알려줬으니까 그리 알아."

"그래. 고맙다. 전화 받고 다시 연락할 게."

"요시로가 죽어서도 네 걱정을 하는지 우리가 널 도와줄 기회를 만들어주네. 잘 됐지 뭐. 하여튼 기다려 보자."

오기타의 전화를 받은 지 1시간도 채 안 되어 다시 일본에서 전화가 걸려왔다. 핸드폰에서는 굵직한 중저음의 일본어가 흘러나왔다.

"저는 오쿠라 쿠메마입니다. 오기타 에쓰죠 회장님으로부터 서 교수님 연락처를 받았습니다."

서창길은 당연히 오쿠라 재단 쪽 오너려니 하고 요시히코 관장님이 바뀌었느냐고 묻자 그는 오쿠라 그룹 본사 부회장이라고 자신을 소개했다. 전화로 이야기를 나누는 것보다 만나서 대화를 갖는 것이 어떻겠느냐고 물었다. 서 교수는 안 그래도 오쿠라 재단과 협상 회의를 가진 지 오래 되었다고 말하고 만나는 일에 찬성했다. 쿠메마 상은 5일 뒤가 어떻겠느냐고 다시 물었고 서 교수는 상임위원장과 의논해서 연락할 테니 연락처를 달라고 했다. 그가 비서를 통하지 않고 직접 통화가 가능한 번호를 서 교수에게 알려주었다.

"오기타 회장님께 저와 통화했다는 말씀 전해 주십시오."

그의 전화가 끊기고 서창길은 '예스!'라고 혼자 환호를 외쳤다. 쿠메마와의 만남을 개인적인 만남보다는 이천오층석탑 환수위원회의 실무협상 회의로 몰고 가야 한다는 생각이 앞섰다. 1년이나 협상 회의가 성사되지 않자 협상 단절로 판단하고 실의에 빠져 있는 강정민에게 먼저 전화를 걸었다. 여러 차례 전화를 걸어도 그가 전화를 받지 않았다. 일본 측에서 먼저 협상 회의를 제안해 왔다고 하면 그가 얼마나 좋아할지 눈에 선하게 보이는 것 같았다.

3

강정민 위원장은 일본에서 걸려온 이름 모를 전화를 받았다.

"강정민 위원장님이십니까?"

일본 사람 특유의 발음으로 한국말을 구사했지만 정확한 단어를 사용하고 있었다.

"그렇습니다."

"저는 요시히코 관장님의 통역관입니다. 관장님께서 강상과 통화를 하고 싶어 합니다. 강상은 그냥 한국말로 통화를 하시고 관장님은 일본말로 통화를 하면 됩니다. 제가 양쪽 모두 통역을 할 것입니다. 잠깐만 기다립시오."

통역관의 말을 듣는 순간 더 아무것도 생각할 겨를 없이 가슴이 떨려왔다. 요시히코라는 이름을 어찌 모를 수가 있겠는가? 오쿠라 슈코칸 부관장인 시부야 상에게 관장을 한 번만 만나게 해달라고 수차례 요청했으나 거절당했던 오쿠라 요시히코 관장, 그가 먼저 전화를 걸어온 것이다. 곧 요시히코의 목소리가 귀에 와 닿았다. 두 대의 전화로 통화를 하는 것인지 아니면 새로운 시스템으로 통역을 하는 것인지 강정민으로서는 알 길이 없었지만 요시히코가 한 문장을 끝내면 곧바로 통역관이 그 내용을 강정민에게 통역했다.

"안녕하십니까? 오쿠라 슈코칸의 관장 요시히코입니다. 전화로 인사를 나누게 되어 유감입니다. 전화로 대화를 나눌 것이 아니라 빠른 시일 안에 만나기를 요청합니다."

통역관의 말이 끝나기를 기다려 강정민이 한국말로 답변을 하면 되었다.

"반갑습니다. 꼭 만나보고 싶었습니다. 전화를 주셔서 감사합니다. 만나는 날짜는 언제가 좋겠습니까?"

"강상이 정하면 우리가 거기에 맞추겠습니다."

통역하는 소리가 들리지 않는데도 잠깐 시차를 두었다가 요시히코가 답을 해오는 식이었다. 해외 현지인을 연결하여 방송을 할 때 대답이 조금 늦게 나오는 것과 같은 정도의 시간이 서로의 대화에 필요할 뿐 큰 불편은 없었다.

"저 혼자 결정할 문제가 아니라 다시 연락드리면 어떨까요?"

"좋습니다. 결정사항은 언제 연락주시겠습니까?"

"내일 오후까지 결정을 알려드리지요. 이번 만남이 실무협상단의 공식적인 회의인가요, 아니면 제가 혼자 관장님을 만나는 비공식 만남인가요?"

"강상은 어느 쪽을 원합니까?"

"저는 공식적인 실무협상단 회의를 원합니다."

"좋습니다. 그렇다면 이천 시민 대표도 참석하시기를 요청합니다."

"이천 시민 대표는 이천 시장으로 되어 있습니다만 시장이 참석하기를 바라는 건가요?"

"누구든 상관없습니다. 환수위원회 실무 협상팀과 이천 시민을 대표하는 사람이 함께하기를 바랄 뿐입니다."

"잘 알았습니다. 내일 연락하겠습니다."

"불편한 전화를 기꺼이 받아주신 강상께 감사드립니다."

꼭 필요한 요점만을 통화한 뒤 요시히코는 강정민에게 인사를 하고 통역관에게 마무리를 부탁했다. 통역관은 강정민이 연락할 전화번호를 알려주고 그 번호가 자신의 번호임을 밝혔다. 숨 가쁘게 통화를 나누고 그 전화가 끊기자 갑자기 정신이 멍해지는 기분이었다. 방금 통화를 한 것이 꿈인지 환청인지 아리송하고 도대체 무슨 일이 벌어지고 있는지에 대해 누구에게 물어야 하

는지 알 수가 없었다. 그때 마침 서창길이라는 발신표시로 핸드
폰 벨이 울렸다.

"왜 그렇게 전화를 안 받아?"

"통화 중이었어. 아주 중요한 전화를 받았거든. 전화했었어?"

"의논할 일이 있어서 좀 만났으면 좋겠는데."

"잘 됐어. 나도 의논할 일 있어. 미안하지만 서 교수가 이리로
좀 올 수 있어? 시장을 만나야 하니까 시장실로 오든가."

"그건 좋은데 시장실 들어가기 전에 나 좀 먼저 만나고 들어
가."

"알았어. 내가 시장하고 약속을 잡아 놓을 테니까 우선 환수위
원회 사무실로 와. 지금 출발할 수 있지?"

"오케이! 지금 연구실을 나서는 중. 이따 봐."

서창길은 중부고속도로를 과속으로 질주했다. 어서 빨리 강정
민에게 이 기쁜 소식을 전하고 싶었다.

"비행기 타고 왔어?"

문화원 내에 있는 환수위원회 사무실로 들어서는 서창길을 강
정민이 반갑게 맞았다. 김현자 사무국장이 기다렸다는 듯 차 한
잔을 가져다 놓고 나갔다.

"반가운 소식이 있어."

두 사람이 약속이나 한 것처럼 동시에 똑같은 단어와 문장을
읊조렸다.

"뭐야?"

둘은 마주 보다가 어이없는 듯 웃음을 터뜨렸다.

"멀리서 왔으니까 자네부터 말해."

강정민이 양보하고 찻잔을 들었다.

"아니야. 강 위원장이 할 말 있다고 빨리 오랬잖아. 먼저 말해. 난 숨 좀 돌릴게."

서 교수는 적당히 식은 인삼차를 마시기 시작했다.

"요시히코한테서 전화가 왔어."

"오쿠라 슈코칸 관장 겸 오쿠라 재단 오너?"

서 교수는 마시던 찻잔을 내려놓고 확장된 동공으로 강정민에게 확인했다.

"그렇다니까. 무슨 일인지 모르겠어."

"뭐랬는데?"

"빨리 만나자던 데?"

"누가 손을 쓴 거야?"

"그건 나도 모르지. 안신웅 선생님인가 싶기도 하고…… 자넨 무슨 일인데?"

"오쿠라 그룹 부회장이 일본으로 와서 이야기하자고 연락이 왔어."

"재단이 아니라 그룹에서? 이천석탑 환수 문제로 만나자는 거 맞아?"

"그렇다니까."

"그건 누가 다리를 놓은 거야?"

"동경 법대 총동창회장이."

"자네 친구? 야, 갑자기 이게 무슨 일이야?"

강정민도 서창길도 믿기지 않는 얼굴로 어안이 벙벙한 채 잠시 정신을 가다듬었다. 무엇부터 의논을 해야 할지 머릿속이 새하얘지는 느낌이었다. 1년 가까이 협상 회의를 피해오던 오쿠라 재단 측에서 이렇게 서둘 리 만무했다.

"재단 측이 아닌 그 윗선에서 이천오층석탑 환수 문제를 알게 되고 누군가의 압력에 의해 문제 해결을 하려는 것이 아닌가 짐작할 뿐이지."

"나도 동감이야. 절대 재단 신임 이사장이나 시부야가 서둘고 있는 건 아니라는 느낌이 들어. 그룹 본사 부회장한테서 전화가 왔다는 걸 보면 그룹 차원에서 나선 것 같아."

"오기타 회장이 나섰다면 나에게 전화 온 것으로 끝날 문젠데 강 위원장한테 전화가 왔다는 건 또 다른 사람이 나섰다는 증건데 그게 누굴까? 짐작 가는 사람 없어?"

서 교수는 안신웅 선생이었다면 강 위원장에게 연락을 했을 것이라는 주장을 펼쳤다.

"혹시 마사꼬가?"

"마사꼬는 또 누구야? 나 모르게 뒤로 미인계 쓰면서 로비하고 다녔던 모양이지?"

서창길은 강정민의 입에서 여자 이름이 튀어나오자 농담을 던지며 비로소 소파에 몸을 기댔다. 긴장을 풀고 좀 차분하게 머릿속을 정리할 필요가 있다고 생각했다.

"시장은 몇 시에 만나기로 했어? 왜 만나는데? 나더러 같이 가자는 거지?"

이번에는 서창길이 시계를 들여다보며 강정민에게 질문을 퍼부었다.

"요시히코가 이천 시민 대표를 회의에 참석시키라고 하니까 날짜를 의논해야지. 빠른 날짜 잡아서 내일 알려달라는 거야."

"뭔가 이상하지 않아? 나한테 전화한 쿠메마 부회장은 아예 닷새 뒤로 날짜를 못 박으면서 그날이 어떻겠느냐고 물었거든. 양쪽 전화의 공통점은 그들이 몹시 서둔다는 점이야."

"듣고 보니 그러네. 아무려나 우리한테 나쁠 건 없잖아? 제발 이 해가 가기 전에 해결이나 났으면 좋겠다. 금년에는 오래 기다리던 소원이 이루어진다는 점괘가 나왔다기에 그 점괘 순 엉터리라고 한바탕 퍼부었더니……"

"그런 것도 봐?"

"하도 답답해하면서 짜증만 늘어가니까 안사람이 어디 가서 물어본 모양이야. 시청에 가야 할 시간이야. 차 여기다 놓고 내 차 한 대로 가는 게 어때?"

강정민이 일어섰다.

"좋지. 또 장거리 운전해야 할 몸인데 쉬게 해줘서 고마워."

나란히 시장실로 들어서는 두 사람을 보자 박 시장이 한 사람씩 차례로 얼굴을 번갈아 보았다.

"무슨 못 볼 걸 봤나 두 사람 얼굴이 왜 그래?"

"왜? 우리 얼굴이 어때서?"

강정민이 박 시장을 떠보았다.

"낮술을 했을 리는 없을 테고 얼굴이 불콰하니 흥분한 상태로 보이는데?"

"눈치 하나는 백단이라니까."

강정민이 박 시장 건너편 의자에 앉으며 실실 웃음을 흘렸다.

"서 교수, 오랜만이오."

"예. 시장님은 여전히 바쁘시지요?"

서창길은 강정민과 서울에서 처음 만난 계기로 친구처럼 지내지만 박 시장과는 집안에 먼 친척으로 얽혀 있어서 시장을 깍듯이 형님으로 모셨다.

"몸에 좋은 비장의 차 좀 줘 봐. 시장실에는 별별 희귀한 차가 다 있다던데."

박 시장은 강정민이 얼마만큼 기분이 좋은 상태인지 금방 알아차렸다. 선비 같은 사람이 무슨 일이 있으면 그 속내를 숨기지 못하고 혼자 버거워하는 사람이었다. 서로가 50년이 넘은 친구의 눈빛만 보아도 그 속을 읽을 수 있는 사이였다.

"알았어. 정력에 좋은 차를 대접할 테니 어서 털어놔."

박 시장은 인터폰을 눌러 며칠 전 강원도에서 보내온 차를 준비하라고 비서실에 일렀다.

"박 시장, 이번에는 일본엘 좀 같이 가야겠어."

"왜? 뭔 일 났어?"

"이제 다 틀렸으니까 판 뒤집어 엎고 깽판이나 놓고 오자고. 박 시장이 이천 시민 대표니까 마무리도 시장이 해야지."

"이거 가슴 떨리게 왜 이래? 십 년 공들인 거 도로아미타불 만들자고? 그쪽에서 협상 재개하자는 연락이라도 왔어?"

박 시장 성격이 궁금하다고 몸달아 할 스타일도 아니건만 석탑 환수 문제만큼은 느긋하지 못했다.

"그만 놀리고 어서 말씀드리세요."

서창길이 보다 못해 강정민을 재촉했다.

"급하면 서 교수가 말씀 드리던가…… 난 목이 말라서 차 마셔야 말이 나올 것 같아."

"왔네, 왔어."

박 시장이 여비서가 들고 온 차를 강정민 앞에 먼저 놓아주었다. 강정민은 오늘 벌어진 두 건의 전화 사건에 대해 설명하고 박 시장의 일정부터 체크하기를 원했다. 비서실장이 일정표를 들고 시장실로 들어왔다.

"제일 빠른 날짜 한 번 빼 봐. 이박삼일이 안 되면 일박이일이라도."

비서실장은 다이어리 수첩에 빼곡히 적힌 일정을 하나하나 시장에게 불러주며 어떤 것을 취소하거나 보류할지 의사를 물었다. 절대로 취소할 수도 보류할 수도 없는 일정은 그대로 두고 변경 가능한 일정에만 붉은 펜으로 동그라미를 쳐 두었다.

"벌써 연말 송년 행사가 시작돼서 날짜 빼기가 쉽지 않은데요."

비서실장이 다이어리를 들여다보며 고개를 갸우뚱거렸다.

"하루는 온통 다 시간을 써야 할 거고 이틀째는 오후 늦은 시간 행사는 참석할 수 있어."

"어차피 일박이일밖에 방법이 없네. 그럼 시장은 일박이일로 미팅에만 참석하고 돌아오고 나머지 협상단은 간 김에 하루 더 일을 보고 오는 걸로 정하지 뭐. 거의 일 년 만에 방일하면서 우리 조력자들을 안 만나고 돌아올 수는 없어."

박 시장이 잡은 날짜는 묘하게도 쿠메마 씨가 제안한 닷새 뒤였다.

"시민 대표와 같이 오라는 건 이번에 다 모인 자리에서 해결을 보자는 뜻 아닐까?"

박 시장이 은근히 기대에 찬 표정으로 두 사람의 의중을 알고 싶어 했다.

"섣불리 큰 기대를 할 수는 없는 상황이야. 재단 이사장이 자기들 조건에 부합되는 미술품을 구하기 전에는 더 이상 협상할 필요가 없다는 입장이 강경하고, 시부야 씨는 재단 이사장의 기분을 상하게 할 마음이 없어서 눈치를 보는 중이거든. 가서 상황을 눈으로 보기 전에는 뭐라고 단정 지을 수는 없어."

강정민도 박 시장의 예상과 마찬가지로 추측하면서도 혹시 어떤 변수가 기다릴지 몰라 불안했다.

"그렇습니다. 일본이라는 사회가 위에서 누른다고 무조건 받아들이는 체제는 아니거든요."

"하여튼 부딪쳐 봅시다. 닷새 뒤 출발이면 두 사람 마음도 바쁘겠네. 예전대로 서 교수는 서울서 출발할 거고 이천에서는 나까지 세 사람이 출발하면 되는 거지요? 좋은 꿈 꾸시고 차질 없이 준비해서 그날 만납시다."

서창길에게 악수를 청하며 박 시장이 그의 어깨를 다독였다. 저녁이라도 대접하고 싶은데 다음 일정이 있어서 나가야 한다고 양해를 구했다.

"내가 서 교수 저녁 대접 잘해서 올려보낼 테니 시장님은 걱정 말고 일 보셔."

"그려. 맛있는 거 먹고 밥값은 나한테 달아놔."

박 시장이 강정민에게 미안하다는 말을 그렇게 표현했다. 나란히 시장실을 나서서 박 시장은 대기 중이던 자동차에 오르고 서창길과 강정민은 주차장을 향해 걸었다. 송년회가 시작된 11월의 날씨인데도 아직 겨울 추위는 찾아오지 않았다. 점점 아열대 기온으로 변해간다더니 그 말을 실감 나게 하는 포근한 날씨였다. 협상 단절로 얼어붙었던 두 사람의 마음도 모처럼 포근하고 따뜻했다.

4

2017년 11월, 오후 4시.

오쿠라호텔 별관 소회의실.

박영준 이천 시장과 강정민 상임위원장, 서창길 실무위원, 김현자 통역관 겸 속기사. 4명이 오쿠라호텔 별관 정문에 도착했을 때 정장 차림의 검은 양복을 입은 남자가 그들을 기다리고 있었다.

"통역관 쇼긴지입니다. 회의실로 안내하겠습니다."

그를 따라 3층에서 엘리베이터를 내려 우측으로 꺾어 들자 임원실이라는 팻말이 나오고 그 초입이 회의실이었다. 그들이 문을 열고 들어섰을 때 이미 회의실에는 5명의 남자들이 앉아 있다가 동시에 일어섰다. 통역관의 안내를 받아 박 시장이 제일 먼저 입장했고 뒤를 이어 서창길과 강정민 그리고 김현자 국장이 실내로 들어섰다. 남자들이 그들 앞으로 걸어왔다. 두 명만 제외하고는 모두 낯익은 얼굴들이었다. 일본 측에서는 통역관이 소개를 맡았고 한국 측에서는 서창길 교수가 소개를 담당했다.

"오쿠라 쿠메마 부회장이십니다."

"이천 시장님이십니다."

두 사람은 악수를 하며 인사를 나누었다. 강 위원장과 서 교수 그리고 김현자 국장과도 인사했다. 다음은 요시히코 관장이 소개되어 인사를 나누고 무라카미 재단 이사장과 시부야 후미토시, 또 한 사람은 반가운 안신웅 선생이었다. 테이블에 작은 이름 표지판이 세워져 있어서 그 자리에 가서 앉았다. 가운데에 한 사람이 겨우 다닐 수 있을 정도로 통로를 비워두고 서로 마주 볼 수 있게 테이블이 배치되어 있는 회의실이었다.

맨 첫자리에 쿠메마 부회장, 그 옆에 안신웅 선생, 요시히코, 통역관, 재단 이사장, 시부야 순서로 앉았고 한국 측은 시장, 강정민, 서창길, 김현자가 그들과 마주 앉았다. 분위기가 평소 실무 협상을 하던 분위기와는 전혀 딴판인 것에 이천팀은 놀랐다. 무슨 국제 심포지엄 준비 위원회 같은 엄숙한 분위기였다. 쿠메마 부회장이 환영인사를 하는 순서를 가졌다. 양쪽 언어 구사가 가능한 통역관이 회의 진행을 맡았다.

"한국에서 오신 여러분 환영합니다. 10년 가까이 우호적인 관계를 맺으며 협상 회의를 해 왔다는 사실에 저는 좀 놀랐습니다. 재단 측으로부터 간혹 보고는 받았으나 크게 관심 두지 못한 점

먼저 사과드립니다.

여러분들이 이 자리에 오시기 전까지 우리 오쿠라 쪽에서는 관계자들이 모여 여러 차례 회의를 하며 의견을 교환했고 안신웅 선생님을 통하여 교환대여할 미술품도 살펴보았습니다. 오쿠라를 사랑하는 일본의 여러 저명인사들도 어서 빨리 이 문제가 해결되기를 바란다는 뜻을 저희들에게 전달해 왔습니다.

저 쿠메마는 그룹을 총괄하는 책임자로서 우리 재단 측과 이천 환수위원회 측이 무리 없는 조건으로 이 문제를 조속히 해결할 방안을 찾도록 노력하였습니다. 구체적인 방법과 처리 절차는 실무협상팀에서 자세히 설명 드릴 것입니다. 저는 인사만 드리고 물러남을 양해해 주시기 바랍니다."

그가 꾸벅 인사를 하고 테이블을 돌아 출입구를 향했다. 서창길 교수가 일어나 그에게로 다가갔다.

"전화 통화를 했던 서창길입니다. 바쁘실 텐데 일부러 회의장까지 나와 주서서 감사합니다. 오기타와는 내일 만나기로 했는데 친절 베풀어 주셨다고 말하겠습니다."

"예. 그렇게 해 주십시오. 제가 없어야 우리 사람들이 편하게 회의를 진행할 것 같아 자리를 피해 주는 것입니다. 그럼 또 뵙겠습니다."

그가 퇴장할 동안 오쿠라 식구들은 모두 자리에서 일어나 그를 배웅했다. 쿠메마 상이 퇴장하자 요시히코가 회의를 주도하는 분위기였다.

"안신웅 선생님과 수차례 만나 의논한 끝에 선생님께서 장기 교환대여 작품으로 추천하신 '요코하마 다이칸'의 '여름의 비'를 우리 재단 측은 받아들이기로 결정하였습니다. 우리 슈코칸 부관장님께서는 고려청자를 말씀하셨다고 들었는데 한국문화재청에 알아본 결과 장기대여는 불가하다는 사실을 확인했습니다. 무리한 요구를 하면서 고집부리고 시간만 끌 필요는 없다고 판단되어 이천 측 제안을 받아들이기로 한 것입니다."

김현자가 참지 못하고 박수를 치면서 '땡큐'라고 환호를 보냈다. 그 박수와 '땡큐'라는 말에 딱딱했던 회의장 분위기가 한결 부드러워졌고 굳었던 요시히코의 얼굴에도 어렴풋이 미소가 감돌았다. 역시 20대 젊은이의 순수한 표현은 사람을 기분 좋게 만드는 것 같았다. 무라카미 이사장의 상세한 교환 절차 설명이 이어졌고 이천 시장이 오쿠라 재단에 감사의 인사를 전했다.

"내년 2018년은 석탑이 한국을 떠나온 지 백 주년이 되는 해입니다. 그래서 우리는 2018년 1월 시무식이 시작되는 날짜에 맞추어 교환식을 가졌으면 합니다. 이천에서는 어떻게 생각하십니까?"

무라카미가 이천팀을 향해 의사를 물었다.

"이번에 문서를 만들어 서로 사인을 하고 금년에 결정문을 나누어 가진 다음 상호 교환이 이루어지는 것은 2018년 1월로 한다면 저희는 좋습니다. 이번 결정을 내년으로 미루자는 말씀은 아니겠지요?"

박 시장은 노련한 행정가답게 확실히 다짐받고자 일본 측에 다시 물었다. 한 번도 웃음을 보인 적이 없는 무라카미 이사장이 '우리는 한 번 한 약속은 지킨다'며 처음으로 빙그레 웃어 보였다. 안신웅 선생으로부터 그 미술품의 가치에 대해 설명을 듣던 요시히코는 '덕분에 우리 조상의 귀한 그림을 오쿠라 슈코칸이 소장하게 되어 고맙다'고 안 신생을 치하했다. 시부야 상은 끝내 아무 말도 하지 않았지만 표정은 흐뭇하고 편안해 보였다. 속이 후련하다는 기분에 젖어 있는지도 모를 일이었다.

"절차상의 문제는 재단 측 변호사가 알아서 처리할 것입니다. 이천 환수위원 쪽에서도 따로 변호사를 선정하실 건가요? 제 생각으로는 굳이 그러실 필요는 없을 것 같은데…… 한국 내에서 처리하실 일만 하시고 이쪽 처리는 우리 변호사한테 맡겨도 좋을 듯합니다."

"교환 절차상의 추후 문제는 다시 의논해서 정하겠습니다. 오늘은 상호 장기교환대여에 관한 합의점을 찾고 그 합의가 통과된 것을 사인하는 정도로 마무리하면 될 것 같은데요? 어떻습니까?"

강정민 위원장도 도저히 믿기지 않는 얼굴로 요시히코 관장에게 재차 확인했다.

"그렇습니다. 이천 통역사가 회의 내내 녹음과 속기를 하는 것 같던데 속기 회의록에 사인이라도 해 드릴까요? 오쿠라는 일본 굴지의 대기업이고 사기꾼이 아닙니다. 안심하십시오."

요시히코가 통역을 통해 '오늘부터 두 다리 쭉 뻗고 주무시라, 당신은 당신이 맡은 임무의 열 배, 스무 배 더 많은 노력을 했다고 들었다'며 강 위원장을 추켜세웠다. 강 위원장은 할 말을 잃고 입술을 깨물었다. 그의 얼굴이 붉게 달아올랐다. 울음이 터질 것같이 가슴이 벅차올라 그것을 참느라 안간힘을 쓰는 중이었다.

"호텔 로비를 지나 현관으로 나가시면 자동차가 대기하고 있습니다. 그 차가 여러분을 만찬 자리로 모실 것입니다. 음식점에서 뵙겠습니다. 안 선생님은 어느 차를 타시겠습니까?"

요시히코가 안신웅 선생에게 물었다.

"나는 강상을 오랜만에 만나 할 말이 많습니다."

"알았습니다. 거기서 뵙죠."

삼삼오오 짝을 지어 회의실을 나섰다.

"강상! 잠깐……"

시부야 씨가 강 위원장을 뒤따라와 조용히 불렀다.

"난 몸이 안 좋아서 저녁 자리에 가기 어렵겠네요. 우리 측 사람들에게는 양해를 구했는데 강상에게 미안합니다. 시장님께서 교수님께도 도착하신 다음 말씀 전해 주세요. 가기 전에 인사드리면 분위기 깨질 것 같아 슬그머니 사라지렵니다."

"많이 안 좋으신가요? 어지간하면 같이 가셔서 술도 한잔하시고……"

"그것 때문에 안 가려는 겁니다. 지금 내 건강상 술을 마시면 안 돼요. 술도 못 마시고 우두커니 앉아 있을 바에야 뭐하러 갑니까? 건강 회복되면 그땐 마음 놓고 둘이서 술 한잔합시다. 골칫거리도 다 해결됐으니……"

그는 종종걸음으로 걸어가 일행과 다른 승강기에 올랐다.

"이게 꿈은 아니지?"

안 선생까지 네 사람만 남자 강정민은 자신의 얼굴을 한 번 꼬집으며 혼잣말로 중얼거렸다.

"참 먼 길 달려왔네. 강 위원장이 제일 고생 많이 했어. 살다 보니 이런 날이 오긴 오는군."

시장이 강정민의 어깨를 두드렸다.

"좋은 일인데 왜 자꾸 눈물이 나지?"

"마음고생을 너무 많이 해서 그래요. 저녁 자리에서 술 마음껏 드시고 술주정 한 번 하세요. 오늘은 다 받아줄게요."

서창길도 말은 그렇게 말하고 있었지만 자신의 코끝이 찡하게 시큰거리는 것을 알았다.

"안 선생님께서 전격적으로 요시히코를 만나 그렇게 해결을 부탁하실 줄은 몰랐어요. 인사가 늦었지만 정말 감사드립니다. 일본 사람들이 주변에 있어서 말을 못 꺼냈어요."

엘리베이터를 타자 강정민이 안신웅 선생에게 깊이 머리를 숙였다.

"아니, 내가 인사받을 일이 아니에요. 나한테 그러지 말아요. 자세한 내용은 저녁 먹으면서 말할 테니 기다려 주세요."

안신웅 선생은 손사래를 치며 그의 인사를 사양했다. 시장과 서 교수, 김현자 세 사람은 오쿠라에서 준비한 자동차를 타고 안신웅 선생은 운전기사가 기다리는 자신의 자동차에 강정민과 함께 올랐다. 안 선생은 운전기사에게 '도모다찌'로 가자고 말했다.

"갈 곳이 여기서 먼가요?"

"멀지는 않은데 복잡한 거리를 통과해야 하니까 시간이 좀 걸릴 거예요."

"오쿠라 쿠메마라는 부회장은 실세인가 보죠?"

"회장이 나이가 많아 이름만 걸어놓고 거의 활동하지 않는 상태니까 실질적인 회장이라고 할 수 있는 사람이에요."

"아, 그래서 그룹을 총괄하는 책임자라는 말을 했군요. 대단한 분이 우리를 환영해 주었네요."

"쿠메마 부회장은 서 교수와 잘 아는 것 같던데 어떤 사이죠? 오늘 쿠메마 상이 거기 나타날 줄은 몰랐어요. 요시히코도 어제까지 그런 말이 없었거든요."

"글쎄…… 그건 잘 모르지만 서 교수가 동경 법대 출신이라 선

후배 사인지도 모르죠."

오쿠라호텔이 있는 복잡한 아카사카를 벗어나자 자동차는 별 막힘없이 속도를 내었다. 그들이 도착한 음식점은 시내이면서도 한적한 주택가 위쪽에 크게 자리 잡고 있었다. 호텔 같은 서양식 건축도 일본 전통 가옥의 일본식 건축도 아니었다. 개량 일본 건축이라고 해야 할지, 퓨전 한옥이라고 해야 할지 알 수 없었지만 밝고 깨끗하고 아름다웠다. 성처럼 둘러싼 담 안에 목조로 지은 여러 동의 단층 주택이 불을 훤히 밝히고 그들을 맞았다. '도모다찌'라는 상호가 낯설지 않은 까닭을 강정민은 알지 못했다. 차를 세우고 층계를 올라서면 정원이 펼쳐졌다. 왼쪽 건물로 안내를 받아 신을 벗고 대기실로 들어서는 순간 '혹시' 하고 번뜩이는 예감이 그를 붙잡았다. 대기실과 내실로 통하는 복도에 고풍스러운 옛날 한국 장식장과 언뜻 보아도 이천 것이 분명한 도자기가 놓여 있었다. 서임선이 새로 낸 한정식집 이름이 '도모다찌'라고 했던 기억이 어렴풋이 떠올랐다. 여종업원의 안내에 따라 예약된 방으로 들어갔다. 안신웅 선생과 강정민이 제일 먼저 도착했다. 8명의 수저와 앞 접시와 술잔이 세팅되어 있었다. 그들이 도착했다는 전갈을 받은 마사꼬가 방으로 들어왔다.

"강 선생님, 안 선생님. 안녕하셨어요? 반가워요."

"여기가……"

"예. 맞아요. 어머니가 운영하시던 한정식집."

"그럼 지금은 마사꼬씨가 운영하나요?"

"아니요. 전 주인이지만 어머니처럼 나와서 손님과 종업원을 상대하거나 주방 음식을 참견하지는 않아요. 사장이 있고 주방장이 있고 지배인이 있어요. 매일 한 번씩 들르기는 하지요. 제 방도 있으니까요. 중요한 손님이 오실 때는 저도 그 팀에 손님으로 참석해요. 오늘은 저도 이 방 손님이에요."

"안 선생님과 마사꼬씨는 어떻게 알아요?"

"우린 아주 오래전부터 잘 아는 사이예요. 아버지 같은 분?"

"마사꼬, 그렇게 말하면 내가 너무 노인 같잖아."

안신웅 선생이 웃으며 마사꼬에게 눈을 흘겼다.

"노인 맞잖아요?"

"나 참…… 이래서 여기 오기 싫다니까. 요시히코 관장에게 나를 만나서 좋은 미술품도 좀 구입하고 이천석탑 문제도 상의하라고 조른 사람이 바로 마사꼬 씨예요. 실은 내가 요시히코 관장을 만나고 싶다고 마사꼬 씨한테 부탁했는데 오히려 방법을 바꾸어 요시히코 씨가 나에게 만나자고 하도록 만든 거지요."

그때 나머지 사람들이 방으로 들이닥쳐 이야기는 중단되었다. 음식과 술이 들어왔다. 색깔조차 구미를 돋우는 고운 음식들이 푸짐하게 한 상 차려지자 일본 음식에 길든 무라카미 상은 눈이 휘둥그레졌다. 말없이 점잖던 노신사가 한국 음식 앞에서 하하 소리 내어 웃었다.

"먹지 않아도 배가 불러요."

서창길과 김현자가 교대로 통역을 하며 즐겁게 떠들어댔다.

"오늘은 10년 묵은 체증이 싹 내려가는 날. 맞지요? 시장님."

요시히코가 술잔을 들었다. 모두 한목소리로 '건배'를 외쳤다.

"시장님이라고요? 그럼 이천 시장님?"

마사꼬가 일본말로 요시히코 관장에게 물었다. 서창길이 '아, 참' 하고 두 사람을 인사시켰다.

"박 시장님, 여기 마사꼬씨 어머니가 바로 이천 사람이에요."

"그래요? 난 일본 분인 줄 알았지."

박 시장이 반갑다며 술잔을 부딪쳤다.

"내가 말한 서임선씨 딸이 바로 마사꼬 씨야."

강정민이 시장에게 마사꼬를 다시 한번 소개했다.

"어머니를 아세요?"

"알다마다. 우리를 골탕 먹이던 악동인데도 우린 귀여워서 늘 봐 줬지."

요시히코는 안신웅 선생에게 저들이 무슨 이야기를 하느냐고 물었다. 마사꼬의 어머니와 시장이 이천에서 젊은 시절 잘 알던 사이라고 하자 요시히코는 반가워하며 시장에게 또 술을 권했다. 요시히코는 서임선이 '도모다찌'를 오픈할 때부터 단골손님이었다고 했다. 그는 한국 음식을 좋아해서 가끔 마사꼬에게 부탁해 손님 없이 조촐한 한 끼를 한식으로 먹는 날도 있었다.

"서임선은 여장부였어요. 우리가 술을 너무 많이 마시면 쫓아내기도 했어요. 우린 그녀를 누님이라 부르지 않고 형님이라 불렀지요."

요시히코가 서임선을 그리워하며 '서임선을 위하여!'라고 외쳤다.

"이천 석탑이 소원을 빌면 들어주는 영험한 신적 존재라더니 정말 그런가 봐요."

마사꼬가 좌중 모두에게 자기 술을 한 잔 받으라며 술을 따랐다.

"난 아버지를 찾고 싶어서 마음속으로 석탑님께 빌었어요. 아버지를 찾게 해준다면 당신을 있던 자리로 꼭 돌려보내 드리겠다고 했어요."

마사꼬는 일본말로 이야기했고 강정민에게는 서 교수가, 시장에게는 김현자 국장이 통역을 해주었다.

"아버지를 찾았어요?"

안신웅 선생이 역시 일본말로 물었다.

"예. 죽은 지 석 달 후에 공개하라는 엄마의 유언장 속에 아버지의 이름과 연락처가 적혀 있었어요. 변호사가 보관하고 있다가 삼 개월 되던 날에 공개했어요."

"누구였어요?"

강정민이 가장 궁금했던 사람처럼 황급히 물어보았다.

"그건 비밀. 그래서 저는 석탑님께 약속을 지키기 위해 요시히코 관장님과 안신웅 선생님이 만나기를 원했어요. 저는 석탑님과의 약속을 지킨 거예요. 요시히코 오빠 고마워요."

그들은 서임선 살아생전에 오빠 동생으로 맺어졌다고 설명했다.

"아, 그건 단지 내 힘으로 된 건 아니야. 마침 쿠메마 부회장한테서 이천환수위원회와 협상하는 일에 대해 보고하라는 연락이 왔어. 어떻게 해결하는 것이 좋을까 구상 중인 티에 부회장님이 서둘러 주니까 일사천리로 결정이 된 거야. 왜 부회장님이 그 일에 대해 물었는지는 나도 모르지만 말이야. 그게 다 민속신앙인 석탑님의 힘이었겠지?"

서창길과 강정민, 그리고 시장은 비로소 이번 일의 전모를 알게 되었다. 결국에는 강정민과 마사꼬, 서창길과 요시로, 그 주변을 에워싼 이천 사람들의 집중력이 한데 모여 한 점에 도달한 결과였다. 안신웅과 요시히코, 오기타와 쿠메마까지 모두 구심점을 향해 모여들었던 것이다. 볼록렌즈로 햇빛을 모아 먹지를 불태우는 것처럼 이천오층석탑으로 모여진 기운이 어느 날 화산처럼 힘을 분출했는지도 모를 일이었다. 죽은 사람들까지(서임선과 요시로) 힘을 실어준 격이었다.

"빌고 비는 민속신앙의 힘이 아니라 진심으로 뭉친 사람의 마음과 기가 모여서 석탑이 소원을 들어준 건 아닐까? 이천오층석탑을 위하여!"

시장이 감개무량한 표정으로 술잔을 높이 쳐들었다. 모두들 신나서 와자지껄 떠드는 사람들 속에서 강정민은 허탈한 마음으로 혼자 생각에 잠겼다.

백 년 만에 제자리로 돌아올 이천오층석탑이시여, 그대 돌아오는 길이 너무 멀고도 험난했음을 우리는 영원히 기억할 것입니다.